Bad Boys Online
by Erin McCarthy

恋の予感が かけぬけて

エリン・マッカーシー
白木智子［訳］

ライムブックス

BAD BOYS ONLINE
by Erin McCarthy

Published by arrangement with
Kensington Books, an imprint of
Kensington Published Corp., New York
through Tuttle-Mori Agency, Inc.,Tokyo

恋の予感がかけぬけて

目次

ホット・メール

1

「〝きみの乳首を舐《な》めたい。そうしたらきみは……〟」

背後から低い声が聞こえ、回転椅子に座っていたキンドラはぎょっとして飛びあがった。

いやだ、嘘《うそ》でしょう、何かの間違いだと言って。

恐る恐る振り返る。間違いではなかった。「あら、マック！」

キンドラはメールの画面を閉じようと、大慌てでマウスを動かした。画面には、サイバーセックス・パートナーのラスが送ってきた、みだらなメールが映っていたのだ。よりによって、現実の世界でわたしがのぼせあがっている、同僚のマック・ストーンに読まれてしまうだなんて。

もう、どこをクリックするんだったっけ？

「〝ロケットみたいな勢いで、あっというまにのぼりつめるんだ。熱く、濡《ぬ》れて……〟」面白がっているようなマックの声がだんだん小さくなっていった。「なんだ、これ？」

「迷惑メールよ」キンドラはやっとの思いで口を開いた。白いブラウスと黒いジャケットの下で、どっと汗が噴きだし始めている。「いろいろとおかしなメールが来て困っちゃうわ」

マックの指が画面に触れると同時に、彼女はようやくクローズボタンを見つけてクリックした。

「だけど、どうして迷惑メールにきみの名前が書いてあるんだ？」

「見間違いじゃないかしら」臆面《おくめん》もなく、きっぱりと嘘をつく。まさかネットで情事にふけっていたなんて、マック・〝ガールフレンドは週替わり〟・ストーンに白状するわけにはいかない。

「いや、確かにきみの名前だった」マックは引きさがろうとしなかった。

進退きわまったキンドラは肩越しにうしろを振り向き、目に飛びこんできたマックの完璧《かんぺき》な姿に思わず歯ぎしりした。どうして？　なんで毎日毎日、八時間の勤務中はずっと、この男らしさの見本みたいな彼が目に入る環境に置かれなくちゃならないの？　短い黒髪、力強い顎《い》のライン、広い胸にはみごとに筋肉がつき、まるで『GQ』誌から抜けだしてきたような出で立ちだ。さらに視線をさげると……その下は、完璧としか言いようがなかった。

わたしには手の届かない相手だわ。

キンドラはマックをにらんだ。刺激的なアフターシェーブローションの香りとともに、彼が退散してくれることを願って。

だが、マックは、完璧な白い歯がいっそう際立つ、にやけた笑みを浮かべるばかりだ。どうせ虫歯なんか一本もないんでしょうよ。「キンドラ・ヒル、もしかしてきみは、サイバーセックスをしていたのか？　きみがそんなことをするなんて、まったく予想外だな」

マックを突き飛ばして、一目散に女子トイレまで走ろう。彼がいなくなるまでそこに隠れていればいいわ。でも、この前はうまくいかなかったのよね。九年生の幾何学のクラスで、トミー・スレイドにみんなの前でズボンを脱がされたときだ。残念ながら、今回も、それで問題が解決するとは思えなかった。

選択肢はふたつ。否定するか、あるいは平気な顔で押しとおすか。

年季の入った壁の花であるキンドラには、ずうずうしく開き直った経験が、人生で一度もなかった。そろそろ挑戦してみるべきかもね。

勇気をかき集めるために大きく深呼吸して、口を開いた。「そうだとしたら？」

ほらね、挑発的に言い放ったつもりが、むきになっているようにしか聞こえない。一週間でバイブレーターの電池を使いきる、惨めなバツイチ女みたいだわ。

マックのアイスブルーの瞳が大きく見開かれた。「そうだな。きみもなかなか隅に置けない、ということになるかな」

マックは明らかに好奇心をかきたてられたらしく、頭を振って言った。「だけど、どうしてサイバーセックスなんだ？　直接体験できるだろう？」

ええ、あなたが相手をしてくれるならそうするわ。でも、わたしの男のチョイスはうまくいったためしがないのよ。あくびが出そうになるものからゾッとする寸前のものまで、何度か惨めな体験をしたあと、毎晩寄り添うならコンピュータの画面のほうがましだという結論に達したのだ。

「このほうが楽なのよ……。安全だし、後腐れもないし」キンドラはぼそぼそと言い、背筋を伸ばしてコンピュータに向き直った。恥ずかしさのあまり、倒れこんでしまいそうだった。今の言葉、本当にわたしが口に出して言ったの？

どうやらそうらしい。マックがかがみこんできて、熱い息が耳元をくすぐった。垂れさがるネクタイが彼女の髪をかすめ、全身に震えが走る。

「昔ながらの方法のほうが、ずっと楽しいんだぞ」

「ときにはね。だけど、複雑で面倒なことになって、結局うんざりする場合もあるわ」キンドラはさも世慣れているように無関心なふりを装い、肩をすくめた。まるで次から次へと男を味見してみたものの、どれも物足りないと気づいたかのように。結果は、前かがみになっていたマックの顎を強打しただけだったが。

彼がうめいた。「きみは間違ってると思うな」

「別にかまわないわ」キンドラはコンピュータに身を乗りだしてマックから離れた。それとなくほのめかしているのを察してちょうだい。その刺激的な体と一緒に、どうか向こうへ行って。

「ぼくなら証明できる」

キンドラは凍りついた。まさか、そういうつもりで言ったんじゃないわよね。いいえ、ありえない。マック・ストーンは今までわたしに目もくれなかったのよ。

ああ、だけど、もし彼がそういうつもりだとしたら？　応じるの？　キンドラの頭は即座に否定した。ばかね、がつがつしないでよ。ところが、下半身が出した答えは、それとはまるっきり反対だった。パンティストッキングの内側が小型のオーブンみたいに熱くなる。もっとも、マックが本気のはずがない。

「本気で言ってるんだ」

誰か助けて。

脳が働くのをやめ、完全に下半身に主導権を握られていることを自覚しながら、キンドラはきいた。

「どういうふうに証明するつもりなの？」

言葉が飛びだしてしまったとたん、手で口を覆いたい衝動に駆られた。

言っちゃったわ。

マックに興味津々だと思われたに違いない。

もちろん興味はある。

でも、彼に知られるのはいや。

ずっとかがみこんでいるマックが、おかしそうな低い声で言った。「なんの話をしてるか、わかっているはずだ」

わたしとセックスをする話をしてるんでしょう？　だけど、そのつもりで話したあとで勘違いだったってことになったら、仕事を辞めてヨーロッパに移住するしかなくなるわ。

キンドラはこほんと咳払《せきばら》いした。「そうかもね。あなたから説明してみてくれる？」

マックは彼女の椅子の背をつかみ、ゆっくりと回転させた。キンドラは命がけでデスクにしがみつくのも無作法に思え、しかたなく彼のほうを向くと脚を組み、両手を膝に置いた。

生身の相手とのセックスに無関心を装うには、完璧な体勢だわ。

ただし、どういうわけかマックの脚が椅子をはさんでいて……目の位置に彼のズボンがあった。キンドラは魅入られたようにそこを見つめた。思わず唇を舐める。マックのズボンがぴくりと動いた。

あら、まあ。

無理やり視線を引きはがして目をあげると、マックはもう面白がっていなかった。彼は男らしい香りを残しながら大きく一歩うしろにさがり、脚と体のほかの部分をキンドラから離した。

「サイバーセックスより一対一のセックスのほうがいいことを証明するなら、考えられる方法はひとつしかない」

ほらほら、いよいよだわ。「そう?」キンドラは甲高い声で応《こた》えた。

ポケットに両手をすべりこませ、マックはうなずいた。「ああ、そうだ、キンドラ。どうやら、ぼくがきみとセックスするしかなさそうだ」

うわぁ。夢なら絶対に覚めないで。

マックはキンドラの顔にショックがよぎるのを目にし、懸命に笑みをこらえた。魅力的な緑の瞳の奥に浮かんでいるのは……紛れもなく、興味だ。

彼女の関心を引いたぞ。

コンピュータにインストールしたいソフトがあって、CDを借りようとキンドラのオフィスにぶらりとやってきたのだが、思いも寄らない結果になった。唇を噛《か》みながら夢中できわどいメールを読んでいる彼女にでくわすなんて、幸運としか言いようがない。彼に言わせれば、独創性のかけらもないメールだったが。

じつは、文面を読みあげて自分の存在を知らせる前に、すでにマックはメールの半分近くに目を通していた。キンドラは明らかにうろたえていたが、彼の予想に反して、顔を赤らめはしなかった。

キンドラ・ヒルは謎《なぞ》めいている。クリーブランドでグラフィック・デザインを手がける〈オハイオ・マイクロデザイン社〉で働くようになってからこの一年、マックはずっと彼女を観察してきた。周囲には内気でおとなしい印象を与えているキンドラだが、彼女が誰にも見られていないと思っているときにも、彼はひそかに様子をうかがっていたのだ。

内気な印象のわりに、キンドラはたびたび呆《あき》れた顔で目をくるりとまわしては鼻を鳴らし、苛立《いらだ》ちをあらわにした。ひとりきりになると腕を組んで前に身を乗りだすことも、何かを目撃した緑の瞳がぱっと燃えあがることもあった。

しかし、そのきらめきはいつもすぐに隠されてしまう。

マックはその理由が知りたかった。

キンドラが口を閉じ、思い直したようにもう一度開いた。目を細めている。「どうしてわたしとセックスしたいの？」

「冗談だろう？」今度はマックがショックを受ける番だった。彼女は最近鏡を見ていないのか？「したくない男がどこにいる？」

キンドラは考えこみ、やがてうなずいた。「きっとそうなんでしょうね。男の人はみんな似たようなものだから」

組んでいた脚をおろして椅子をうしろに引き、キンドラはマックから離れた。「でも、実践するには、ええと、その……あなたには大変な骨折りになるんじゃないかしら」

くそっ。下半身が痛いほど張りつめている。たとえ特別な努力が必要だとしてもかまうもんか。なんといっても、この一年の興奮を鎮められるのだから。キンドラといると自然と高ぶってしまう。これ以上彼女に逃げられないよう、マックは足を使って椅子のキャスターを止めた。

両手で肘掛けをつかんでかがみ、キンドラの頬に唇を寄せてささやく。「挑戦は大好きなんだ」

彼女は体を震わせて、彼とのあいだに距離を置こうとするかのように、椅子の背にもたれた。まぶたが半分閉じている。慌てるな。マックは自分に言い聞かせた。ゆっくりやるんだぞ。

キンドラだって望んでるんだ。だが、彼女が心変わりしないかどうか、確認しておきたかった。

欲求不満が溜《た》まっているとはいえ、青臭い若者のようになんの芸もなく、ただ欲望に駆られて襲いかかっていい理由にはならない。

慎重にことを運ばなければ、この完璧なチャンスを台無しにしかねなかった。それだけはごめんだ。マックの望みは、キンドラがいつも着ているゆったりしたスーツの下に隠し続けているものを見ることだった。そしてクリップできっちりまとめている赤褐色の髪をほどき、想像どおりハイライトが入っているのかどうか確かめるのだ。

キンドラが欲しい。

マックは慎重な動きで彼女から離れ、デスクに寄りかかった。「それで、どうなんだい？　ぼくにきみの間違いを証明させてくれるのか？　それとも、今の相手で満足しているのかな？」

固唾《かたず》をのんで答えを待った。

「そうね……」キンドラが髪のクリップをもてあそぶとジャケットの布が引っぱられ、体の線がかすかにわかった。

「どういうふうにするつもりなの？」

やったぞ。マックは心の中でタッチダウンを決めた。「今夜、食事をしよう。そのあとで、きみの家に行く」

自分のアパートメントのほうが、彼女は安心するに違いない。ほかの場所よりくつろげるだろう。マックのほうは、服を着ていないキンドラと一緒にいられさえすれば、場所はどこでもよかった。

ところが、彼女が首を振った。「今夜は用事があるの。毎週金曜にはボウリングのリーグ戦に参加しているのよ」

キンドラがボウリング？　ぴんと来ない。黒か紺のスーツにハイヒールという姿しか見たことがないせいだろうか。

そもそもボウリングのどこが面白いのか、マックにはさっぱりわからない。プラスチックのピンに向かってボールを投げるだけじゃないか。だが、ゴルフとなると話は違う。あれはれっきとした競技だ。

「今日くらい休めないのか？」くそっ、これじゃあ、がっつきすぎだ。もう少し抑えなくては。

「だめよ。わたしが行かなかったらチームのスコアが減ってしまうわ。そんなことできない」

いいだろう。急がなきゃならない理由があるわけじゃない。セックスがしたくてたまらないわけでもないんだ。どちらかと言えば、最近は満足している。いや、嘘だ。

相手がキンドラでなければ満足できない。

マックは言った。「それなら明日の夜は？」

彼女が唇を湿らせる。

キスするためにつくられた、柔らかそうでふっくらした唇だ。あの唇が体をすべりおりていったら、途方もなく気持ちがいいに違いない。

マックは歯を食いしばった。

「わかったわ」まるで刑務所行きを言い渡されたかのような表情で、キンドラが答えた。

「明日の夜ね」

ものすごく乗り気というわけではないようだ。

思っていたほど簡単にことは運ばないかもしれない。結局のところ、キンドラは生身の相手とのセックスを絶とうと決意しているのだから。何か理由があるはずだ。たとえひと晩中かかろうと、彼女の心を変えさせなければならない。

そういえば、時間をはっきり決めておいたほうがいいだろう。「ぼくの主張が正しいと証明するのに、少なくとも一二時間は欲しい」

キンドラは驚いて目をぱちくりさせた。一二時間？　マックは一二時間もかけるつもりなの？　ほんの一〇分、帰りがけに手を振ってくれるだけでも、充分幸せになれるくらいなのに。

「少し長すぎない？」

マックは何気ない様子でデスクにもたれかかり、脚を彼女の脚にさっとかすめた。思わず震えが走ったキンドラは、接触を避けようと脚を組み替えた。

マックの顔に、わかってるさ、と言わんばかりの笑みが浮かぶ。「うまくやり遂げるためには、ときにゆっくり進めることも必要なんだよ。それにすごくよかったら、きみはもう一度したくなるかもしれない」

キンドラは、もう一度したくなったためしがなかった。初めてのときはいつも、アンコールを期待したくなるほどよかったことがないのだ。

ふいに、彼女に歓喜の叫びをあげさせようと決意をみなぎらせ、何度も何度も覆いかぶさってくるマックの姿が脳裏に浮かんだ。悪いアイディアではなさそうね。

でも、彼とベッドをともにしてそれがひどい結果だったら、これから何を空想すればいいの？　ラスときわどいチャットをしながら、マックの顔を思い浮かべていたことが何度あったかしら。

それに、大失敗に終わったとしても、マックとは毎日顔を合わせなければならない。廊下ですれ違うたびに気まずい雰囲気になり、彼は目をそらして、わたしは真っ赤になってしまうだろう。ふたりともコーヒーショップのホームページをデザインする仕事を担当しているから、いつも一緒に行動しなければならないのに。

偏頭痛を引き起こしかねない、いまわしい状況が……。

「キンドラ？」

「え？」うろたえた視線をマックに向けた。

「落ち着いてくれ。一二時間でなくてもいいんだよ。それより短くても長くても、きみの望むだけでいい」彼は身を乗りだしてキンドラの手を取った。

そっとさすってなだめるためではなかった。思いやりをこめて握りしめるためでもない。

有無を言わさず、引き寄せるためだった。マックは彼女をやすやすと椅子から立ちあがらせた。ウエストに腕がまわされ抱き寄せられるのを感じ、キンドラはごくりと音をたてて唾《つば》をのみこんだ。

とても現実の出来事とは思えないわ。

真昼間にオフィスで、マック・ストーンの腕に抱かれてぴったりくっついているなんて。彼の体は見かけと違《たが》わず引き締まっていて、かたかった。なんとか隙間《すきま》を作ろうと、マックの胸に両手をあてる。

ところが彼を押しのける代わりに、裏切り者の指たちは糊《のり》のきいたシャツをつかみ、その下のたくましい筋肉をたどり始めた。マックがもぞもぞと腿を動かした。

「予感がするんだが」キンドラの耳たぶを唇でさっとかすめながら、ささやいた。「ぼくが正しいと証明するのに、一二時間もかからなさそうだ」

舌の先で耳をくすぐられ、キンドラは息をのんだ。

「それでも、やっぱり一二時間欲しいと思うようになるんだろうな」

キンドラは急に欲しいものができた。今すぐ、ここでマックに押し倒してほしい。この場で彼の理論を実践してほしい。

すすり泣くような声をもらし、彼女は腰を前に突きだした。ふたりの下半身が触れ合う。マックがうめいた。

かっと全身が熱くなる。わたしがマック・ストーンにうめき声をあげさせたのよ。これ以上の興奮がこの世に存在するかしら？

「くそっ」マックは荒々しくつぶやき、両手でキンドラの肩をつかんだ。「ペースが速すぎる」

本気で言ってるの？

勇気さえあれば、しがみついてこの先を促すのに。だが、これまでキンドラが勇敢だったことなど一度もなかった。仕事でも私生活でも、とりわけセックスが絡んでくる場合は。

「きちんとしたいんだ」体を離しながらマックが言った。「人生で最高のセックスをきみに約束したばかりなんだから」

その言葉にかきたてられ、キンドラは今にも床に崩れてしまいそうになった。口がきけない。

彼女はただあえいでいた。

ふいに、マックが両手をポケットに突っこんだかと思うと、また出した。「ああ、ちくしょう。本当に今夜はだめなのかい？」

彼は切羽詰まった表情をしていた。声にも滲《にじ》みでている。マック・ストーンが。このわたしを。ひどく、欲しがっている。

返事が舌の先まで出かかった。〝ボウリングなんてどうでもいいわ、わたしを奪って〟キンドラがそう言いかけた瞬間、オフィスのドアが勢いよく開いた。彼女はぎょっとして顔を引きつらせ、友人のアシュリーが入ってくるのを見つめた。

元気よく三歩進んだところで、アシュリーはキンドラがひとりではないと気づいたらしい。

「まあ！　ごめんなさい！　あなたが一緒とは知らなかったのよ、マック」

キンドラが立っているのは、マックからほんの数センチしか離れていないところだ。顔にはうしろめたさが浮かんでいるに違いない。額に〝セックスしたくてたまらないの〟と書いてあるも同然だ。

マックがアシュリーに魅力的な笑みを向けた。「かまわないよ。ちょっとだけキンドラとふたりきりにしてもらえるかな？　そうすれば、ぼくは退散するから」

キンドラは腕を組んで一歩うしろにさがった。そんなあからさまな言い方をする必要があったの？　マックと一二時間過ごしたあとも、ここでみんなと一緒に働かなければならないのだ。オフィスで噂《うわさ》の的になるのはいやだった。アシュリーは親友だからいいとしても、彼がこんな露骨な態度を取るなら、ほかの人たちの前でも恥ずかしい思いをするはめになるかもしれない。

キンドラはこわばった口調で言った。「なにか用なの、アシュリー？」

アシュリーは驚きの色を顔に浮かべ、あちこち跳ねたブロンドの巻き毛を撫《な》でつけていた。目を丸くしながら、キンドラとマックを交互に見つめている。「ランチに出かけられるかどうか、見に来たのよ」

「行けるわ」冷たいソフトドリンクを飲めば、マックにつけられた火を消せるかもしれない。ドアのほうへ歩きかけたキンドラを、マックが手を伸ばして止めた。「話はまだ終わってないよ」

からかうようなその声に、指先で背筋をたどられたときのような反応を引き起こされ、身動きができなくなった。「なにを話し合うことがあるというの?」

彼の親指がキンドラの手を撫でる。「明日は何時に迎えに行けばいい?」

質問するんじゃなかったわ。今やアシュリーは、釣られた鱒《ます》みたいにぽかんと口を開けている。

「その話はあとで」キンドラは、まるで喉を締めつけられたような甲高い声で言った。

マックがようやく手を放し、キンドラのそばを離れた。ドアへ向かうあいだも、目は彼女をとらえたままだ。顔にはいたずらっぽい笑みが浮かんでいる。あの笑みはまったく信用できない。

「わかったよ」マックはうなずいた。

そして、いかにも男らしい力強い足どりで部屋をあとにしながら、肩越しに声をかけてきた。「さよなら、アシュリー。またあとで、キンドラ」

彼にはお手あげだわ。

「ちょっと、いったいどういうこと?」アシュリーが声を低め、勢いこんで尋ねた。

「マックに食事に誘われたの」まるっきりの嘘ではない。一二時間に及ぶ徹底的な調査の前段階として、食事をするのは確かなのだから。

「ほんとなの?」アシュリーは手で顔を仰いでいる。「ふーう。やったわね! さあ、彼がなんて言ったか、ひと言残らず話してちょうだい」

それは絶対にだめ。「ねえ、アシュリー、五分後にあなたのオフィスで落ち合わない？急いで片づけなきゃならないことがあるの」二度と読まれないよう、ラスからのメールを削除するとか。

アシュリーは好奇心ではちきれそうな顔をしながらも、肩をすくめて言った。「いいわ」

「ありがとう」

キンドラはアシュリーが部屋を出たとたんにコンピュータの前に座り、ふたたびメール画面を開いた。ここ二カ月のあいだ、彼女はラスとセクシーなメールをやりとりしながら、さらに毎週金曜と土曜の夜には、非公開のチャットルームでおしゃべりをしていた。

なんの問題もなかった。これまでは。

キンドラは手早くメールを削除した。ラスには、今は仕事で忙しいけれど、今夜ボウリングから戻ったらいつもの時間にチャットルームでおしゃべりしましょう、と返信しておこう。マウスに指を置き、メールを作成しようとしたそのとき、受信箱に新しいメッセージが入っているのに気づいた。

差出人はマック・ストーン。

名前を目にしただけで、体中に一気に火がつく。

ああ、もうっ。本当に厄介なことになっちゃったわ。

肩越しにそっと背後をうかがい、誰にも見られていないことを確認すると、どきどきしながらメッセージをクリックして開封した。

七時に迎えに行く。〈モホ〉でディナーにしよう。住所を教えてくれないか？
キンドラ、きみが欲しくてたまらない。
——M

挨拶《あいさつ》も前置きも、絵文字もなし。ただ……直撃してくる。まさに脚のあいだを。
キンドラは宛先《あてさき》にメールアドレスを入力した。〝件名：デートの件〟
そして、すばやくキーボードを叩《たた》いた。

ラス、申し訳ないけど今夜のデートは中止にしてもらえないかしら。頭痛がするの。
マックときたら。まだまともに触れられてもいないのに、わたしはもうほかの男性が目に入らなくなっているわ。

2

「マック・ストーンの誘いを断ってボウリングに来るなんて、信じられない」アシュリーがリターンからショッキングピンクのボールを取りあげながら、キンドラに向かって頭を振った。

キンドラは目を擦《こす》った。マックとのデートのことで、もう四〇分も友人たちに尋問されている。すでにアシュリーからランチの最中にたっぷり問いつめられたというのに。

シューズとおそろいの真紅のシャツにジーンズ姿のトリッシュが、ビールを置いて鼻を鳴らした。「真面目《まじめ》な話、マック・ストーンのタマと戯れられるのに、なんでまたボウリングのタマで遊んでるわけ、キンドラ？」

「トリッシュ！」キンドラは顔が赤らむのを感じた。

アシュリーとトリッシュが声をあげて笑う。キンドラよりさらにおとなしいヴァイオレットでさえ、ぎょっとしたものの面白がっているようだ。

わたしがどれほどマック・ストーンや彼の体と戯れたがっているか知ったら、みんなぎょっとするどころじゃないわね。きっと、呼吸が止まっちゃうわ。

「チームに迷惑をかけたくなかったから。マックとは明日の夜に会うことにしたの」

「わたしたちなら別にかまわないのに」ヴァイオレットが隣に座り、キンドラの脚を軽く叩いて言った。

友人たちは気にしなかっただろう。実際、四人の中でいちばん下手なキンドラが来られなくなっても、まず誰も残念がらないはずだ。だが、キンドラにすれば、ボウリングを口実にできてよかった。マックと対峙《たいじ》する勇気をかき集めるのに、時間が必要だったのだ。

本当にマックと会うつもりなら。心のどこかでまだ、彼に断りを入れて、ラスのもとへ戻るべきではないかと悩んでいた。

ラスが与えてくれるものは明確だ。安全で衛生的で、複雑にはなり得ない関係。彼はキンドラの住所も、姓さえ知らない。彼女のほうも、知っているのはラスがアラスカ在住ということだけだ。少なくともラスとなら、冷水器の前ででくわしたり、オフィスで追い詰められたりする心配がなかった。

ボールを投げ終えたアシュリーが両手を腰にあて、意気揚々と戻ってきた。「スペア。三連続よ」

「断ろうと思うの」キンドラは出し抜けに言った。

トリッシュの手からボールがこぼれた。大きな音をたてて床にぶつかり、くるくるまわったあげく、溝に落ちる。「ちょっと、キンドラ！　ガーターになっちゃったじゃない！」

ゆっくりとレーンを転がっていくボールには目もくれず、友人たちがキンドラを取り囲んだ。

「正気なの？」アシュリーがきいてきた。

「頭がおかしくなったのよ」トリッシュもたたみかける。

キンドラはヴァイオレットに向き直った。「どう思う？」彼女なら味方についてくれるかもしれない。

ヴァイオレットは長い黒髪をうしろに払った。「ちっとも変じゃないわ、キンドラ。話を聞いてると、わたしがデートしたいタイプの男性じゃなさそうだもの。わたしは優しい人がいいから」

「間抜けなタイプが好きなんでしょ」呆れたようにトリッシュが言った。

トリッシュのように不良タイプがいいとは思わないけど、確かにヴァイオレットの好みはおとなしすぎてつまらない。辛くないサルサみたいに。わざわざそんなものを食べる意味がある？　生のトマトをかじっているほうがましだわ。

「そんなことないわ」ヴァイオレットは首を振り、小さなかぼちゃがいっぱいついたタートルネックを引っぱった。

体型を隠す服装にかけては、彼女のほうがキンドラよりさらに上手《うわて》だ。それにしても、一〇月になって少し肌寒いことを考えると、タートルネックはまだ許せる。でも、かぼちゃですって？　キンドラには理解できなかった。個人的には露出度の高いものより、仕事では控えめなスーツ、週末にはトレーニングパンツといった格好が好きだが、胸元にミニチュアのかぼちゃをつけたくなったことは一度もない。

「ちょっと」トリッシュがひらひらと手を振った。「アシュリーによれば、その人は信じられないくらいホットなんでしょ。そんな男を断るなんて、ばかとしか言いようがないわ」にやりとして続ける。「あるいは臆病者ね」

そのとおり。わたしは臆病者よ。だけど二六歳の誕生日を迎えた今年の七月に、これからは生き方を変えると誓ったの。主導権を握る立場になるのよ。

だからこそ、相手を探して、ラスを見つけた。ここ一〇年間、キンドラには現実の男性とうまくいった記憶がなかった。その点ラスは実在する男性だが、体が触れ合うわけではない。いずれにせよ、もう絶対に臆病者にはならないと決めたのだ。

それなのにまた同じことをしようとしているの？

キンドラはぎゅっと目を閉じた。体を押しつけてきたマックの感触がよみがえる。

「わかったわ、断らない」

「そうよ！」アシュリーが手を上にあげ、キンドラとハイタッチした。「さて、そうと決まったら、何を着る？　あのトレーニングパンツなんて言ったら、引っぱたくわよ」

仕事用の服とトレーニングパンツを除くと、選択肢はたいしてなかった。「ジーンズはどう？」唇を噛みながらキンドラは尋ねた。

トリッシュが答える。「ジーンズによるわね」彼女は親指でレーンを示した。「ヴァイオレット、あなたの番よ」

キンドラをじろじろ見ていたアシュリーが口を開いた。「心配しないで。みんなでなんとかするから。わたしたちが協力すれば、マック・ストーンがあなたの手から餌《えさ》を食べるように仕向けられるわよ」

マックに食べて欲しいのは餌じゃないわ。

キンドラは声に出さずにうめいた。助けて。どんどんみだらになっていく。しかも、それがいやじゃないなんて。

土曜日の七時が近づくにつれ、マックは緊張し、興奮してきた。必ずしもその順にではないが。

緊張しているのは、うまくやり遂げたいから。

興奮しているのは、もちろん、キンドラとセックスするからだ。

マックは、こぎれいな家々が立ち並ぶウエストパーク付近を車で通り抜けながら、キンドラのような女性がセックス断ちを誓う理由をもう一度考えてみた。あの真剣な表情を見れば、彼女が誓いを立てているのは間違いなさそうだった。

単純に不快な経験をしたせいか、あるいは時間をかけて彼女を歓《よろこ》ばせようとする男がいなかったのか。女性が楽しんでいるかどうかを気にもかけず、ただ奪うだけの男たちには腹が立ってしかたがない。マック自身は、相手の女性が満足しないことには気が晴れなかった。

これまでお粗末な恋人たちに我慢してきたのだとすれば、キンドラが生身の相手とのセックスに興味を失っても不思議ではない。でも、ぼくなら正せる、とマックは思った。彼女を満足させられる。何しろ一二時間あるのだ。

マックはグレーの鎧戸《よろいど》がついた、白いケープコッドスタイルのコテージのドライブウェイに車を乗り入れた。家は小さいが手入れが行き届き、玄関前の階段にかぼちゃがふたつ飾られている。キンドラが一軒家を好むとは予想外だった。

この一年のあいだ、たびたび仕事をともにしてきたにもかかわらず、彼に断言できるのは、キンドラが知的だということだけだ。彼女は冷静に、てきぱきと手際よく仕事をこなした。だが、それ以外は何ひとつわからない。

マックはキンドラを知りたかった。体だけではなく彼女自身を。ときどきぱっと現れる目の輝きに、彼は惹《ひ》きつけられていた。

黒いSUVを停《と》めると、車から降りて玄関のベルを鳴らした。そのまま待つ。さらに待った。もう一度ベルを鳴らす。

マックは爪先立ちながら、窓から中をのぞいた。キンドラがいるかどうかわからない。すっぽかされたのだろうか？　そんな経験は一度もなかった。

そのとき、勢いよくドアが開いた。そこには、青ざめ、目を大きく見開いたキンドラが戸惑った様子で立っていた。髪は相変わらずクリップできっちりとまとめているが、おそらくすっぴんで、デニムのスカートをはいていた。

かろうじてヒップにひっかかっているスカートは、膝上数センチのあたりまで思わせぶりなスリットが入っていた。マックはごくりと唾をのみこんだ。キンドラの脚は仕事中に何度も見たことがある。だが、いつも不格好な黒いスカートと、ストッキングに包まれていたのだ。

ところが目の前にあるのは、ついふくらはぎに手を這《は》わせたくなるような、なめらかで白い素足だった。ストラップつきのサンダルを履き、栗色《くりいろ》のペディキュアを施している。この脚が白いシーツの上をすべるところが目に浮かぶ。

スカートの上は、ネイビーブルーのタンクトップだ。決して露出が高いとは言えないが、面白みのないビジネススーツにすっかり覆われた彼女を見慣れている目には充分刺激的だった。

コットンの生地が胸のあたりでぴんと張っている。マックは称賛をこめてじっと見つめた。こんなに豊かな胸をしていたとは。

「こんばんは」キンドラが息を弾ませた。

「やあ」視線をあげて挨拶したものの、ふたたび胸に視線が行ってしまうのを彼は止められなかった。なぜいつも隠しているんだろう？　理由がわからない。

キンドラが胸を覆うように腕を組み、頬をかすかに染めた。明らかに困惑しているようだ。そこがまたそそる。

マックは笑みを浮かべると、手を伸ばしてキンドラの腕を軽く引っぱった。「だめだ。隠さないでくれ。眺めを楽しんでいるんだから。きみの体はきれいだよ、キンドラ」

キンドラは手を引き戻した。「あなたのせいで落ち着かない気分だわ」

「今だろうとあとだろうと、ぼくはすべてを見るつもりだ」

「あとで」彼女はささやいた。

「それなら、気が変わったわけじゃないんだね？」どうしても直接聞いておきたかった。キンドラ自らがこうすることを望んでいると言うのを。

キンドラの胸が上下している。彼女は片手をあげ、髪を留めているクリップをもてあそんだ。そして大きく息をつくと、ついに口を開いた。「ええ。変わらないわ」

やったぞ。マックは感謝のしるしに、地面にひれ伏してキンドラの足にキスしたい気分になった。一瞬本気で心配したのだ。もしもノーと言われたら、欲望を解き放つ場を失い、立ち直れないほどのダメージを受けていたかもしれなかった。

マックはキンドラに微笑《ほほえ》みかけた。「よかった。もうディナーに出かけられるかな？」

流行のスポットとして最近活気を取り戻した一帯にあるレストランまで、車で一〇分のドライブのあいだ、ふたりともずっと無言だった。キンドラはただ息を吸って吐くことに集中しているらしく、脚を組んでマックと距離を置こうとしていた。彼は運転に意識を向けながらも、機会あるごとに偶然を装っては彼女に触れた。

腿をかすめたかと思うと腕で擦る。一度など、グローブボックスからサングラスを取るのに、キンドラに密着しながら体を伸ばした。すると彼女は、はっと息をのんで身をこわばらせた。

それがキンドラを興奮させたかどうかはわからないが、マックのほうは間違いなく熱くなった。

〈モホ〉に予約を入れた際、彼はあらかじめ薄暗い隅の小さなテーブルをリクエストしておいた。店が希望をかなえてくれたことに感謝しながら、キンドラの背中のくぼみに手をあてて彼女を導いた。

席に着いてみると、お互いの体が密着するほど距離が近く、観葉植物の陰になっているためにほかのテーブルからふたりの姿は見えないようになっていた。膝と膝が擦れ合った。マックはテーブルの下に手を伸ばし、キンドラの剝《む》きだしの膝を撫でた。すべすべして柔らかい。

キンドラがびくりと反応して体を引いた。

彼女がなぜ生身の男でなくサイバーセックスを選んだか、マックはこれから探りだすつもりだった。そして彼女を歓ばせるための最良の策を考える。彼女をうめかせ、懇願させるための方法を。

テーブルの下で黒いズボンの前面が持ちあがるのを感じて、マックは座り直した。このままだと、テーブルをひっくり返すはめになりかねないぞ。

「それで、きみみたいにすてきな女性が、どうしてまたサイバーセックスに行き着いたんだい？」驚きをこめて彼は尋ねた。

キンドラはあと少しでアイスティーのレモンを飲みこんでしまうところだった。咳《せ》き込んだせいで涙が滲む。当然マックなら興味を抱き、理由を知りたがるだろうと予測しておくべきだった。仕事においても彼は好奇心旺盛《おうせい》で、だからこそ優秀なウェブ・デザイナーになれたのに違いない。だけど、今話題にしているのはダウンロードの所要時間なんかじゃないわ。セックスよ。

そもそもこれは、普通のデートとは違う。

マック・ストーンは単刀直入に切りこんでくるタイプの男性だ。キンドラは一緒に仕事をする過程でそのことに気づき、昨日のオフィスでのやりとりで確信を強めた。

次から次へとデートの相手を変える彼は、女性の扱いにかけてはちょっとした専門家と言える。マックが行く先々には、くすくす笑ったり微笑みかけたりして彼のために雑用を申しでる女たちが、必ずひとりやふたり現れた。

今度のことも、マックにすれば普通の、よくある出来事なのかもしれない。食事をしてセックスについて語り、実行に移す。けれどもキンドラ・ヒルの場合は、日常的にするたぐいの会話では絶対になかった。普段の彼女はセックスを話題にしない。

もちろん、ラスは例外だ。彼との関係はまったく別の問題だった。あれは一種のはけ口、趣味と言ってもいい。スキューバ・ダイビングをする女性もいれば、編み物をする女性もいるように、キンドラはラスとみだらなやりとりをしているにすぎなかった。

そう考えると、悲しくて憂鬱《ゆううつ》な気分になってきた。趣味にするなら、今からでもチェスか洞窟《どうくつ》探検を始めるほうがいいんじゃないかしら。テニスもきっと楽しめるわ。

返答を待つマックに、キンドラは慎重に言葉を選んで言った。「あなたに関係があるとは思えないんだけど」

アイスブルーの瞳は彼女から離れようとしなかった。「関係はある。ともかく今夜はね。きみのことが知りたいんだ」

キンドラの全身に震えが走った。アシュリーの言うことを聞くんじゃなかった。午後には気温が二〇度を超えたとはいえ、体に張りつくタンクトップを一〇月に着るなんてばかげている。家では上にデニムのジャケットを合わせていたのだが、かなり細身で、拘束衣に無理やり押しこまれているように感じたから、脱いでしまった。

今は全身をすっぽりデニムで覆ってしまいたい気分だ。そう、ゆったりしたデニムだ。デニムの袋がいい。それならマックに見つめられても、頭の中で裸にされているようには感じないだろう。

ただし問題は、わたしが彼に裸を見てほしいと願っている点にある。いいえ、訂正。裸の彼を見たいのよ。

けれども、そこにたどり着くまでが難しい。さっき玄関のドアを開けた瞬間に、マックがわたしを押し倒して、ワインと食事の部分を忘れ去ってくれればいいのに、と思った。

だが、それではまさしく安っぽいデートになってしまう。わたしはすでに、充分お手軽な女になっている。少なくとも、まずは相手の男性にお金を使わせるべきだろう。そう考えたとたん、キンドラは顔が熱くなるのを感じた。やっぱり、相手と直接顔を合わせなくてすむサイバーセックスのほうが向いているみたい。

「とにかく」マックが話し始めた。「卑猥《ひわい》な会話がしたいなら、せめてやり方をわかっている相手を選ぶべきだよ」

キンドラはマックの言葉に興味を引かれる一方で、たとえ暗い隅のテーブルといえども、ここが公共の場であることが気になってしかたなかった。まわりには人がいるのよ。声が大きすぎるんじゃないかしら。

マックを静かにさせようと、キンドラは口を開きかけた。

「言わせてもらえば、あの男はちっとも独創的じゃないね。そうだろう?」マックの声がさらに大きくなる。「〝きみの乳首を舐めたい。そうしたらきみはロケットみたいな勢いで、あっというまにのぼりつめるんだ。熱く、濡れて……〟」

なんてことかしら。マックったら、マイクを使って発表でもするつもり? それとも大型の広告看板を出すとか? ウェブで〈キンドラにめちゃくちゃ恥をかかせようサイト〉でも始めるつもり? さっとあたりをうかがった彼女は、ふたつのテーブルの人々がぽかんと口を開けてこちらを見ていることに気づき、クロスの下に隠れたくなった。

マックは彼女の恐怖に気づく様子もない。ぎょっとした表情を浮かべるまわりの目にも。

「ポルノ小説からそのまま書き写したようだな」

キンドラはこぶしを握りしめてささやいた。「マック!」もう、わたしが恥ずかしくて死にそうなのがわからないの?

「ぼくがメールを書くとしたら、こんな感じかな。〝きみが夢に現れてくれないと、ぼくは眠りにつくこともできない〟」

待って。ちょっと待って。キンドラはびっくりしてマックを見つめた。詩を語ってくれるつもりなのかしら？　そんなの取り決めのうちに入ってない。本気で惹かれている恋人のように扱われたら、どう対処していいかわからないわ。心の奥の願いとぴったり合いすぎる。頭に浮かんだ考えに驚き、もぞもぞと椅子に座り直した。心の奥の願いってなんなの？　彼とセックスすること。それだけのはずよ。

そうでしょう？

マックの片足がそっとキンドラの膝をかすめた。とたんに、体の隅々にまで衝撃が走った。「だめかな？　気に入らない？　じゃあ、これはどうだい？　〝きみは美しい女性だ。きみが欲しい。きみを味わいたくてたまらないんだ〟」

わたしはマックとは合わない。わかっていたけど、これではっきりしたわ。ほら、口元にかすかな笑みを浮かべているじゃない。わたしをからかっているのよ。キンドラは微動だにせずに座っていた。少しでも動けば、とんでもないことを口走ってしまいそうで怖かった。ものすごく無防備になった気がする。

「これもだめ？」マックは相変わらず笑みを浮かべていた。「卑猥な言いまわしのほうが好きなのかな？　その気になればぼくにもできるよ、キンドラ。たとえば……。〝ちっちゃなかわいいヒップをしてるじゃないか。ヤルのが待ちきれないよ〟」

キンドラはあんぐりと口を開けた。顎が胸まで届きそう。無意識のうちに声が出ていた。

「わたしは別に、その、卑猥なのが好きなわけじゃないわ」

好きなスタイルがあるわけでもないけど。だけど、あんな言葉で言い表されるなんてもうたくさん。充分よ。確かに、ラスはいつもああいう感じで語りかけてくるわ。でも、彼は本物じゃないもの。コンピュータが高性能になって、一緒におしゃべりしてくれるようなものよ。実在はするけど、現実じゃない。

それに、ラスはまじまじとこちらを見たりしないわ。筋肉の隆起がわかる半袖《はんそで》シャツを着て、うっとりするような瞳で見つめたりしない。女が思わず立ちあがり月に向かって吠《ほ》えたくなるような、低くて力強い声をしているわけでもない。

マックはラスとは違う。ああ、彼は本物で、どうしよう、すごく近くにいる。

マックがにやりとした。「卑猥なのはお気に召さない？　まあ、今のところはそれでもいいけど」

自分の心に正直になるとしたら——そんな気はないけど——あんなふうに言われていやじゃなかった。だけど、絶対に認めるつもりはないわよ。公衆の面前ではだめ。でも、ふたりきりなら、マックが全力で説得してくれたら、気に入ったと言ってしまうかもしれない。

ウエイターがふたりのそばへやってきて、料理がのった皿を大げさな手つきで示した。

「あら、見て、ディナーが来たわよ！」キンドラはウエイターににこやかな笑顔を向けると、アイスティーをごくりと飲んだ。

マックの勧めに従ってワインにしておくべきだったかもしれない。彼女は緊張していた。湯気をあげる皿をテーブルに置いてウエイターが去ると、キンドラはファヒータをトルティーヤにのせて巻く作業に没頭した。

マックも同じようにしていたが、ふいに疑問を口にした。「きみはいくつなんだ?」

フォークにトウガラシを突き刺したまま、キンドラは顔をあげた。マックは彼女ではなく、チキンを切る手元に視線を落としている。どうやら害のない質問のようだ。

キンドラは答えた。「二六歳よ」

「〈オハイオ・マイクロデザイン社〉には何年勤めているんだい?」

「四年」ファヒータを口に運び、スパイシーな風味を味わう。

「きみの家は持ち家? それとも賃貸?」

これはローン申請の聞きとり調査なの?

キンドラは料理をのみこむと、怪訝《けげん》に思いながら尋ねた。「どうしてそんなことをきくの?」

マックは肩をすくめ、椅子の背にもたれた。「きみを知ろうとしている。それだけだよ」

まあ、いやだ。それだけはやめて。

今度のことは、ラスとの関係の実写版になる予定だった。匿名の関係。セックスが目的のセックス。マックは主張の証明に努め、わたしは一年越しのファンタジーを実現させる。すべて申し分なく進むはずだった。月曜になれば、ふたりとも何事もなかったように振る舞い、人生は続いていく。

　ところが、キンドラはマックにそう告げる代わりに、いつのまにか答えていた。「あの家は六カ月前に買ったばかりなの。アパートメントに住むのに飽きてしまったから」

「わかるよ。ぼくのところも近所の人たちがしょっちゅう怒鳴り合っててね。それに、犬を飼いたいんだけど、うちのアパートメントには四・五キロルールというやつがあるんだ。四・五キロ以下なんて、いったいどんな犬がいるんだ?」マックは頭を振った。「少なくとも、ぼくが欲しい犬とは違う」

　キンドラの脳裏に、プードルを散歩させるマックの姿が浮かんだ。ついくすくす笑ってしまった。

「なんだい?」フォークを口に運ぶ手を止めて、マックがきいた。

「なんでもないわ」キンドラは笑っているのを見られないように、ナプキンで口を押さえた。

「教えてくれよ」

「いいわよ」ナプキンをおろす。「あなたがプードルと一緒に歩いているところを思い描いていたの。ふわふわの毛にリボンをつけて、ショッキングピンクのセーターを着せて」

　マックが口元を歪《ゆが》めた。「よせよ!　ありえない」

　キンドラは声をあげて笑った。「あなたはその子をビッツィって呼んでいるの。ノートパソコンと一緒にバックパックに入るのよ」

　マックも面白くなってきたようだ。にやっと笑って言った。「見てみたいんだな?」

「ぜひ見たいわ」だんだん楽しくなってきたキンドラの口から、止めるまもなく言葉がこぼれた。目の前にいるのがマック・ストーンだということも、思いのままに振る舞うべきでないことも忘れて。何年もかけて学んだ、他人の注意を引くより隅に埋もれているほうがいいという教訓を、すっかり忘れ去っていたのだ。

社内におけるキンドラの信条は、よく考えて口を閉ざす、だった。自分は自分の仕事をして、駆け引きは得意な人たちに任せる。

体と頭脳を隠して。

それでうまくいっていた。

だが、満たされず、落ち着かない気分にもなった。だから思いきって大胆な行動に出たのだ。

マック・ストーンとの一夜かぎりの関係に身を投げだすほど、大胆な。

「きみが好きだよ、キンドラ」マックの口調が熱を帯びたものに変わった。

彼の笑い声が途切れる。片手がキンドラの膝に置かれた。この手が脚から腿へ、さらにもっと上へ動いたら……。

キンドラの口から奇妙な音がもれた。

「マック」

この吐息まじりの変な声はわたしのもの？　子猫が喉を鳴らすような音が出せるなんて知らなかった。

狼狽《ろうばい》と興奮を同時に覚え、彼女はうしろに身を引こうとした。椅子が音をたてて壁にぶつかる。

マックの手が膝を越えて内腿にたどり着き、あたりを軽く撫でながら行ったり来たりし始めた。スカートの裾《すそ》がたくしあげられていく。彼は身を乗りだしてさえいなかった。釣りあげられた魚はきっとこんな気分なんだわ。じたばたすればさらに状況が悪化するだけ。

それに、これはとても……とてもいい気持ち。すごくみだらな感じがする。たとえ誰かがこちらを見たとしても、マックがテーブルの下でわたしの膝に手を置いているとしか思わないだろう。たいしたことじゃない。みんなやっていることだわ。

キンドラはテーブルの縁をつかみ、なんでもないふりをしようとした。マックは空いている手でチキンを食べながら、偽りの無邪気さと、いたずらっぽい決意がまじり合った表情を浮かべていた。

マックが欲しい。思わせぶりで意地悪な指はすぐそこまで来ているのに、肝心なところに触れてくれない。キンドラは息をするのも難しくなってきた。胸の頂が痛いくらいにこわばり、タンクトップを押しあげている。ぞくぞくして体が震えた。

深呼吸して、彼女はファヒータに手を伸ばした。

マックが腿の内側を軽くつまむと、脚のあいだにかっと熱い波が押し寄せた。びくっとしてファヒータをテーブルに落としてしまい、ビーフが中からこぼれだした。

瞳を欲望で曇らせたマックが口を開いた。「デザートは省略したほうがよさそうだと思わないか？」

ええ、イエスよ。それがいい。

今すぐお勘定を頼んだらまずいかしら？

マックが言った。「あまり腹が空《す》いてないんだ。持ち帰りにしよう」

ますます彼のことが好きになっていくわ。

3

運転中のマックが、道路に目を向け続けるのは至難のわざだった。油断すると彼の視線は、すぐに助手席のキンドラのほうへそれたがる。脚を組んで座る彼女のスカートの裾は、とても無関心でいられないほどずりあがっていた。

あのデニムの下にちょっと手を伸ばせば、もうそこにパンティがある。マニュアル車ではなく、オートマチック車にするんだった。それなら片手が自由になるから、キンドラのスカートの中にもぐりこませることも可能だったのに。

会話はなかったが、車内には持ち帰りにしたメキシコ料理のスパイシーな香りと、性的な緊張感が濃密に立ちこめていた。

マックは全身でキンドラの存在を意識していた。彼女が柔らかそうな胸を上下させ、小さな手を握ったり開いたりするたびに、甘い花の香りが彼のところまで漂ってきた。

興奮が膨れあがって、自制心を失いそうだ。

キンドラが長い睫毛《まつげ》の下からちらりとマックを見た。

彼は時速六〇キロから減速もせずにＳＵＶをドライブウェイに乗り入れ、急ブレーキをかけた。

キンドラはダッシュボードをつかんで息をあえがせた。「早かったわね」

「グローブボックスから取ってほしいものがあるんだ」助手席の彼女のほうに身を乗りだしたりしたら、胸にキスする誘惑を抑えられるとは思えなかった。キスどころか、むしゃぶりついてしまいそうだ。今、ここで、ドライブウェイ上で。

「いいわ」キンドラがグローブボックスを開けた。「まあ！」

マックはそこにコンドームの大箱を放《ほう》りこんでおいたのだ。サイズは特大。うぬぼれるわけではないが、レギュラーサイズだと窮屈だった。

「ああ、その箱を持ってきてくれ、キンドラ。中に入ろう」

「わかった」キンドラが甲高い声で言った。

彼女は慎重な手つきで箱を取りだすと、まるでそれが黴《かび》だらけのチーズであるかのように、できるだけ体から離して持った。

車を降りたマックは、キンドラのあとに続いて玄関へ向かった。彼女はコンドームの箱を遠ざけるのに気を取られ、スカートのことはすっかり忘れているみたいだった。

今やスカートの裾は曲線を描いてずりあがり、引き締まった小さなヒップをかろうじて覆っているだけで、太腿のほとんどが露出していた。途方もなくセクシーに見えることに、本人はまったく気づいていないところが、さらに興奮を誘われる。

玄関の前で鍵《かぎ》を取りだし、鍵穴に入れるためにキンドラが前かがみになった。

スカートの生地がヒップに張りつき、パンティラインがくっきりと浮かんだ。そのとたん、最後まで残っていたマックの自制心は音をたてて弾《はじ》けた。

ドアが開いた瞬間に、彼は両手でキンドラのウエストをつかみ、室内へ押しこんだ。驚きの声をあげる暇すら与えず、彼女をくるりと回転させて、唇を奪う。

うーん、いい味だ。甘くてホットでスパイシー。ふっくらとした唇がため息とともに白旗をあげ、マックの唇の下で開いた。彼はすかさず舌を深く差し入れた。

ウエストをつかんだままキンドラを引き寄せ、両脚のあいだに彼女の体を閉じこめる。ヒップに手を這わせ、自らを押しつけながらデニムのスカートの下に指をすべらせた。服を着すぎているな。ふたりとも、脱がなきゃ。

耳に届くキンドラの息が、熱く、速くなっていく。マックが身を引くと、彼女はすすり泣くような声をもらした。

その切羽詰まった響きにかきたてられ、彼はふたたび手を伸ばしてキンドラを引き寄せ、下唇を口に含んでそっと吸った。そのまま彼女を押して、近くの壁にもたれかからせる。

キンドラは頭をのけぞらせ、うめき声をあげた。今すぐ彼女を自分のものにしたい。これまで出会ったどんな女性より、キンドラが欲しかった。

もうすぐだ。

マックがタンクトップに手をかけて引き裂こうとしたちょうどそのとき、キンドラがささやいた。「マック」

恥ずかしそうに震える声が彼を正気に返らせた。ちゃんと手順を踏んで時間をかけて愛を交わすのは、チャットルームでおしゃべりをするより、ずっとすばらしいものだと示すつもりでいたのに。

焦ったら何もかもが台無しになるぞ。マックは自分を叱《しか》りつけた。あと五分くらい待てるだろ。

彼は深呼吸をして、一歩うしろにさがった。ポケットに両手を突っこみ、咳払いする。さらに、ゆっくりと五つ数えた。

ようやくいつもとほぼ変わらない声が出せるようになった。「きみのコンピュータはどこにあるんだい、キンドラ?」

キンドラはわけがわからなくなって目をしばたたいた。どういうこと? マックに脚を広げられた体勢のまま、膝を折って壁に寄りかかり体を支える。

マックは何事もなかったように、あたりを見まわしながらリビングルームへ入っていった。

「常時接続にしてる? それともダイヤルアップ?」

どうしてそんなことをきくの? CDでも注文したいのかしら? 自分のメールをチェックするつもり? 放置してわたしを苦しめたいの?

キンドラは壁から身を離し、キスで濡れた唇を拭《ぬぐ》った。「いったいなんなの?」

マックは何気ない素振りを見せているものの、カジュアルな黒いズボンの前が、それとわかるほど変化していた。彼がまったく心を動かされていないわけではないと知り、キンドラは嬉《うれ》しくなった。

「サイバーセックスだよ。忘れたのかい？　生身の男のほうがいいってことを証明するには、きみのサイバーセックスのパートナーがどんなことを言っているのか、知っておく必要があるんだ」マックはゆっくりと顎を擦った。「彼のメールを読んで……その内容をきみに試してみるんだ」

なんですって？　膝から力が抜け、キンドラはもう一度壁にもたれかかった。マックはさっきよりずっと離れたところにいるのに、それでもわたしの体を疼《うず》かせる。

キンドラの体の隅々まで目で追い、こわばった声で彼は言った。「そうすれば、きみはどちらがいいか決められるはずだ」

「予備のベッドルームに置いてあるわ」キンドラは廊下の先を指差した。「わたしのベッドルームは二階の大きな部屋にしてるの。この家はケープコッドスタイルだから、あとのふたつのベッドルームは一階にあって、そのひとつをホームオフィスとして使っているわ」

緊張からぺらぺらとしゃべってしまうので口を閉じ、マックに手を引かれるまま、ホームオフィスへと向かった。コンピュータは電源が入ったままだった。つねに起動させ、二四時間ネットに繋《つな》ぎっ放しにしているので、今もかすかな音をたて、楽しげに鼻歌を歌いながら彼女を待ってくれている。

マックが言った。「彼からのメールを開いてくれ」

キンドラはためらい、部屋の真ん中で立ち尽くした。ラスのメールの中にはかなり露骨なものもあるのだ。「読んだらすぐ削除しちゃってるの」

マックはにやりとして眉をあげた。「じゃあ、ごみ箱から取りだそう。諦《あきら》めろよ、キンドラ。いくつか残っているはずだ」

ホームオフィスにしている部屋はせまく、デスクとファイルキャビネットと回転椅子を置いたらもういっぱいだった。取り替えようと思いながらそのままになっている、分厚い茶色のカーペットが敷いてある。キンドラはカーペットのほつれにヒールを取られてつまずいた。マックがさっと支えてくれたかと思うと、手はすぐに離れてしまった。

キンドラは立ったままマウスを操作した。

「ほら、ひとつあったじゃないか」マックが画面を示した。

ひとつどころではなかった。少なくとも一〇通以上ある。画面からはラスのメールアドレスが、キンドラを嘲笑《あざわら》うかのように見返していた。本気なの？　このわたしにできる？

今夜ひと晩は、壁の花のキンドラをクローゼットに閉じこめて、罪悪感を覚えずに夢中になれるかしら？

「これを開いて」

優しいながらも、きっぱりとした口調でマックが言った。刺激的で、けれども、口調は怖くなかった。彼は絶対にキンドラの嫌がることはしないだろう。

キンドラはマウスをクリックした。

メール画面がぱっと開いた。

「〝キンドラ、何を着ているんだい？〟」マックが声に出して読み始めた。彼はくすくす笑っている。「言っただろ、ちっとも独創的じゃないって」

彼は画面からキンドラに視線を向けた。「だけど、とりあえずは読んで確かめてみよう。きみは何を着ている？」

キンドラがデスクの前に立ち尽くしていると、マックは彼女の背後に移動して、指の先でそっと背中をなぞった。

「セクシーな青いタンクトップと」彼が前にまわりこむと、指は腕を通ってキンドラの胸にたどり着いた。「それにブラ。ブラをつけているのは間違いないな」

胸の先をかすめられ、キンドラははっと息をのんで不安げに唇を噛んだ。指は胸の谷間をぬって彼女の全身に震えを走らせ、スカート目指しておりていった。マックはウエストをつかんで軽く引き寄せた。

「そしてデニムのスカート」

さらに下へ指が進むあいだ、キンドラは目を細め、こぶしをきつく握りしめていた。ああ、助けて、マックがわたしの前で膝を突いている。次に何が起こるかくらい想像がつくけれど、彼の意図は理解できないわ。でも、わたしをじらしているのは確かね。彼の手を感じたいのに。こんなふうに指一本でそっとさわるのではなく、両手で触れ、愛撫《あいぶ》してほしい。

そこが問題なのよ。マックが欲しくてたまらない気分にさせられている。彼の指はくねくねとスリットの中に入りこみ、スカートを引きあげながら、ふたたび上に向かう。

腿に冷たい空気が触れる。指の腹が下着の上からその部分に押しあてられたとたん、体の芯《しん》がかっと熱くなった。

「それからパンティ。すごくセクシーな、シースルーのパンティだ」

それはキンドラが自らに課した挑戦だった。買ったばかりで今日初めて身につけた、透ける黒いパンティ。身につけたらどんなふうに見えるか、すでに鏡で確かめていた。だから、マックの目に映る自分の姿も知っている。彼の顔は、その部分からほんの数センチしか離れていなかった。あとはただ、生地を脇《わき》に寄せるだけでいい。そうすれば……。

マックが手を離したので、スカートが元に戻った。落胆のあまり、キンドラの口からうめき声がもれる。

彼は足を撫で始めた。「サンダルも」

それからマックは決して体を密着させずに、軽くかすめるようにして立ちあがった。ゆっくりと身を起こした彼は、キンドラがヒールのある靴を履いていても圧倒されるほど背が高く感じられた。

マックが口を開きながらかがみこんできた。キンドラは目を閉じ、キスの瞬間を待ちかまえた。ところが唇は通りすぎてしまう。彼女は困惑して目を開け、ぐっと頭をそらした。

ツイストにした髪がほどかれようとしていることに気づき、驚いて小さく叫んだ。

「ヘアクリップがひとつ。でも、もう役目を終えた」マックがクリップを肩越しに放り投げ、キンドラの髪に両手を差し入れた。

かすかに痛みを感じた。マックの手の動きは優しいとは言えず、髪が乱暴に引っぱられた。しかし、キンドラはほとんど意識していなかった。興奮した彼の表情に魅せられていたのだ。マックがつぶやいた。「きみの髪が好きだ。おろしたところを見たくてたまらなかった。なぜだかわからないけど、赤いメッシュが入っていると確信していた」

たとえ紫色だろうと緑色だろうと、そんなことはどうでもいいわ。キンドラは大胆にも自分から手を伸ばし、彼の首に両手をまわしてキスをせがんだ。

唇がそっと押しあてられ、舌が触れたと思った次の瞬間、マックはさっと身を引いてしまった。キンドラは支えを失い、またしてもよろけた。

「きみの友達がほかにどんなことを言っているか、見てみよう」

キンドラはぼうっとしたまま立ち尽くし、画面をスクロールしてメールを読むマックを見つめていた。本気なんだわ。本気でラスのメールの内容を実行に移す気なのね。快感で死んでしまうか、もう許してちょうだいと懇願するまで、わたしに触れて、じらして、愛撫するつもりなんだわ。どちらが先になるのかしら。

どちらでもたいした違いはないけど。

「さあ、ここだ」マックは体を起こし、声に出してメールを読み始めた。「〝きっとすごいおっぱいなんだろうな、キンドラ〟」

マックの視線がちらっと彼女のタンクトップに向いた。「この点は保証する」

キンドラは胸を覆いたい気持ちをこらえ、両手をスカートに擦りつけた。メールの内容をはっきり覚えていないので、次に何が来るかわからない。怖くもあり、刺激的でもあった。マックが続きを読んだ。「〝丸くてふっくらしてるに違いない。乳首はむしゃぶりつかれたくて、ぴんと張りつめてかたくなっている。それを強くすばやく吸って、舌で味わい尽くすんだ〟」

そこでいったん言葉を切り、口の端を歪めた。「ぴんと張りつめてかたくなってる、というのはくどい表現だな。きみの乳首に意志があるとは思えないが。まあ、言いたいことはわかる」

そう言うと、さっとふたりの距離を縮めた。キンドラは身構える暇もなく、無防備な状態のまま、気づいたときにはタンクトップの上から胸をむさぼられていた。

「ああっ、そんな！」とたんに、自分の口走った言葉が恥ずかしくなる。

だが、恥ずかしさはたちまち快感に取って代わられた。

マックの両手がウエストにかかり、タンクトップをたくしあげる。肌に彼の腕を覆う毛があたってちくちくしたかと思うと、次の瞬間にはブラが押しさげられ、胸がこぼれでていた。迷いのない舌がさっと胸をかすめる。キンドラは彼の肩をぎゅっとつかんですすり泣きをもらした。優しくするつもりはないらしい。舌でくまなく探ったあと、マックは先端を口に含んできた。

そうよ。

歯を立てられ、キンドラは快感と痛みの入りまじった奇妙な感覚にとらわれた。初めての感覚だがいやな感じではなく、むしろ興味を引かれる。マックが顔をあげると、キンドラの体が揺らいで彼のほうへ倒れそうになった。やめないで。熱く疼いて、この先が知りたくてたまらなくなっているのに。

アイスブルーの瞳が欲望に煙り、いつもより濃く見えた。彼は口元を拭って言った。「強く吸う、と書いてあったから」

もっともらしい口実だわ。もしかして、マックもわたしと同じくらい夢中になってるの？　われを忘れるほど。

「強くすばやく、でしょう」目にかかった髪を払いのけながら、キンドラは訂正した。

マックは爆発寸前だった。キンドラが欲しい。昨日もそうだった。だが、こんなふうにゆっくり彼女に火をつけていると、途方もなく興奮してくる。

じっくりと時間をかけてキンドラを歓ばせ、準備を整わせようとした男は、これまでいなかったらしい。彼女を見ているのは面白かった。キンドラはショックを受けながらも、間違いなく楽しんでいた。

緑の瞳が驚きに見開かれ、情熱でかすんでいる。喉からはマックを駆りたてる歓びの声が絶えずもれていたが、それに気づいたとたん、恥ずかしそうな顔になった。主導権を完全にぼくにゆだねているようだ。

マックが与え、彼女が受け止める。

今日までマックは、自分はすばらしいセックスを何度も経験していると思っていた。とは言っても、まわりの評判は大げさすぎる。デートはたくさんしたが、実際にベッドをともにした女性の数は多くないのだ。それでもセックスはすごかったと自負していた。

しかし、彼は間違っていた。いいセックスを体験してきたのは嘘ではない。けれども、こんなふうに切羽詰まるほど駆りたてられ、相手を歓ばせたいと必死になり、われを失いかけたことは一度もなかった。

過去のセックスは、つねに自分のためのものだった。相手の女性が楽しまなかったとは言わないが、結局のところは、自らの快楽を追い求めるための手段にすぎなかった。

こんなふうに相手を歓ばせることで得られる快感は、マックにとって初めての感覚だった。キンドラを興奮させ、ひと晩中でもその姿を眺めていたい。

マックはコンピュータ画面に視線を戻した。オンライン上の空想を実践するというこの方法を、彼女は気に入ってくれたようだ。

「〝俺のためにブラを外してくれ〟」彼はキンドラに微笑みかけた。「うん、ここのところはいいな」

彼女は豊かな赤褐色の髪を両肩に垂らし、まだマックの前に立っていた。落ち着かない様子で、またスカートを撫でつけている。

「上を脱げとは言っていないから、タンクトップはそのままだ」

キンドラがタンクトップの裾に手をかけながら言った。「見ないで」

マックは笑い声をあげ、言われたとおり目を閉じた。「いいとも」どのみち、これから何もかも見るつもりだ。胸にキスする段階に進んでも彼女はまだ恥ずかしがっているが、別にかまわない。

目を閉じたままコンピュータのデスクに寄りかかり、マックは脚を交差させた。

「すごいセックスを経験したことはあるかい、キンドラ？」

ブラの肩ひもと必死で格闘していたキンドラは、何も考えずに答えていた。「いいえ」思わず心の中でうめいた。声に出すつもりじゃなかったのに。どこかに異常があるとか、歓ばせるのが難しいとか、マックにはそんなふうに思われたくない。

マックは続けた。「きみのせいじゃないよ。誰だか知らないが、男のほうが悪いんだ」

腕からブラの肩ひもだけをおろし、タンクトップから下着を引き抜いて、キンドラはマックの顔をうかがった。彼はまだ目を閉じたままデスクにもたれている。ひょっとして見えているのかしら？　にやにやしてるみたいだけど。

「わたしのせいかもしれないの。もしかしたらわたし、感じにくいのかもしれない」なんでこんなことを彼に話しているの？　ひそかに恐れていたことなのに。でも、言ってしまったことはもう撤回できない。

マックの口の端があがった。「そうは思わないな。これまでのところ、きみは満喫しているように見えるよ。違うかな？　楽しんでるだろう？」

「ええ」彼に見つめられていなければ、正直になるのはずっと簡単だった。そう、わたしは楽しんでいる。予想していたよりはるかに。

「よかった」

マックがぱっと目を開いた。「オーガズムを感じたことは?」

生身の男性相手で? ブラを握りしめたままキンドラは凍りついた。ヒステリックに笑いだしたくなる。えーと、それなら片手で数えられるくらい。いいえ、指一本で足りるわ。たったの一回だけ。それもまったくの偶然だったと確信している。なぜなら、それ以来一度もないんだから。

「どういう意味かしら?」キンドラは手の中でブラをねじりながら、なんとか質問をはぐらかそうとした。

マックが笑った。さっと体を起こす。うわあ、こっちへ来る。キンドラはあとずさった。

「簡単な質問だぞ。これまでにオーガズムを感じたことはある?」

「あるわよ」

「セックスで? きみが上になっているときか、それとも下か。もしかして、うしろから?」

顔が燃えるように熱くなってきた。うしろから? からかっているのね。「どれも外れよ」

マックはキンドラのすぐ前まで近寄るとブラをつまみ、彼女から取りあげた。そのままぽとんと床に落とす。

「じゃあ、指で? 舌かな?」

だめ、答えられない。彼のシャツがわたしの胸を擦るほどそばに立たれて、答えられるわけがないわ。マックの興奮がキンドラの下腹部をかすめたかと思うと、彼は腰を引いた。かすっては遠ざかり、またかする。軽くリズミカルに繰り返される動きが、キンドラの体の奥深くから渇望を呼び覚ました。

オーガズムを得られない体質みたいだなんて、声に出して認めるわけにいかないわ。そんな告白を聞かされたら、マックは諦めて帰ってしまうかも。彼女は小さな声で言った。「そんなことメールになかったと思うけど？」

マックの瞳が色を増した。「うん、いい指摘だ。それなら次を見てみようか」

彼が背を向けたすきに、キンドラは安堵《あんど》のため息をついた。マックが近くにいるとまともに頭が働かない。全身が熱を帯びて力が抜け、胸が苦しくなってくる。

マックはひと晩中こんな調子で戯れるつもりかしら。一二時間も。

これ以上身が持つとは思えないわ。彼ときたらいやになるほどスローペースで、前の恋人との一年すべてを合わせたよりずっと、前戯に時間をかけてわたしをじらしている。

どうやら今までわたしは不当な扱いを受けていたみたいね。二六歳にもなるのにこういう歓びを一度も味わったことがなかったなんて、もったいないにもほどがある。これまでにつきあった三人を呼びだして、〝あなたたち、やり方が間違ってたんじゃないの？〟と言ってやりたい。

あなたたちのやり方は、全然違うわよ。

マックなら彼らに助言してあげられるかもしれない。どうすればいいか心得ているもの。

過去に彼とデートして満足げな笑みを浮かべていた女性の数で判断するなら、そう思っているのはわたしだけではなさそうだ。

ふいに、キンドラの胸に嫉妬《しっと》の波が押し寄せてきた。わたしを見ているときのような目をほかの女性に向けてほしくない。でも、マックはわたしのものじゃないのよ。

わたしがひとり占めできるのは、たった一二時間だけ。それを忘れちゃだめ。

だけど、せめて与えられた時間は、目いっぱい楽しもう。思い悩むのはそのあとでいい。

キンドラの目の前にマックの横顔があった。かすかに唇を動かしながら、声に出さずにメールを読んでいる。力強い顎のラインやまっすぐな鼻筋がすてきだわ。あの短い黒髪に両手をうずめて軽く引っぱったら、どんな感じかしら。

「しまった」ちらりとキンドラを見たマックが言った。「どうやらぼくらは間違っていたようだ」

わたしに不満はないけど。「どうして？」

「だって、きみが普段していることとは違うだろう？　つまり、ここでひとりでメールを読んでいるときとは」

マックの言いたいことがわからず、キンドラはじっと彼をうかがった。「わたしにはどういう意味か……」

マックの指が伸びてきて、キンドラの唇をふさいだ。「しーっ。説明するよ」

彼の肌の香りと、メキシコ料理の芳しいスパイスの残り香が、鼻腔《びこう》を刺激する。

本能に導かれるまま、口を開いてマックの指を舐めた。

その行動に驚いたのはキンドラだけではなかった。

「くそっ」マックが叫んで目を細める。

彼女の脳裏にもまったく同じ言葉が浮かんでいた。

指がキンドラの唇のあいだにすべりこんだ。

彼の指をくわえてそっと吸う。マックが覆いかぶさってきた。自制心が揺らいでいるのがはっきりわかったが、彼は懸命にこらえている。

キンドラはさらに強く吸って指を中に引き入れ、長さに沿って舌を這わせた。突然、その動きが何を真似《まね》ているかに気づいた。マックを体の中に感じたくてたまらないと切望していることにも。

乱暴に指を引き抜かれ、キンドラは落胆のうめき声をあげた。

「いけない悪い子だな」からかうようにマックが言った。「きみから目を離さないほうがよさそうだ」

ええ、そうしてちょうだい。目でも手でも、舌でも……。

急に積極的な行動に出たキンドラ自身、驚いていた。男性に対して主導権を握ることには慣れていない。

だが、元から従順な性格ではなかった。努めておとなしくしているうちに内気な仮面が身につき、本来の自分を見失っていたのだ。

マックが彼女を大胆にさせてくれた。

「ごめんなさい」キンドラはにっこりして謝った。

「すまないと思っていないくせに」

首を振って認める。「ええ、思ってないわ」

マックは短く激しいキスでキンドラの唇を奪った。「よし。ぼくの前では、きみはしたいと思うことを自由にすればいい、キンドラ。ぼくとのセックスでは謝る必要なんかないんだ」

なんだかおかしく思えてきて、キンドラは小さく笑った。

マックが笑みを浮かべて言う。「ぼくを笑ってるのか？」

「違うわ、あなたをじゃないの。あなたと笑ってるの」母親によく言いまわしを注意されたことを思いだし、キンドラは訂正した。

マックは鼻を鳴らした。「ぼくは笑ってないぞ」そう言って彼女の手をぎゅっと握った。

「まあ、いいか。きみもすぐに笑っていられなくなるはずだから。これまで経験したことがないくらい、すばらしいセックスをするんだ」

準備はオーケーよ。さあ、いらっしゃい。「笑わないと約束するわ」わざと視線をさげ、マックのズボンの前を見つめた。

彼はキンドラがふざけていることにすぐ気づいたようだ。「おい！」

あっというまに引き寄せられ、首筋にキスされた。マックのみごとな高まりが、まさしくぴったりの場所に押しつけられた。

彼がくぐもった笑い声をあげた。「後悔するぞ、キンドラ・ヒル。ミスター・ナイスガイでいるのはもうたくさんなんだ」

ナイスガイなんていらないわ。欲しいのは激しさ。あからさまで、みだらなのがいい。

「ごめんなさい」キンドラは従順とはほど遠い声で言った。「いい子でいるよう心がけるから」

マックは喉を締めつけられたような音を発しながらうしろにさがり、首を振った。「きみがどのくらいいい子になるか、確かめるのが待ちきれないよ」

わたしも待ちきれないわ。

4

くそっ、くそっ、くそっ。キンドラは自分が何をしたかわかっているのか？　指一本使ってないのに、こっちはもう少しで自制心を失うところだった。

彼女は会社にいるときのような堅苦しい女性じゃない。ときどきちらっと現れるあの瞳のきらめきに、これまでだって気づいていただろう？　今の彼女の目も、言葉とは裏腹に輝いている。

キンドラはすごい。爆発寸前だ。

口では堅いことを言いながら、目は悪女になりたいと訴えている。

完璧じゃないか。

マックはキンドラを引き寄せた。「メールの話をしていたんだったな。いつもどんなふうに読んでいるのか、教えてくれ」

キンドラの顔を困惑がよぎった。

「椅子に座って？　それとも立って？」満足させてくれる相手もなしに、みだらなメールで体を火照らせ身もだえする彼女を思い浮かべて、昨夜はほとんど眠れなかった。

ちくしょう。ぼくのほうが熱くなって身もだえしている。まただ。昨日キンドラのオフィスに足を踏み入れた瞬間から、興奮せずにはいられなくなってしまったらしい。

「いつもは椅子に座っているわ」

「それならかけてくれ」マックはコンピュータの前の椅子を示した。

「何を着ている？　パジャマ？　セクシーな服？　それとも裸？」それは、どうしても脳裏から消えてくれないイメージだった。一糸まとわぬキンドラが脚を組んで椅子に座り、片手をマウスに置いて頭をのけぞらせているイメージだ。

息をのむ音が聞こえた。「裸じゃないわ。いたって普通の服よ」

「やって見せてくれ」マックは促した。

キンドラが腰かけると、椅子がわずかに回転した。彼女は問いかけるようにマックを見あげた。

「それからメールを読むのかい？」

キンドラは無言でうなずいた。

「なら、読むんだ。声に出して」マックは気に入ったメールを選んでおいた。今はそのメールが画面に出ている。

一瞬のためらいを見せてから、キンドラは画面に視線を向けた。彼女の喉が動き、唾をのみこんだのがわかった。やがて、震える声でメールを読み始めた。

「〝キンドラ、きみの全身に手を這わせたい〟」彼女の頬が鮮やかなピンク色に染まった。

マックはキンドラの肩に両手を置き、指を広げた。

彼女はびくっとして前のめりになった。

「しーっ。続けて」

体をこわばらせ、キンドラは椅子に座り直した。大きくひとつ深呼吸してから、続きを読む。「〝指で乳首に触れて、それから両手でそのセクシーなおっぱいを包むんだ〟」

恥ずかしさに負けたらしく、最後のほうは消え入るようなささやきになっている。

「なんだって？　最後になんて言ったか聞こえなかったよ」

嘘。ちゃんと聞こえているんでしょ。またわたしをからかってるんだわ。でも、いやじゃない。すごくいい感じ。

キンドラは少しだけ声を大きくして言い直した。「〝おっぱいを包むんだ〟」

顔が燃えるように熱い。こんなことをしてるなんて信じられないわ。だが、同時に興奮もしていた。欲望が脈打ち、自分が恥知らずで大胆になった気がする。マックの両手が胸の先端をかすめてから乳房を覆い、そっと包みこんだ。タンクトップをたくしあげている。

キンドラの視線は焦点が合わなくなった。

「ほかには？」

彼女はふたたび画面に目を向けた。「〝乳首をつまんで擦っていると、きみが吸ってほしいと懇願して……〟」言葉が途切れてあえぎ声に変わった。

マックの手はすでに動き始めていた。ほかにすることがないからここでキンドラをじらしているんだ、と言わんばかりに、ラジオのつまみでもまわすような手つきで、ゆっくりと物憂げに手を動かす。キンドラは思わずあえいだ。喉からうめき声がもれる。

彼女はがくりと頭をのけぞらせた。マックの動きは止まらない。もう耐えられないわ。椅子の中で身をよじり、さらに追い求めるように背をそらして叫んだ。

手は離れもせず、それ以上進みもせず、軽く触れてはぎゅっと力を入れる動作を繰り返している。キンドラは苦悶《くもん》の表情を浮かべて椅子をつかんだ。

「マック、お願いよ！」

「なんのお願いだい？」

「そこにキスして。お願い」激しい渇望に駆られて口走ったあとで、たちまち恥ずかしくなった。

「丁寧に頼んだから、望みをかなえてあげるよ」マックは肩越しにかがみこみ、タンクトップの生地を脇に寄せた。

唇が押しあてられた瞬間、キンドラはうめいた。そう、これが欲しかったのよ。彼が近づきやすいよう腕をうしろにまわす。欲望が全身を駆け抜け、カーペットにサンダルがくいこんだ。

その動きにつられて椅子が回転し、マックがバランスを崩しかけた。

「そこを動かないで」そう言って、彼は体を起こした。

キンドラは引き戻したい一心で手を伸ばしたが、マックはすでに届かないところへ移動していた。

「次は？」

「なんですって？」ああ、メールのことよね。もちろん。でも、ちゃんと言葉で言ってくれなくちゃ。わたしに指示して。

「わかっているんだろう。読むんだ、キンドラ」

キャンプファイアにかざしたマシュマロのように自制心が溶けていくのを意識しながら、彼女は言われたとおりにした。メールを読むことで彼の手を感じられるなら、そうするまでよ。どうしても愛撫をやめてほしくない。「〝きみがスカートをはいていたら、俺は手をおろしていく。おなかを越えてもっと下へさがり、きみを包みこむ〟」

息ができない。マックの手がキンドラにかぶさった。

「すごく熱い。デニムを通しても、きみが燃えているのがわかるよ」

今なら鋼鉄を通してでも熱が伝わりそうよ。「〝立ちあがってパンティを脱いでくれ〟」観念すると同時に待ちきれなくなって、キンドラは言われる前に椅子から立った。マックがひざまずくのを見て息をあえがせる。スカートの中に彼の両手が入ってきてヒップからパンティの下にすべりこみ、じかに肌に触れた。

マックがすばやくパンティを引きおろすと、キンドラはぶるっと身を震わせた。

「足を抜いて、それからもう一度座って」かすれ声で彼が命じた。

キンドラは呆然《ぼうぜん》と立っていたが、タンクトップが胸の上にたくしあげられたままになっていることに気づき、はっと息をのんだ。彼はしっかり服を着ているので、かなり気恥かしい。想像していたよりずっと刺激的だった。体内を駆けめぐる興奮に、陶然としてめまいを覚えるほどだ。

ふたたび椅子に腰をおろし、膝をきつく閉じて背もたれに体を預けた。うしろにまわりこんだマックの、ぴりっとした汗のにおいを感じる。

「読んで」

さっと画面に視線を向け、中断した箇所を見つけた。

「〝スカートを引きあげ、思いきり脚を開き、きみの中に指を差し入れる〟」ああ、どうしよう。マックがスカートをたくしあげていた。彼はキンドラの脚を開かせると、なんのためらいもなく指を中にすべりこませた。

座ったままびくりと跳ねる。「マック」低くうめくようなささやき声がもれた。

「さて、どうする？」

キンドラは口がきけなかった。もうメールを読むこともできない。脚がさらに開いていく。マックに手を動かしてもらおうと、体をくねらせた。けれども、彼の指はじっと止まったままだった。

「こんなことできないわ」キンドラはあえいだ。

それでもマックは動かない。耳元でささやく声は、彼女をなだめるように低かった。「ひとりのときもこうしているんだろ？　メールを読みながら体にさわる。違うかな？」

「マック」キンドラは頭を垂れて懇願した。

ようやく彼が動きだしたものの、あまりにゆっくりりで、欲求不満がつのって叫んでしまいそうだった。すり寄ろうとしたが、止められた。

「質問に答えるんだ、キンドラ。手で触れるのか？」

マックの考えていることがわかったわ。口に出して言うまで指を動かさないつもりなのね。キンドラは半狂乱になって真実を告げた。彼を感じるためならなんだってする。

「そうよ」彼女はうめいた。「自分でさわるの」

呼吸するんだ。マックは自らに言い聞かせた。身をかがめ、じらすようにキンドラの胸に頭を近づけていく。彼女はマックのために開かれていた。指は彼女の中でぬくもりにぴったり包みこまれている。

しっとりと。くそっ、キンドラは濡れている。ぼくのために。

「そうじゃないかと思ってたんだ」キンドラが椅子に座って脚のあいだに手を添えているイメージは、これからも消えることがないだろう。だが、今夜彼女に触れるのは、このぼくだ。

「きみの代わりに読もう」マックは画面に焦点を合わせた。「〝奥まで深くすべりこませ、それから引き抜く。また中へ、そして外へ。こういうのが好きなんだろう？〟」

読みながらそのとおりに指を動かすと、キンドラがすすり泣いた。

「ええ、好きよ」

ぼくも好きだ。彼女は膨らんで脈打ち、なめらかになっていた。マックはさらに続けた。

「〝きみは熱く濡れて、ファックされるのを待ちかまえている。だけど、まだそうしない。今は指一本だけだ。いや、二本……〟」

マックが最初の指にもう一本添えると、キンドラはかすれたため息をもらした。なんて熱くてきついんだ。

「ああ、そうよ」彼女がささやいた。

「〝やっぱりやめておこうか〟」マックは指を引き抜いた。

キンドラがもらした落胆の叫びが、彼の股間《こかん》を直撃した。

「〝あるいはクリトリスにさわって、きみがじっとしていられなくなるまで擦ろうか〟」

すでに、じっと座っているのは困難になっていた。マックは体重をかけて前に身を乗りだすと、キンドラをそっと椅子に押しつけて動けなくした。手が離れたら、せっかくの歓びを中断させてしまう。

マックが指を動かすたびに、励ますような低いうめき声が彼の口からもれた。キンドラが背中をそらし、胸の頂が彼の頬をかすめた。マックは軽く円を描くようにして、手の動きを速めた。

「〝そして、まったく予測もしていないときに、二本の指がまた中に入ってきて、きみを押し広げるんだ〟」

キンドラの中に戻ったマックは、締めつけを感じて思わず目を閉じた。甘くぴりりとした欲望の香りが立ちこめている。彼女はふたたび椅子の背にもたれ、張り地が裂けるほどきつく座面に爪を立てた。

スカートがウエストまでめくれあがり、マックの目の前には、彼のために開かれたすばらしい眺めが広がっていた。コンピュータの画面に意識を向けるにはかなりの精神力が必要だったが、どうしてもここで終わらせたくなかった。

キンドラに信頼されたい。自分のことより、先に彼女を解き放ちたかった。だからまだ服を着たままだ。彼女がこれまで何を拒絶してきたのか教えたい。

彼と一緒にいれば得られる歓びがどんなものか、知ってほしかった。

「〝俺の指が動くのを感じながら、きみは絶頂を迎えるだろう、キンドラ。快感が高まって爆発するその瞬間に、きみがあげる叫び声を聞きたい〟」

キンドラの呼吸が激しく速くなり、筋肉が痙攣《けいれん》し始めた。そのときが近づいている。マックは彼女の首筋に顔をうずめながら、指を動かし続けた。キンドラは肌を熱く湿らせ、ぎゅっと目を閉じていた。

メールではなく自分の言葉で促す。「さあ、キンドラ、ぼくのために弾けてくれ」

そして彼女は爆発した。大きな声をあげて。椅子から腰が持ちあがったが、マックはキンドラを押さえつけて、さらに手を動かし続けた。ぶるぶると震える体を通して彼女のオーガズムを感じる。張りつめていたものが解け、脈打ちながらマックの指を締めつけてくる。

「マック」キンドラが叫んだ。「ああっ、ちくしょう!」

マックはようやくスピードを落とし、キンドラの肩に口づけたまま、小さく勝利の笑い声をあげた。これほど官能的な光景は見たことがない。もちろん、感じたことも。どうやらほかの男たちが誰も与えなかったものを、彼女にもたらしたらしい。ふいに、キンドラに対して優しい感情がわき起こる。彼にとって、それもまた初めての経験だった。

自分の気持ちに気づいたとたん、衝撃を受けた。ぼくはキンドラに心を奪われている。すっかり、完全に。

違和感はなかった。彼女が関係すると、何もかもが正しく思えてくる。

首筋や顎に小刻みにキスしながら、マックは指を引き抜いた。それにしても、キンドラ・ヒルにちくしょうと口走らせたとは驚きだ。なんともすごい女性だ。

キンドラは何度も深呼吸して鼓動を鎮めようとしていた。いったい何が起こったの？　自分がオーガズムに達したことはわかったものの、予測して準備していたこととはまったく違っていた。

心臓がどくどくと脈打ち、燃えさかり、恍惚《こうこつ》としてわけがわからなくなるほどの感覚。

前につきあっていたボブには賠償金を支払ってもらおうかしら。彼の下に横たわってひどく退屈な時間を過ごし、貴重な人生を無駄にしたんだもの。

でも、これは、マックがわたしにしてくれたことは、ものすごく有益な時間の使い方だった。例えば、ヨガのような。ただし、ずっと気持ちがいいけど。これほど気だるくリラックスした気分になったのは、初めてだった。

タンクトップを胸の上にたくしあげ、スカートをウエストにまつわりつかせた格好で椅子に座っていることさえ、思い悩む気にもならない。マックがこんなにすてきなことを耳にささやいてくれているのだから。

「気に入った？」

「ええ」千回でもイエスと言うわ。それに、たとえ彼の五感がすべて封じこめられていたとしても、わたしが楽しんでいたのはわかったはずよ。

マックが鼻から口、顎のあたりを撫でながら言った。「きみが気に入ってくれて嬉しいよ。だけど、まだ終わったわけじゃない」

彼には、わたしが聞きたいことをずばり言ってくれる才能があるみたい。

汗ばんだ肌に息を吹きかけられ、キンドラは身震いした。

「次はどうするの？」

マックが立ちあがった。「確かめよう」

彼がふたたびコンピュータに向き直っているあいだに、キンドラはスカートを引っぱっておろした。ごみ箱にあといくつメールが残っているかしら。一〇通くらい？　だけど、一二時間もあるんだもの。

信じられない。すっかりみだらになっちゃったわ。

細部までは覚えていないけれど、ラスのメールはきわどい表現や珍しい体位が満載だった。いやだ、どうしよう。勘違いでなければ、スパンキングの話題ばかりのメールもあった。

いくらマックが相手でも、ヒップをぶたれて楽しめるとは思えない。

メールに目を通しながら、マックがボタンを外し始めた。シャツがするりと腕をすべり、力強さを感じさせる上腕の筋肉がうねって、ブロンズ色に日焼けした背中と肩があらわになった。なめらかな肌が汗でかすかに光っている。彼は無造作にシャツを床に放り投げた。

ズボンがかろうじて腰に引っかかっている。

でも、もしマックが優しく叩いてくれるなら……。

彼が振り向いたので、キンドラは慌ててタンクトップをおろした。

「慎みを思いだした？」マックは面白がっているようだ。

「わたしは脱いだのに、あなたはまだよ」

「シャツを脱いだぞ。半分裸と言えるね。だからきみもタンクトップを脱がなきゃ。それで公平になる」

「そんなのおかしいわ！」

マックが肩をすくめた。「どちらにせよ関係なさそうだ。次の段階に進みたいなら着たままでいいよ」

次の段階？　なんだかはっきりしなくて恐ろしげね。まるで科学の実験みたい。

近づいてくるマックを見て、キンドラはパニックを起こさないようにぎゅっと椅子をつかんだ。これまではすばらしかった。でも、セックスに関してわたしは保守派だわ。思い描いていたのは普通のセックスだけど、もしも彼の望みが違っていたら？

キンドラの前まで来てマックが足を止めた。「どうかしたのかい？　幽霊みたいに青ざめているぞ」

「次は何をするの？」

マックの反応はキンドラを驚かせた。彼の手がだらりと落ちたのだ。こともあろうに、傷ついた表情を浮かべていた。

「キンドラ、ぼくが信じられないのか？」

ああ、しまった。わたしはなんてばかなのかしら。「ええと、あの、違うの。わたし、わからなかったから……」

「なあ」彼はキンドラの顎に手を添え、無理やり自分と目を合わさせた。「どんなことでも、いやだと感じたらストップと言ってくれればいい。そうすればぼくはやめる。絶対にきみを傷つけない」

さらに何か言おうとしたらしく口を開いたが、思い直してまた閉じてしまった。

キンドラは椅子をつかんでいた手の力を抜いた。「わかったわ。ごめんなさい。あなたを信頼してる。本当よ。ただ、こんなことに慣れていなくて」

快感を得ることそのものが新しい体験なのだ。どう対処していいかわからない。

マックがキンドラを立たせ、彼女のウエストに両手を置いた。彼の腕に包まれるのはとてもいい気持ちだ。ふさわしい場所という気がする。

「今夜はここまでにするか、あるいはぼくがメールで見つけたことを試すか」なだめるような低い声でマックは言った。

やっぱりきかずにはいられないわ。マックも尋ねられるのは承知しているようだ。キンドラは、一夜にしてすっかり身につけてしまったかすれ声できいた。「それはどんなこと?」

「簡単なんだ。ぼくがベッドに横たわって、きみはその上にのる」

ううっ。腿のあたりが俄然《がぜん》活気づいてきた。早くそう言ってくれればよかったのに。保守派なんてつまらない。セックスに関して裾野を広げるときが来たのかも。

「やってみたい?」

口の中に、突如として過剰な唾液《だえき》がわいてきた。キンドラは勢いよくうなずいた。

マックが笑い声をあげた。「それならベッドとコンドームが必要だな」

確か、玄関を入ったとたんにいきなり抱き寄せられて、リビングルームの床にコンドームの箱を落としてしまった。ベッドは——大丈夫、このホームオフィスの隣にゲストルームがある。いちばん近いし、シーツも取り替えたばかりだ。

それに、毎晩寝ている自分のベッドをマックとふたりで使うのは気が進まなかった。ことが終わっていつものセックスレスな暮らしに戻ったとき、ひとり寂しくそこに横たわって今夜のことを思いだすなんて、あまりにもつらすぎる。

「ゲストルームはすぐそこよ。コンドームはリビングで落としちゃったから、取ってくる」

キンドラは急いでリビングルームに向かい、カーペットの上に転がっている箱を見つけた。ズボンのベルトループに指を引っかけたマックは、ゲストルームの戸口に立ってその様子を眺めていたが、彼女が戻ってくるのを確認すると、先に部屋の中へ入った。

「ぼくのことを笑わないと約束したね」

「笑わないわ」ファスナーをおろすマックを魅入られたように見つめる。ズボンがするりと床に落ちた。

マックは脱いだズボンを邪魔にならないところに蹴《け》り飛ばすと、引き締まった腿やふくらはぎを彼女が堪能《たんのう》する暇も与えず、さっとボクサーショーツを脱ぎ捨てた。上体を起こし、腰に両手をあてる。

わぉ。笑うなんてとんでもない。

ちっともおかしくないわ。

キンドラはぽかんと口を開けて見とれていた。かっと頬が熱くなる。ちょっとよだれを垂らしていたかもしれない。唾をのみこむのもひと苦労だった。

マックは得意げな笑みを浮かべている。「感想は?」

彼女は思わず答えていた。気づく前に言葉が口から飛びだしてしまったのだ。「生涯最高ののり心地になりそう」

マックの瞳が驚きで濃くなった。

慌てて口に手をやったものの、それはキンドラの本心から出た言葉だった。唾がわいてくるのも抑えられない。マックの体のほかの部分はジムでトレーニングに精を出した結果なのだろうが、彼のそこは……自然の驚異としか言いようがなかった。

どんな言葉もあてはまらない。医学用語だろうが俗称だろうが、どう呼んでもふさわしくない気がする。

マックが足を踏みだした。「くそっ、こっちに来てくれ」

喜んで。

彼は激しいキスをしながら、キンドラのタンクトップを頭から脱がせた。彼女の手からコンドームを取りあげ、ベッドに腰かける。にやりとして横たわり、頭の下で両手を組んだ。

「きみさえよかったら、準備は整っているよ」

いいなんてものじゃないわ。だけど、たとえ準備が整っていても、わたしにやり方がわかるかしら。これまで上になったことはほとんどないし、そのときも無防備でばかばかしく思えて、すぐに体勢を変えてしまった。

でも、マックとなら違うかもしれないわ。彼と一緒だと、何もかもが以前とは違って感じられる。

大きく息を吸うと、キンドラはスカートを脱いで床に落とした。たちまちマックの顔からにやにや笑いが消えた。

底の厚いハイヒールのサンダルを履いたまま、彼に歩み寄った。踵《かかと》をベッドにのせ、身をかがめてサンダルを脱ぎかける。

「だめだ」マックがうなった。「履いたままがいい」

そう、別に履いたままでもかまわないわ。キンドラは手と足を突くと、髪をうしろに振り払い、彼のほうへ這っていった。マックがコンドームをつけている。

恐る恐る彼にまたがり、脚の上に座った。

うーん、やっぱりばかみたいだわ。手をどこに置いたらいいかさっぱりわからないし、上半身が剝きだしで落ち着かない。

「ちょっとこっちに来て」手で合図しながらマックが言った。

キンドラが前に身をかがめると、彼の舌が胸の先端をかすめた。

いいえ、ちっともばかばかしくなんかない。罪深いほどすてき。

マックが胸の頂から下側にかけて舌を這わせ、キンドラの胸は濡れて光り、痛いほど張りつめてきた。

「よし」マックの頭が離れ、彼はふたたび横たわった。「もうのってもいいよ」

「まあ、ありがとう」なんとか返したものの、呼吸がままならない。

マックのおかげで、ぎこちない思いはすっかり去った。キンドラは彼の腰をつかむと、背中をそらして座り直した。お互いをじらそうとしてすり寄る。熱い高まりがすっとすべりこみ、彼女は思わず息をのんだ。

じらすだけではすまなくなったわ。今すぐ彼が欲しい。

キンドラはいったん中腰になり、手を添えて導きながら、マックの上に腰をおろしていった。

「ああ、そうよ！」深く迎え入れようと脚を開き、彼に満たされた瞬間、無意識に口走っていた。

「そうだ」マックも繰り返した。

けれども、彼は動こうとしなかった。キンドラはぱっと目を開けた。「どうしてあなたは……」

ほんの少しでいいからマックが腰を揺すってくれたら、すごいことになるのに。

ゲストルームの花柄のキルトの上で、彼はゆっくりと首を振った。「だめだ。ぼくは横になっているだけだ。忘れた？　のりこなすのはきみだよ」

「うまくできなかったら？」わたしにできると思う？

いやよ。そんなの最悪。でも、もしうまくいかなかったら、ほかのことを試してみればいいだけじゃない？

それに、マックの上に座っているだけでこれほど満足を感じているんですもの。動いたらもっと気持ちよくなるはずよ。

「できるさ。きみなら大丈夫。さあ、キンドラ。ちょっと腰をあげて、それから落とせばいいんだ。簡単だよ」

番号順に色を塗る絵画キットみたいに？　あれなら得意だわ。絵筆をちょっとあげて、それから落とす、ね。

キンドラはそのとおりに実践した。

ああ、いい、これよ。

それからもう一度。

マックのかたい胸にてのひらを突き、激しく、速く、のりこなした。快感が体の端々にまで突き抜ける。キンドラはぎゅっと目を閉じ、歯を食いしばりながら動いた。

「そうだ」マックが彼女を駆りたてる。「全部きみのものだ、ベイビー」

全部わたしのもの。マックはわたしのもの。最後にもう一度腰を落としたとたん、キンドラは砕け散り、彼の胸に爪を立てたまま、どくどくと脈打つゴールを駆け抜けた。

マックの上にぐったりと倒れこんだ。体を震わせ、大きく息を吸いこむ。背中をそっと優しく撫でられていることに気づき、彼女は感謝の気持ちで胸がいっぱいになった。

彼が何をしてくれたのかよくわかっていた。自分のことはあとまわしにして、彼女が楽しめるように気を配っているのだ。それは、元々の計画どおり、生身の人間とのセックスはサイバーセックスに勝ると証明するためだけなのかもしれない。だが、キンドラにはどういうわけか、それ以外の何かがあるように思えてしかたがなかった。

マックはいい人だ。セックスに関してキンドラが初心者だとわかると、すべて彼女中心に運ぶよう努力してくれた。そうでなければ、キンドラが二度も悦楽の叫びをあげたのに対し、彼がまだ一度も達していないことの説明がつかない。

燃えるように熱い胸を押しつけてマックの上に身を投げだし、奥深くでまだ脈打っている彼を感じながら、同じような歓びを彼に返したいと考えていた。

その方法を知っているかもしれないわ。

これまでの経験から、どうやらそれは男性の心を引きつけるらしいと気づいていた。前の恋人も好んでいた。もちろん、ロブはアイスクリームに唐辛子ソースをかけるような人だったから、基準にするにはふさわしくないのかもしれないけれど。

でも、ラスのメールにも頻繁に出てきたわ。状況はさまざまでも、本質的に男性はみな同じような気がする。わたしの経験はごくかぎられているけど、きっとマックも楽しんでくれるはずよ。

キンドラはわくわくするアイディアを思いついた。マックだけでなく、わたしも気に入るかもしれない。

5

マックはキンドラのなめらかな背中を物憂げに撫でていた。まだ興奮は収まっていないものの、しばらくこうして一緒に横たわっているだけで満足だった。彼女が上になり顔を紅潮させて動いている最中に、それはふと彼の心に浮かんだ。キンドラを愛している、と。今夜で終わりにしたくない。どれほど愛し、どれほど特別な存在に感じているか、毎日彼女に示したい。

こんな気持ちをぺらぺらしゃべったら、ひどい間抜けだと思われるだろうか？　まだ繋がったまま愛を告白したところで、疑いを抱かれるだけかもしれない。仮に、彼が女性の立場なら、きっと信じないだろう。

明日の朝、いざ帰り際になって、何を言えばいいかわからないぎこちない空気になったとき。そのとき、キンドラに愛していると告げよう。この関係をひと晩で終わらせる必要はないのだと。

ふたりはうまくやっていける。きっと、うまくいくに違いない。

キンドラが身動きして、彼の上からおりた。

マックは横向きになってその姿を目で追った。「どこへ行くつもりだい？」

「どこへも行かないわ」キンドラは身をくねらせて彼から離れ、考えこむようにベッドを見渡している。

その表情から考えていることを読みとるのは難しかった。これまで観察してきた結果、彼女が予測不能なタイプだということに、マックは気づいていた。だが、逃げだすつもりならキンドラは考え直したほうがいい。ぼくはまだ終わっていないのだから。

マックは起きあがると、必要ならいつでもキンドラをつかまえられるように身がまえた。今のところ、彼女が逃げる気配は感じられない。どちらかといえば、じつに興味深い格好でキルトの上を這っているように見えた。

脚は白くて長く、赤褐色の髪が背中に流れる様子はみごとだ。キンドラがまだサンダルを履いていたので、マックはにやりとした。

「何をしてるんだい？」ついに耐えきれなくなって尋ねた。

キンドラはうわの空で唇を嚙んでいる。「ちょっと解明しようとしているの。別のメールに書いてあったことをやってみたくて。うまくいくかどうかわからないけど、試してみるくらいできると思ったのよ」

なんてことだ。彼女が自分から、試したい体位があると言いだすなんて。

まったく、セクシーなお嬢さんだ。

マックがまさにキンドラを仰向かせて覆いかぶさろうと考えたそのとき、彼女がふいにベッドに膝を突いた。

両手と両足を突いている。

マックの顔の前で、引き締まった小さなヒップをくねらせている。

口の中がからからになった。「いったい何をしているんだ?」彼はうめいた。

キンドラが肩越しに振り向き、無邪気に目をぱちぱちさせた。「どうかしら? あなたならきっと……その、わかると思ったんだけど」

ああ、ちくしょう、くそっ、まいった。

返事をする代わりに、マックは膝立ちになって彼女の腰をとらえた。流れるような動きで一気に中へ入る。

「あっ!」キンドラが息をのんだ。「うまくいったみたい」

ああ、そうだ、ものすごくうまくいった。

この家に足を踏み入れて以来、全力を尽くして持ちこたえてきた自制心が、あっというまに消えてなくなった。

ミルクのように白い肌に赤い髪が弾んで揺れている。目の前の光景に翻弄《ほんろう》されて、マックはさらに突き進んだ。キンドラは濡れて膨らみ、彼が動くたびにぎゅっと締めつけて迎え入れてくれる。

一回、二回、三回、くそっ、もうだめだ。マックはうなりをあげて果てた。最後の激しいひと突きでキンドラの膝が崩れ、ふたりは折り重なってベッドに倒れこんだ。

欲望を解き放った体が小刻みにぴくぴくしている。まだ震えが治まらないまま、マックは不安になって尋ねた。「大丈夫かい?」

この次は、もっと慎重にやらなければ。あまり激しいと彼女が壊れてしまう。

「信じられない」かすれ声でキンドラが言った。まさしくマックがよく知っている彼女——スタッフ会議中に呆れてコーヒーカップの陰でくるりと目をまわしてみせるときのキンドラが出しそうな声だ。

もちろん、彼女を腹這いにさせて顔をマットレスに押しつけたのは初めてだから、呼吸ができないせいであんな声になった可能性も否定できないが。

彼はキンドラから身を離そうとした。

「だめ、待って」彼女がマットレスに押しつけていた顔を横へ向けた。頬をベッドにくっつけ、抑えきれない笑みを浮かべている。「かまわなければ、もう少しこうしていたいの」

きみが望むなら、ひと晩中このままでもかまうもんか。「ぼくは重すぎるよ」喉に引っかかったような声でマックは言った。「きみを押しつぶしてしまう」

「ううん、マットレスが沈むから大丈夫。すごくいい気持ちなの。あなたの体はかたくて。まだ脈打っているのがわかるわ」

ああ、まただ。胸が膨らむこの感じ。これが愛でなくてなんだと言うんだ。

キンドラが大丈夫と請け合ったにもかかわらず、マックは体重をかけすぎないよう少し体をずらした。絡みあったまま、彼女の柔らかな髪を撫でる。

「すごくきれいだ、キンドラ」マックはつぶやいた。

キンドラの頬がピンク色に染まった。「気を遣わなくてもいいのに」

「嘘じゃない。わかってるはずだ。そうじゃなかったら、きみも必死で隠そうとはしないだろう」

「そのほうが簡単なの」彼女はキルトの皺《しわ》をもてあそんだ。「誰にも気づかれずにすむから」

残念、そうはいかなかったな。「でも、ぼくは気がついた。〈オハイオ・マイクロデザイン社〉で働き始めたその日から、きみに気づいていたよ」

キンドラが混ぜ返すように言った。「ええ、そうでしょうとも。だけど、それより先に、わたしがサイバーセックスにふけっていることを知りたかったでしょうね」

「いや、それは違う。サイバーセックスはぼくの推測を裏づけたにすぎない。味気ない服の下に、愉快でセクシーな女性が隠れているという推測を」

それでもまだ自信が持てないようで、キンドラは寂しそうな目つきになった。「とても信じられないわ」

「それじゃあ、こう言ったら信じてくれるかな？　ぼくは、きみがいつも野の花の絵がついたマグカップでコーヒーを飲んでいるのを知ってる。オフィスで聴くのはクラシックだ。金曜日にはアシュリーとランチに出かけるし、怠け者のビルのために、毎週半分は彼の仕事を手伝ってやってる」マックは口調を和らげた。「ミスター・パーカーがばかばかしい訓示を垂れるたびに呆れた顔をするね。それに、ジュディの息子さんが亡くなったときには、一週間ずっと彼女に夕食を届けていた」

もしかしたら自分で思っているよりも、ずっとよく知っているかもしれないぞ。

「まあ」キンドラが発したのはそれだけだった。びっくりした顔をしている。

ほかに何も言わなくても、マックにはそれで充分だった。言葉の意味を理解してもらえればよかった。互いに無言のまま、ふたりはしばらく横たわっていた。

やがて、彼の胃が鳴る大きな音が静かな部屋に響き渡り、ふたりとも思わず笑ってしまった。

「ごめん。だけどディナーを急いだだろ？　胃が思いださせようとしているんだよ」マックはしかたなくキンドラから離れた。

最後にもう一度彼女の背中を撫でてから、満足のため息とともにコンドームを外す。「これはどうしたらいい？」

キンドラはベッドに上体を起こし、サンダルの留め金を外し始めた。「廊下のすぐ向こうにバスルームがあるの。あなたがそこを使っているあいだに、ディナーを温め直しましょうか？」

「うーん……料理の箱は車に置きっ放しにしちゃったからなあ」家に入って彼女の服を脱がせることで頭がいっぱいで、そこまで気がまわらなかったのだ。「二時間も車内に放置したビーフを食べるのはどんなもんだろう」

「もったいないことをしたわね」キンドラは両手を頭上にあげて伸びをすると、足を振ってサンダルを脱ぎ、床に落とした。

その動きにつられて彼女の胸が隆起する。優雅な曲線を描くキンドラの首から肩のラインをマックは目で楽しんだ。「でも、無駄にした価値はあったよ」正直な思いを口にした。

だが、胃袋の意見は違うらしく、不満そうにふたたび大きな音を響かせた。

キンドラがくすくす笑う。「ハムサンドイッチを用意するわ」

すごいぞ。ぼくにサンドイッチを作ってくれるんだ。特別なことではないとわかっているが、これは彼女にとってぼくがなんらかの意味を持つ存在である証拠だ。そうだろう？

「きみの手をわずらわせるまでもない。場所を教えてくれれば自分で作るよ」

キンドラはにっこりしてマックの膝に手を置き、指先でそっと撫でた。「ばかなことを言わないで。面倒でもなんでもないんだから」

ふと、すばらしい考えが浮かんだ。「生まれたままの姿でサンドイッチを作るのはいやかな？」

彼女がキッチンに立ち、ハムを取るために前かがみになって、それからマスタードを……。あのハイヒールのサンダルを履いてくれれば完璧だ。

「いやよ！」手がマックの膝からぱっと離れた。

ちぇっ、いいアイディアだと思ったのに。

本気でいやと思っていることを宣言するかのように、キンドラはベッドをおり、床からスカートを拾いあげて身につけている。マックは、彼女の肌が覆われていくのを残念な思いで見ていた。まあ、食事のあとでまた脱がせればいいか。

五分後、バスルームを出てボクサーショーツを身につけた彼は、キッチンへ入っていった。絶対にこれ以上服を着るつもりはないぞ。

キンドラの家は小さいが、居心地よく、きれいに片づいていた。家具はベージュ系で統一され、キッチンは柔らかな黄色でまとまっている。女性が好みそうなフリルや凝った飾りがあるわけではないが、白い壁に囲まれた彼のアパートメントの部屋よりはるかに温かみが感じられた。

キッチンでは、ちょうどキンドラがテーブルにサンドイッチを置こうとしていた。裸足《はだし》で、皺くちゃのタンクトップをまとい、髪を乱した姿を目にして、マックは危うく卒倒しそうになった。ものすごくゴージャスだ。唇をキスで腫《は》らし、目は気だるく、満足げに見えた。口元にかすかな笑みが躍っている。

パンの香りが漂う暖かいキッチンで彼は直感した。これこそぼくのいるべき場所だ。今日だけでなく、これから毎日ずっと。

キッチンに入ってきたマックにキンドラは微笑みかけた。彼はまるで眉間《みけん》にボールでもあたったかのように呆然として、ぼんやり胸のあたりをかいている。目にしたとたん、彼女は落ち着かない気分になってきた。

きっと夕食抜きで飢えているせいね。

テーブルのそばを通りすぎたマックが、裏口のドアに近づいた。ブラインドを引きさげ、外の暗闇《くらやみ》をうかがっている。「裏庭があるんだね？」

思えば奇妙な質問だが、気持ちが浮きたっていたせいで、彼女は詮索《せんさく》する気になれなかった。あんなにすてきな経験をさせてくれたのだから、心に浮かんだことをそのまま質問したってかまわないじゃないの。小切手帳の収支とか、選挙で誰に投票するとかなんて、どうだっていいわ。キンドラは裏庭を照らすスポットライトのスイッチを入れた。

「あまり大きくないけど、わたしには充分な広さよ。木製のフェンスで囲って、テラスのまわりに多年草を植えているところなの」

マックはテラスをのぞきこみ、賛成だと言わんばかりにうなずいた。「犬を飼うには完璧だな」

キンドラは思わず笑ってしまった。「ビッツィという名前のプードルを欲しがっているのは、わたしではなくてあなたでしょう」

「そんなこと、ぼくは言ってないよ。言ったのはきみじゃないか」マックはドアのそばを離れ、キッチンのテーブルについた。隣の椅子をぽんぽんと叩いて合図している。

キンドラはそこに座って言った。「ええ、確かにそうね。わたし、犬は大好きなんだけど、当分、飼うのは無理みたい。ひとりじゃ家の手入れで精いっぱいだから」

マックは返事をせず、奇妙な顔つきで彼女を見つめていた。首をかしげ、口元にかすかな笑みを浮かべている。

どうしてそんな目でわたしを見るの？

キンドラははっとして顔を赤らめた。

まあ、いやだ。ほのめかしているように聞こえたかしら？　彼とつきあいたいって？　そんなふうに思われるくらいなら虫を食べるほうがましだわ。マジックテープにくっついて取れないごみみたいに、彼にまつわりついて離れない女に見られるなんていやよ。まつわりつくという点にはちょっと惹かれるけど、初めからひと晩かぎりの関係と心に決めていたんだから。

わたしには手の届かない相手だもの。

マックがここへ来たのは、自分の説が正しいと証明して、少しばかり楽しむため。

今はこんなことをしていても、わたしだって月曜日にはちゃんと同僚として振る舞えるはずだ。でも、ここで彼に執着したり、あるいは本当に正気を失って追いまわし始めたら、それこそ大変なことになる。大惨事だわ。

絶対にそんな事態を招いてはならない。サンドイッチを食べるマックを見つめながら、キンドラはつくづく思った。彼はいい人すぎるのよ。

どうしてほかの男たちのように欲しいものだけ奪い、さっさと背中を向けて寝てしまわないわけ？　ベッドの刻み目のひとつにすぎない女と感じないですむよう、優しい言葉をかけてくれるのはなぜ？

マックは、わたしが野の花のマグカップでコーヒーを飲んでいるのを知っていると告白し、きみはきれいだと言ってくれた。ああ、そんなふうに語られたら、女は望みを抱いてしまうものだって知らないの？

「食べないのか？」口いっぱいに頰張りながら彼がきいてきた。

「あまりおなかが空いてないの」それどころか吐いてしまいそうだ。

マックを好きになってしまった。

いいえ、今に始まったことじゃない。彼が初めて会社にやってきた一年前から、心を奪われていたんだわ。でも、決して彼の目に留まることはないと自覚していた。

それなのにこうして目に留まる以上の関係になったら、愚かな心がもっと多くを望み始めている。

止めなければ。今すぐばかな妄想にストップをかけなければならない。

初めからひと晩だけ。それだけのつもりだった。

それ以上は手に入らないのよ。だからこんな会話は切りあげて、マックがわたしの家に来たそもそもの理由に戻るほうがいい。

つまり、セックス。

単純明白だわ。

そう考えるやいなや、あっというまに下半身が熱くなる。

「おいしかった」マックがパンくずを拭いながら言った。「ありがとう。これで落ち着いたよ」

「よかったわ」立ちあがると、脚にまといつくスカートの感触で、パンティをはいていないことを思いだした。ホームオフィスの床に丸まったままだ。それでもかまわないわ。マックが帰るまで下着をつけるつもりはないのだから。

「来て、マック。見せたいものがあるの」

満足げな彼の表情に好奇心がまじった。

「それは〝来て、ロンドン旅行の写真を見てちょうだい〟ってやつかな？　それとも〝ほかにも卑猥なメールがあるの〟かな？」

官能的でみだらな表情を浮かべた経験は乏しいので、うまくできるかどうかわからない。それでもキンドラはベストを尽くしてみた。髪を指ですきながら、誘惑した。「ロンドンへは行ったことがないわ」

「くそっ、キンドラ」マックはものすごい勢いで立ちあがり、椅子が大きな音をたててどこかにぶつかった。「ものすごくセクシーだ」

愛の宣言とは言えないものの、木曜日までのわたしなら到底聞けなかったせりふだ。その言葉を信じよう。彼を信じるのよ。

それに、あえがんばかりにマックを興奮させていると思うと、とても心地よかった。先に立って廊下を歩くあいだも待ちきれずにヒップに触れてくる彼の手の感触が、キンドラをさらに大胆にさせた。

わたしにはできる。望んでいるのだから。

ホームオフィスの入口で足を止めると、うしろにいたマックが勢いあまってぶつかってきた。彼の興奮を感じ、キンドラは自分から体をすり寄せた。

低くかすれたうめき声が聞こえる。

両手がスカートを這いあがってきた。

待って、早すぎる。

キンドラは彼の手をぴしゃりと叩いて払い、部屋の中に入った。「ちょっと待ってて」

「どうして?」マックがふたたび手を伸ばしてきた。

彼女は自らの力と欲望に陶然として命じた。「椅子に座って」

マックの眉があがる。「どうして?」彼は同じ言葉を繰り返した。

「言われたとおりにしてちょうだい」キンドラは椅子を指差して言った。彼が従ってくれるかどうか不安で、心臓がどきどきしている。

マックは降伏のしるしに両手をあげ、のんびりと椅子に近づいた。「わかった、きみの言うとおりにするよ」

どすんと椅子に腰かけて脚を開くと、マックは前かがみになった。平然とした様子で片手を背もたれにまわしているものの、ボクサーショーツの前の部分が彼の思惑を裏切っている。

キンドラはにっこりした。マックへの気持ちは複雑だけど、彼がぞくぞくさせてくれるのは間違いないわ。きっと、どんな女性が相手でもそうに違いない。自分に自信を持たせてくれる。

彼が手を伸ばしたり引き寄せようとしたりするかもしれないので、椅子の近くを避けてコンピュータに向かった。そこにウェブ・カメラを設置してあった。

今から、ふたりの姿を録画するのだ。

カメラを部屋の中央に向けると、椅子に座るマックとまわりのカーペットが画面に映しだされた。彼の完璧な体がうまく映るように、位置を微調整する。

キンドラはマックとのセックスを記録するつもりだった。今夜が終わってまたひとりになったときに見るためだ。いつかマックが恋しくてたまらなくなったときに。

もうラスは必要ない。

これからはマックがいるわ。本物が無理でも、コンピュータの中の彼はわたしのものだ。

マックは椅子に座ったまま凍りつき、驚きに目を見張っていた。肩をこわばらせ、歯を食いしばっている。「キンドラ?」

「なあに?」あと二歩も進めば、彼女の姿も画面に映しだされるだろう。

「あのカメラの電源を入れたのか?」

「そうよ」キンドラはマックに近づくと、ポケットに両手を突っこみ、へそが見えるようにスカートを引きさげた。「かまわないわよね?」

背もたれにかけた彼の手がぴくりと動き、ボクサーショーツがそれに続いた。「あとで一緒に見てもいいかな?」

欲望が全身を貫き、肌を擦るデニムのスカートがあっというまに体に火をつける。「いいわ」

「それなら撮ってもかまわない」

口の中がからからになってきた。キンドラはカメラの前に立ち、ふたりともちゃんと映っているかどうかを振り返って確認した。そわそわと唇を湿らせる。まともに息ができなかった。

突然彼女にためらいが生まれたのを、マックも感じとったらしい。彼は言った。「タンクトップを脱いでくれ」

「わかったわ」キンドラは両腕でタンクトップを引きあげ、背中をそらしながら脱いだ。そのまま床に落とし、目にかかった髪を払いのける。

「自分で胸に触れるんだ」ふたたび背もたれに身を預けたマックはかすかに口を開き、欲望で瞳を翳《かげ》らせた。声が低くかすれている。

キンドラはカメラを意識した。これからが見せ場になるはずだったのに。マックのためにストリップをして、膝の上でラップダンスを踊るつもりでいたのだ。彼の指示に従って、自分に触れる予定はなかった。

「さあ」マックが促した。「かたくなっているのが見える。さわってほしいと懇願しているみたいだ」

確かに興奮でこわばっていた。乳首が疼き、上を向いて突きだしている。キンドラは目を閉じた。そんなことできないわ。

ふいにマックの気配を感じ、彼女はぱっと目を開けた。彼が椅子を動かしてすぐ目の前に来ていた。マックの手を感じたくてたまらない。どうしても自分で触れる勇気がなくて、キンドラの体はぐらりと前に傾いた。

マックは両手を彼女の腿に置いた。スカートをたくしあげてから身をかがめる。マックの指が彼女を開いた。キンドラは思わず彼の肩にしがみついた。

熱い息がくすぐっているのに、触れてこない。欲求がつのって痛いほどだった。

「マック、お願い」

「きみが自分で胸に触れるなら、こっちはぼくが受け持とう」彼はつぶやいた。

それなら……。キンドラが手で胸を包みこんだとたん、マックの舌に軽くかすめられ、彼女は息をのんだ。

頭をうしろにのけぞらせ、低いうめき声をもらす。腹立たしいくらいに軽い彼のタッチにじらされ、耐えきれなくなり、自分で胸を愛撫した。マックの頭が離れ、彼女を見あげている。

それでもキンドラの手は止まらなかった。

「そうだ、それでいい。いい感じだよ、ベイビー」そう言うとマックはもう一度頭をさげ、舌で彼女に分け入った。

大きな叫び声をあげ、キンドラは弾けた。マックに脚を支えられていなければ、とても立っていられなかっただろう。両手をだらりと落とし、彼女は震える息を吸いこんだ。

「マック……」切羽詰まった激情が充足へと落ち着いていくにつれ、キンドラは目がちくちくするのを感じていた。唇を噛んでこらえる。ばかみたいに泣きだしちゃだめよ。

そんなことをするくらいなら髪の毛がなくなるほうがましだわ。少なくともはげならウィッグで隠せる。だけど、ここで感情的になってマックへの気持ちを告白したら、恥をかくのは避けられない。

マックは低い声で笑い、キンドラをつかむ手を緩めた。彼女の内腿にそっとキスをする。

「きみは信じられないほどすばらしい」彼がつぶやいた。

もうだめ。泣いてしまいそう。激しくまばたきして涙をこらえると、キンドラはマックを椅子に押し戻した。彼への愛が胸に押し寄せてきて圧倒されそうだった。この気持ちを告げられないのなら、せめて行動で示そう。

顔を見られないですむ行動で。

キンドラは床に膝を突いた。

マックの眉があがる。

彼は口を開けて何か言おうとした。

しかし、彼女は待たなかった。黒いボクサーショーツからマックの下腹部を引っぱりだし、ゆっくりと頭をさげていった。

6

マックは天井を見つめて大きなため息をついた。なんてこった、すごく気分がいい。今までになく最高だ。睡眠不足なんか気にならない。

夜の半分をキンドラと愛し合って過ごした。彼女は信じがたいほどすばらしい。献身的で、大胆かつ、恥ずかしがりだった。ベッドの中でも、ベットの外でと同じくらい複雑な面を持っていた。

驚くことばかりだ。

ゲストルームのベッドの上で寝返りを打ち、マックは眠っているキンドラを見つめた。赤褐色の髪が顔にかかっている。顎の下まできっちりキルトを引きあげ、呼吸するたびに、みずみずしい唇のあいだから、かすかな息をもらしていた。

彼女の背中に体を寄せ、なめらかな腿を撫でる。たちまち体が反応し、三〇秒もたたないうちに彼女の腰を突いていた。

自分ではどうしようもない。キンドラのせいだ。こんなふうになるのは初めてだった。

彼女が目を覚ましたら、愛していると打ち明けよう。

今は絶好のチャンスだ。肩に軽くキスしながら、手を伸ばしてキンドラの脚のあいだに指をすべりこませ、彼女をもてあそんだ。

キンドラの体が応え始めるのがわかった。ぱっと目が開いた。

「マック」眠そうにつぶやいている。「まだ早すぎるわ」

「それならどうして濡れているのかな？」彼女の耳たぶを口に含んだ。

すでにキンドラは彼の手の動きに合わせて体を揺らし、息を荒らげている。

「そんなことない」彼女はあくまでも言い張った。「まだ眠ってるんだもの」

「じゃあ、すごくいい夢を見ているんだね」

キンドラの手がシーツをきつくつかみ、体の動きがさらに速くなった。

彼が二本目の指を加えると、彼女はついにのぼりつめた。全身を震わせ、ぐったりと力を抜いて枕《まくら》に頭を預ける。

「うーん」

「ぼくもまさにそれだ」マックはキンドラの頬にキスをし、手を引き抜いた。

「それで、今日の予定は？」彼が思い描くプランは、半日ベッドで寄り添ったあと、軽く昼食をとって映画でも見て、それからふたりでシャワーを浴びる。そのあとは彼のアパートメントに寄って着替えと洗面用具を取ってきて、またここへ戻って夜を過ごす、というものだった。

月曜日の朝は一緒の車で出勤すればいい。

キンドラが体をこわばらせた。「今日？　わたし……することがあるの」

「どんなこと？」どうも口調が引っかかる。「ぼくもつきあうよ」

「だめ。だめなの」彼女は慌ててマックから離れ、起きてシーツを体に巻きつけた。「女性の用事だから」

どういうことだ。いやな予感がする。マックは尋ねた。「女性の用事？　タンポンを買いに行くとか？　ぼくなら平気だよ」

いや、本当は平気じゃない。だけど、それでキンドラと一緒に過ごせるのなら、多い日用とか少ない日用とかの、居心地の悪い会話にも耐えてみせる。

キンドラが振り向いた。「マック……」

今や予感ではなくなった。すでに現実になってしまったのだ。次に来るのは〝ごめんなさい〟に違いない。彼にはわかっていた。

「ねえ、ごめんなさい。でも、これ以上一緒にいるのはよくないと思うの」

「なんだって？」マックは居住まいを正した。いったい彼女は何を言おうとしているんだ？　ぼくらはお互いにぴったりだとわかったばかりじゃないか。確かにひと晩の約束だったけれど、本気でひと晩かぎりの関係になんかできるはずがない。

「信じられないくらいすばらしかった。本当よ。驚くような夜だったわ。でも、もう終わったの。あなただってわかっているでしょう」

わかるもんか。ちくしょう、利用されたのか。面食らい、呆然と彼女を見つめた。

キンドラがおずおずとした笑みを浮かべた。胸のところでぎゅっとシーツを握りしめている。「あなたにあげた一二時間は終わったわ」

自らの言葉でがんじがらめにされてしまった。必死で平静を保っているが、まるで胸に手を突っこまれ、心臓を引き裂かれたような衝撃だ。

ふたりのあいだには何かが存在すると思っていた。キンドラの目に浮かぶ優しさが意味する、何かが。分かち合ったのはただのセックスではなかったはずだ。ふたりは心の底から親密な関係になったのだと、マックは思いこんでいた。

どうやら間違っていたらしい。

「帰る前に朝食を食べていく？」

キンドラが肩越しに振り返ってきいた。剥きだしの背中の、クリームのように白い肌が彼を嘲笑う。彼女の美しさがマックを打ちのめした。

ここでひれ伏したらおしまいだ。どうにかして威厳を保ったまま立ち去らなければ。

「いや、やめておくよ」キッチンに座って卵を食べてもかまわないんだが、という素振りを見せた。帰ってほしいと言われても、ちっとも気にしてなんかないさ、と言わんばかりに。

「それで、証明はうまくいったかな？」マックはぶっきらぼうな口調できいた。

キンドラは小さなピンク色の舌で唇を湿らせた。「あら、ええ、あなたの言うとおりだったわ。サイバーセックスよりずっとすてきだった」

そうか。

聞きたい答えではないが、とにかくよかった。少なくとも、思いの丈を打ち明けて断られたわけではないから、よけいな屈辱を味わわずにすんだと思えばいいのだ。彼女のせいで、舌をだらりと垂らしてあえぐ雄犬の気分にさせられたものの、発情期に雌犬を追いまわすような真似だけはするまい。

「よかった」マックは歯を食いしばって言った。「メールの相手に、新しい工夫が必要だと教えてやるんだろ？　さもないと満足できないって」

それだけ言うと、キンドラの返事を待たずにベッドからおり、バスルームへ歩いていった。ふいに、コンピュータの前に座ってみだらな文面を読む彼女の姿が脳裏に浮かび、激しい怒りがこみあげてきた。荒れ狂う嫉妬で気分が悪い。

自分のものにならないとしても、誰かがキンドラの心を勝ちとることを考えただけで腹が立った。セクシーとスシの区別もつかないようなサイバー・ロメオは絶対にだめだ。

マックはバスルームのドアを閉めた。

確かに、主張が正しいことは証明できた。だが、自分がとんでもない愚か者だということも証明してしまったのだ。

キンドラは受信トレイをじっと見つめた。ラスからのメッセージが六通。〝どこにいるんだい？〟とか〝寂しいよ〟とか、〝ムラムラしてるんだ〟といった件名が目に飛びこんできた。

まだ一通も読んでいなかった。

クロッチレス・パンティについて語るラスのメールを読むのが、急に産毛の脱色と同じくらいつまらなく思えてきたのだ。少なくとも、時間が一〇分は無駄になる。

こんなはずではなかったのに。なんとしても心が傷つくのを防ごうとして、今朝、マックに帰ってもらった。

体をこわばらせ、不機嫌な様子で去っていく彼を見送るのは、これまでもっともつらい試練だった。高校の体育の授業でハードルを飛んだときのことを別にすれば。

だけど、これからは気持ちを切り替えて、元の生活をとり戻さなくては。

仕事に行く。さえない服を着る。ラスとチャットをする。すばらしいセックスはもう二度となし。

まあ、なんて魅力的な暮らしかしら。

キンドラの手は無意識に、コンピュータのメニュー画面にカーソルを走らせていた。昨夜録画したビデオを検索する。三〇秒もすると、彼女とマックの姿が映しだされた。

彼が低い声で指示していた。キンドラは自分の頭ががくりとうしろにのけぞる様子を見つめた。目を半分閉じて息をあえがせながら、自分の胸を愛撫している。

マックが彼女の脚を開かせた。

見ているだけで、録画された自分と呼応するように呼吸が速くなる。

ああ、マック。わたしはいったい何をしてしまったのだろう?

彼がただ気軽な関係を望んでいただけだとしたら？　それなら、また彼とこういうことができたのに。

マックがわたしに飽きるまで。

そのほうが結果的にはつらい思いをしたに違いない。

ううん、やっぱりわたしの判断は正しかったのよ。

画面では、マックがキンドラに舌を差し入れていた。

そのとき、玄関のベルが鳴った。キンドラは飛びあがり、慌ててモニターの電源を切った。もしかしてマックが戻ってきたのかしら？　わたしの決心を変えさせたくなったのかもしれない。それとも、ソックスか何かを忘れただけだろうか。

友達が来たのかもしれないけど。玄関へ向かって走りながら、キンドラはリビングルームの窓から外をうかがった。あら、いやだ。あたりだわ。

しぶしぶドアを開ける。

アシュリーがうめいた。「ちょっと、キンドラ、またトレーニングパンツをはいてるじゃないの」

「だから？」これは完璧な〈今日は日曜日、わたしの人生は終わっちゃった〉用の服なのよ。

トリッシュがアシュリーを押しのけた。「彼、まだここにいるの？　ねえ、どうだった？　マックと寝たんでしょ？」

マックと過ごした夜のことを詳しく教えるつもりは毛頭ない。「いいえ、もういないわ」

アシュリーがどすんとソファに身を投げだすと、ライムグリーンのセーターの上で巨大なイヤリングがぶらぶら揺れた。「でも、ここへは来たんでしょう?」

「ええ。わたしたち、食事に行ったあとで戻ってきたの」キンドラは部屋の中をうろうろと歩き始めた。頭痛がしてきた。ラスを断る口実に使ったのと違って、本物の頭痛だ。

「さあ、着替えてらっしゃい。それから全部話してもらいますからね」アシュリーが促した。

「どうして着替えなくちゃいけないの?」

「だって映画に行くからよ。忘れたの?」

「忘れてた」

「かなりお楽しみだったようね」トリッシュがにやにやした。「詳しく教えて。わたしたちが知りたいのは詳細なんだから」

「大丈夫、キンドラ?」指でメガネを押しあげながら、ヴァイオレットがきいた。「なんだか具合が悪そうだけど」

悪いのは全部だわ、何もかもよ。キンドラは歩くのをやめて、目にかかった髪を払いのけた。「全然大丈夫じゃない。マックを愛してるんだもの!」

ヴァイオレットが目を丸くした。トリッシュが息をのむ。

アシュリーはうめいて言った。「ああ、キンドラ、どうして?」

「そんなつもりはなかったの!」手に入らないものの見本みたいな相手に恋をして、自分から惨めになろうとする人間なんかいないわよ。

「よっぽどセックスがよかったのね」トリッシュが口を開いた。

「そうよ」よかったなんてものじゃない。恍惚となって、頭がおかしくなりそうな、地面が揺れるほどすごいセックスよ。キンドラはため息をついた。

「でも、セックスだけじゃないわ。もっと……深いの」もうひとつ大きなため息がもれた。

「こうして口にしてしまった以上、元には戻れないわね」

「どういうこと？」ヴァイオレットがきいた。

自分でもはっきりとわからなかった。ただ、壁の花だった昔のキンドラと今とは違うのだ。彼女は変わった。本人ですら存在することを忘れていた彼女の一部分が、マックに呼び覚まされたのだ。

「マックを手に入れることはできないかもしれないけど、もう職場で本当の姿を隠すのはいやなの。これからはひとりで生きて、人生を楽しむことにするわ」

「それは、今よりましな服を着るってこと？」アシュリーが期待に目を輝かせた。

「わたしの服装に文句をつけるのはやめてくれない？」キンドラは怒って言った。「だけど、答えはイエスよ。新しい服を買うわ」

「いいわね」トリッシュはバックパックをさっと肩にかけた。「映画はやめてショッピングにしましょ」

アシュリーが立ちあがってキンドラを抱きしめた。「ねえ、マックとうまくいかなかったのは残念だったわね。だけど、まだわからないじゃない。彼もあなたと同じ気持ちになるかもよ」

ふん。それが実現するくらいなら、マック・ストーンはビッツィという名前のプードルを飼い始めるでしょうよ。勘弁して。

マックはこの一時間で三杯目のコーヒーを飲み、同僚のジムをにらんだ。まったく、いらつくやつだ。ジムだけじゃない、今朝は誰に対しても腹が立ってくる。日曜日の午後を自己憐憫《れんびん》にひたってのたうちながら過ごしたあげく、夜は一睡もできなかった。月曜の朝には、ガンガンする頭とキリキリ痛む胸を抱えてベッドから出るはめになった。

そしてさらに悪いことに、官能的で自信に満ちあふれ、さわやかで幸せそうなキンドラが出勤してくる姿を目にしてしまったのだ。

会社で髪をおろしているのは初めて見た。つややかな赤褐色の髪が肩ではずんでいる。薄化粧のせいで、緑の瞳と頬骨が際立って見えた。

スーツもいつもの黒いやつではなくてブラウンだ。ぬくもりのあるチョコレート色がキンドラの肌を輝かせている。女性らしいカットで、以前着ていたものより体にぴったりとしていて丈が短い。

ものすごく魅力的に見えた。ゴージャス。食べてしまいたい。

腹が立つことに、キンドラの変化に気づいたのはマックひとりではなかった。社員の半分が彼女のまわりを嗅《か》ぎまわり始めた。その半分というのは全員が男だ。

ジムが食べかけのドーナツを下に置いてくれさえすれば、今抱えている仕事上の問題が解決するのにと思いながら、マックはジムのデスクのそばに立っていた。明るい笑い声が漂ってくる。マックは歯を食いしばりながら振り返った。

キンドラが受付で三人の男に囲まれていた。マックは額をかいた。たとえ、今朝、彼がキンドラと顔を合わせたとしても、冷たい挨拶の言葉しかかけてもらえなかったに違いない。一糸まとわぬ姿を見たのに。彼女の中に入ったのに。

それなのに、キンドラの笑みや視線や笑い声を手に入れたのは、あのおたくどもだ。

彼女は思わず引きこまれるような笑い声をしている。

「ちぇっ」口いっぱいにドーナツを頬張りながらジムが言った。「今朝のキンドラはどこか違うぞ。この週末、彼女もついに行動に出たということか」鼻を鳴らして笑いだす。

マックは振り向いてジムをにらんだ。「口のきき方に気をつけろ」

ジムの笑い声がやんだ。「いったいどうしたんだ?」それから、はっと気づいて眉をあげた。「ああ、わかった。キンドラはおまえと一緒だったんだ。そうなんだろ?」

マックは返事をせず、キンドラと男たちに視線を戻した。

ジムが言った。「そんなに苛立っているところは初めて見るな。偉大なるマック・ストーンもついに落ちたか?」

大きな岩が転がり落ちるように。

マックは何も考えず、ずんずん歩いてキンドラに近づいた。給与課のボブを肘で押しのけ、乱暴に会話をさえぎる。

「話がある」

キンドラが顔を赤らめた。肩をこわばらせてまわりに目を向ける。「今は忙しいの」

「かまわない」

キンドラは彼をにらむと、つんと顎をあげ、髪を揺らしながら去っていった。

マックは呆然と立ち尽くしていた。キンドラに無視されてしまった。

そのとき、誰かが腕に触れてくるのを感じた。見おろすと、男たちのあいだからアシュリーが手を伸ばし、彼の袖を引っぱっていた。

「なんだ?」手を振り払おうとしながら、マックはきいた。

「鈍いわね、マック」アシュリーがささやいた。「最低な振る舞いでキンドラに死ぬほど恥ずかしい思いをさせたのよ。彼女があなたの話に耳を傾けるわけがないでしょう」

彼女はマックを指差して続けた。「今はわたしの話を聞きなさい。あなた、キンドラのことをどう思ってるの?」

胸が痛くなるほど愛している。彼は息苦しくなってネクタイを引っぱった。「きみには関係ない」

「愛してるの?」

イエスと言うわけにはいかない。だが、ノーとも言えない。マックは目に苦悩を浮かべながらアシュリーを見た。

アシュリーが満足そうにうなずいた。「よくわかったわ。彼女もあなたを愛してる。だけど、あなたがセックスにしか関心がないと思ってるの」

「ぼくはそんなこと言ってないぞ！」

「違うとも言わなかったでしょう」そんなことはお見通しよ、と言わんばかりにアシュリーは指摘した。

マックは髪の毛をかきむしった。そうなのか？　キンドラがぼくを愛している？　希望が熱気球のように膨らみ始めた。

でも、もし違っていたら？

「ぼくの気持ちをキンドラに話すべきだと思うかい？」

「いいえ。あなたたちふたりとも、ばかな真似をしてこれから一生惨めに過ごすといいわ」

彼女は呆れたように目をまわした。「嘘よ、話すべきに決まってるでしょう！」

マックは皮肉に気づきもしなかった。たとえアシュリーの勘違いだったとしても、今よりひどい気分にはなり得ない。

彼女の言うとおりだったら……。

ああ、ちくしょう。それ以上嬉しいことはない。

マックには考えがあった。さっと身をかがめてアシュリーの肩をつかむ。「ありがとう、アシュリー。ひとつ借りができた」

そう言うと背を向け、自分のオフィスに急いだ。うまくいかなくて恥をかいたとしても、キンドラは試してみる価値のある女性だ。

一時間たっても、キンドラはまだショックが尾を引いていた。いったいマックはどうしちゃったの？

ひと晩で充分だと言われて、男としてのプライドが傷ついたのだろうか？

こめかみを擦り、口に入った髪を吹き飛ばした。決意表明のつもりで髪をおろしたけど、いらいらするだけだわ。邪魔にならないように、絶えず髪をいじっていなければならないんだから。

目の前のコンピュータ画面がぼやけてきた。マックを置き去りにしてからずっとオフィスにこもったまま、何も手につかない。

たっぷり三〇分は同じ企画書を見つめているのに、文字が躍るばかりでちっとも頭に入ってこなかった。

苛立ちをつのらせながら、キンドラはメールをチェックした。気を紛らせてくれるものならなんでもよかった。またラスから、どうかふたりの結びつきを終わらせないでくれと懇願するメールが来ているかもしれない。

昨夜、サイバーセックスに関心がなくなったとメールすると、ラスがまさにそのとおりの文面を返信してきのだ。結びつきだなんて、笑っちゃうわ。

チャットルームでセックスを語ることを、結びつきとは言わない。

ひと晩かぎりの関係も同じ。

キンドラはうめいた。どうしてもマックに行き着いてしまう。

誰か助けて。こんな調子ではハリケーン・キンドラの災害援助要請が必要になるわ。

そのとき、彼女は新しいメッセージに気づいた。差出人はマック・ストーンだった。

「そんな、どうしたらいいの」

みだらなメールが送られてきたのだとしたら、無視できないかもしれない。

片目を閉じ、もう片方の目を手で覆いながら、メールをクリックした。息を殺して指のあいだからのぞく。

そこには短い一文があった。


結婚してくれ。


キンドラは両手でデスクにしがみついた。「嘘よ、ああ、嘘よね」

これはマックかラスか、ほかの誰かが送ってきた残酷なジョークなの？　涙で視界がぼやけてくる。

傷んだイカを食べたときみたいに、胃がキリキリ痛んだ。

突然、オフィスのドアが開く音がした。

キンドラは大慌てで顔を伏せると、画面をスクロールして文字を隠した。お願い、どうかアシュリーでありますように。「はい？」不自然に明るい声が出た。

「うー」

今のは何？　彼女は弾かれたように顔をあげた。振り返り、何度もまばたきをする。キンドラはすべてを理解した。ドアのところに、マックが立っていた。彼のコンピュータ用バックパックから、ふわふわの白いプードルが頭を出しているのだ。

「何をしてるの？」

「自分がとんでもない間抜けにならないことを願ってるんだ」

なんと言えばいいのかわからない。

キンドラは親指で画面を示した。心臓がばくばくして、発作を起こしてしまいそうだ。意識を失ったら、マックは救急車を呼んでくれるかしら。「わたしにメールをくれた？」

「〝結婚してくれ〟のことを言っているのなら、そうだよ。ぼくが送った」

もう我慢できない。涙がキンドラの頬を伝う。泣きじゃくってしまわないよう、彼女は必死でこらえた。「どうして？」

「キンドラ」マックは足を踏みだした。「きみを愛してる」

「そんなはずないわ」ああ、なんでこんなことを言っているのかしら？　失敗から何も学ばなかったの？　理想の男性で、しかも愛している相手からプロポーズを受けたら、まずは彼をつかまえなくちゃ。質問するのはあとでいい。

「いや、愛している」ふわふわした小さな犬が、マックの肩に前足を置いてハアハア言っていた。「ぼくは背中に犬を背負ってるんだぞ。ピンクのリボンもついてる。これがどういう意味かわからないのかい？」

わかるわよ。マックがわたしを愛している。ピンクのリボンがその証拠だ。キンドラは笑いながら言った。「わたしもあなたを愛してる」

「ふう」マックがにやりとした。「心配させないでくれよ。それはつまり、イエスということかな？　きみの家に住んで、一緒にビッツィを飼っていいんだよね？」

「そうよ」でも、犬の名前は再考の余地があるわね。

キンドラは立ちあがってマックのもとへ行った。まっすぐ彼の腕の中へ。自分のいるべき場所へ。

キスは激しく情熱的で、マックの唇と手が彼女を包みこんだ。熱い舌が重なり合う。

「ああ、ベイビー」彼がうめいた。

〝ああ、ベイビー〟って最高。キンドラはマックのかたい胸に体を預け、クランベリー色のネクタイを引っぱった。ネクタイ姿の彼が大好き。

マックがコンピュータを指差して言った。「サイバー・ロメオにうせろと言うんだ」

彼女は笑い声をあげた。「もう言ったわ。昨日。わたしに、かまわないでって」

マックの瞳がきらめいた。「ところで、この子が背中でおもらしする前に、ぼくらは家に帰ったほうがいいと思うんだが」

「いい考えだわ」四年間ずっと真面目に勤めてきたんだもの、一度くらいのんびりと長い昼休みを取っても許されるはずよね。

わくわくしてきたキンドラは大胆な気分になり、マックのウエストから下へ手をすべらせた。ぎゅっと力をこめ、返ってきた反応に満足してにっこりする。

張りつめた声でマックが言った。「真昼のセックスなんてどうかな?」

喜んで。

「いいわ。バッグを取ってくる」キンドラはマックの肩に手を伸ばし、犬の頭を撫でた。「この子、本当にかわいい」

ビッツィが吠えた。

バックパックを背負い直して彼は言った。「ぼくらを撮ったあのビデオ、まだ見てなかったな。あれから始めたらどうだろう。保存してある?」

「まだハードディスクにあるわよ」だが、キンドラはもっといいことを思いついた。ズボンに手を戻し、彼の耳元でささやく。「もうひとつ、別のを撮らない?」

マックは、小さなかわいいヒップを振りながらドアに向かうキンドラを目で追った。彼女は肩越しに振り向き、〝つかまえに来て〟と視線を投げかけてきた。

くそっ、ぼくは幸運な男だ。

彼はキンドラのあとに従った。ビッツィと同じくらい、だらりと舌が垂れているかもしれない。「ベイビー、きみのハードを焼き尽くしに行こう」

素直になって

1

「この部屋には愛が感じられない」

ジャレッド・キンケイドはハロルドを凝視した。上司はレザーパンツに包まれた腰に両手をあて、オフィスの中央で仁王立ちしている。

確かに愛は感じていない。ジャレッドが感じているのは、骨がすりつぶされるような、息をするのもつらい激しい頭痛だ。よりによって、中年の危機を迎えた上司のいるマーケティング会社に雇われるなんて。

すべては六週間前、ハロルドの妻が家を出たときから始まった。今ではゲイの美容師が着るような服装で職場に現れ、おのれと調和せよと部下に説き、ヒヨコ豆のペーストを大量に食べる段階にまで来ている。

愛なんて、とっととそのレザーパンツの中にしまってくれ。そう言いたくてたまらない衝動を無視して、ジャレッドは沈黙を保っていた。運しだいだが、あとひと月かふた月も我慢すれば、ハロルドはまたBMWやアルマーニのスーツに情熱を傾け始めるだろう。そしてみんなが正常な状態に戻れるというわけだ。

そのとき、官能的な低い笑い声が部屋に響き、ジャレッドは歯を食いしばった。

この笑い声こそ、彼が中間管理職に甘んじることになった元凶だ。おかげでトラブルをかわし続ける一生を送らなければならない。トラブルはいつもジャレッドのあとを追ってきた。どこへ行こうと必ずついてくる。

そしてトラブルにはたいてい、長い脚と豊かな胸がついていた。このトラブルも例外ではない。おまけに、乱れたブロンドの髪に南部のアクセント、じらすように尖《とが》らせたさくらんぼ色の官能的な唇まで備わっている。

それに彼女の名前といったら。いったいどこの親が、わが子にキャンディ・アップルトンなんて名前をつけるんだ？　母親は、生まれたての赤ん坊が将来ポルノ女優になるとでも思ったのだろうか？

まだ胸も膨らんでいない少女になら、キャンディという名はかわいらしく感じられるかもしれない。だが、今の彼女のあの体では……誤解を招くだけだ。

キャンディは赤いスーツを身にまとい、くつろいだ様子で、いまいましいほどセクシーに見えた。組んだ脚をぶらぶらさせる彼女を見て、ジャレッドの苛立《いらだ》ちはさらにつのった。脚を動かすたびにちらりと腿がのぞき、あやうくその先の天国まで見えそうになるのだ。

絶対にキャンディはガーター派だ。しかも黒。緑かもしれない。いや、赤か、それともクリーム色かも。

ジャレッドはもぞもぞと椅子に座り直し、鋼のようにかたく反応してしまった部分を隠すために前かがみになった。

興奮している。真っ昼間に、オフィスの上司の部屋の中で。

これぞトラブルだ。それ以外に表現のしようがない。

そのトラブルが口を開いた。「ハロルド、ジャレッドは愛を感じる気になれないみたいだわ」

ジャレッドは背筋を伸ばした。いったいどういう意味だ？　その気になればぼくだって愛を感じられるぞ。ハロルドがなんの話をしているのか、理解さえできればだが。

キャンディがかすかに唇を開き、官能的な笑みを投げかけてきた。あのふっくらした下唇にむしゃぶりつきたい。ジャレッドは腿に爪を食いこませた。

ハロルドが眉をひそめる。「そうなのか、ジャレッド？　愛を感じる気にはなれないのかい？」

キャンディの曲線を感じる気なら満々だ。それも愛の範疇《はんちゅう》に入るのだろうか？　ジャレッドは咳払《せきばら》いをした。「えーと、厳密に言うと、どういう意味なんです？」

「厳密に言えば、きっかり三週間で、われわれが〈チャンク・オ・チョコレート〉の広告戦略をまとめなければならないということだ。それなのにきみとキャンディは、まだほんの一時間ほどしかこの企画に時間を割いていない」

それは、キャンディが近づくたびにぼくが逃げだしていたからだ。ジャレッドは彼女が怖かった。彼はコピー室で社長秘書と思いがけない遭遇をしたために前の会社をクビになり、五年間必死で働いて得たキャリアと、企業年金の恩恵を諦《あきら》めざるを得なかった。その秘書が社長の愛人であることを知らなかったせいだ。

　仕事とセックスはうまくいかない。ジャレッドと女性たちも同じだ。これまで彼の人生に起こった厄介で好ましくない出来事をさかのぼれば、もとはすべて女性と、彼の自制心の欠如にたどり着く。

　ここで踏み止《とど》まるんだ。下半身にもぜひそう言い聞かせたい。キャンディとヤル《スクリュー》のもだめだ。どんなにあの罪深いへま《スクリュー》をするわけにはいかなかった。キャンディとヤルのもだめだ。

唇を味わってみたくても。

「キャンディさえよければ、いつでも取りかかれますよ」ジャレッドは彼女の視線を避け、急速に後退しつつあるハロルドの前髪の、鮮やかな黄色に染まった一点を見つめた。まるで点滅する注意信号じゃないか。

　髪が薄くなりかけた中年男性に注意せよ。

　キャンディが言った。「その仕事は、誰かほかの人に任せるほうがいいかもしれません。彼はわたしのことがあまり好きではないようなので」ゆっくり発せられた彼女の言葉が、肌を伝う水滴のようにジャレッドをぞくりとさせた。

　彼女は間違っている。彼はキャンディが好きだった。思わず舐《な》めたくなるような甘いキャンディは、口の中で転がし、隅々まで味わい尽くすのにぴったりだ。

　ハロルドが両手をぱんと打ち合わせる音がして、エロティックな空想にふけっていたジャレッドはわれに返った。

「ほら、言ったとおりだ！　ジャレッドはきみが気に入らなくて、きみも彼を好きじゃない。それでは困るんだよ」

キャンディがぼくを好きじゃないって？　ジャレッドは信じられない思いで彼女を見た。ひどいじゃないか。ぼくが避けるのはわかるが、彼女にこちらを避ける理由はない。

どちらかと言えば、ぼくは好かれるほうだ。電話をもらえば必ずかけ直すし、女性のためにドアも開ける。ただし、キャンディが近くにいるときだけは、うめき声をあげていちばん近くの出口から逃げてしまうが。それを彼女は嫌われていると受けとったのかもしれない。だけど、どうすればいいんだ？　キャンディに説明するのか？　きみが悪いんじゃない、その魅力的な胸のせいで、水を恐れる猫のようにぼくが逃げだしてしまうだけなんだと。そりゃあいい。

「ぼくはキャンディが好きですよ」ハロルドの話がどこへ行き着くのかさっぱりわからないまま、ジャレッドはなんとか反論した。

キャンディがまた笑いだし、彼はまずい言い方だったたと気づいた。

「嘘《うそ》つき」彼女がつぶやく。「でも、このクライアントとはなんの関係もない話よね」

「そうだ、関係ない」

ふたりをじっと見つめていたハロルドが言った。「きみたちのあいだに緊張感が漂っているのには気づいていたんだ。それを解消しなければならないな。ほかのスタッフにも影響するからね。風水的にもオフィスの運気を変えてしまうんだ。社内によどんでいるネガティブなオーラを払う必要がある」

ハロルドが水晶を取りだして何か唱え始めたら、ここから出ていこう。

ただ、ジャレッドには仕事を辞める余裕がなかった。運の悪いことに、前の仕事をクビになるほんの少し前に、値の張るコンドミニアムを購入してしまったのだ。次の仕事が決まるまで三カ月かかったおかげで、蓄えは深刻な打撃を受けていた。また職を失うようなことになれば、コンドミニアムを差し押さえられたあげく、車で寝起きして、マカロニチーズで飢えをしのがなければならないだろう。

「ネガティブなオーラは困るわね」キャンディは組んだ脚をおろし、ハロルドに微笑《ほほえ》みかけた。

ジャレッドは驚いた。皮肉を言うタイプには見えなかったが、勘違いだったらしい。彼女は知的で、宣伝の腕も確かだ。しかし、その頭脳が宿っているのはストリッパーの体なのだ。キャンディなら放《ほう》っておいてもライバルたちを蹴《け》散らし、よだれを垂《た》らす男たちをあとに残し、出世の階段を駆けあがっていくような気がする。

階段の途中で、スカートの中がちらっと見えるかもしれないな。

ああ、もう。ぼくはどうしようもないやつだ。

「じゃあ、キャンディは喜んで状況の改善に取り組んでくれるんだね。きみはどうだい、ジャレッド？　もっと自然なパートナーになれるよう心を開く、という言葉がきみの口からも聞けるのかな？」

もちろんにしろ、ぜひともにしろ、ジャレッドはイエスと言わなければならなかった。ハロルドがどんなに突拍子もない振る舞いをしようと、彼は上司で責任者だ。マカロニチーズの生活はしたくない。だから、無理やり言った。「約束しますよ、ハロルド」

ハロルドがぱっと笑顔になった。「昨日、最高のアイディアを思いついたんだ。きみたちもきっと気に入るぞ。きみとキャンディのあいだには、明らかに問題がある。解決すべき問題だ」彼は人差し指を唇にあてた。「前世に経験した裏切りと関係があるのかもしれないな」

ジャレッドはこめかみを手で押さえた。こんな苦しみを負わされるとは、よほどひどいことをしたんだろうか。

「どんなアイディアを思いついたんですか？」ハロルドの話が脱線しそうになるのを修正して、キャンディがきいた。

「きみたちふたりをオンライン・カップル・カウンセリングに登録しておいたんだ」

激しい頭痛のせいで、ぼくは一時的に状況が把握できなくなっているに違いない。

「まあ！」キャンディが咳払いをした。「ええと、それはすてきですね」

すてきなわけがあるもんか。男性型脱毛症のせいで正気を失っている上司が考えた、ばかばかしくて愚かな、屑《くず》のような思いつきだ。

「ぼくたちはカップルじゃありませんよ、ハロルド。カウンセリングは必要ない」ジャレッドは黒いスーツのズボンをぐっと引っぱり、冷静になろうとした。

もぐりのネット精神科医なんかに、〝あなたは母親に欲情している〟とかの、くだらない戯言《たわごと》を言われたくない。

「いいや、必要だ。きみたちは未解決の問題を抱えているんだ。たぶん、過去を引きずっているせいだろう。〈チャンク・オ・チョコレート〉を失うことになる前に、そこを解決させておきたい」ハロルドはそう言うと、男っぽさを感じさせる桜材の大きなデスクに置かれたコンピュータを示した。

「もう登録はすんでいるから、すぐ始められる。三時間コースだ。カウンセリングを終えて修了証書をプリントアウトするまでは、このオフィスを出てはならないぞ」

息ができない。助けてくれ。ハロルドはこの豪華な重役室に、ぼくとキャンディを三時間も一緒に閉じこめるつもりなのか？　ふたりだけで？　気恥ずかしくなるようなカウンセリングを乗りきれと？

急に熱が出たことにしよう。つまずいて、デスクの角に目をぶつけてしまおうか。

トラブルだ。やっぱり彼女はトラブルだった。


キャンディは、ジャレッドの顔に恐怖の色が浮かぶのを興味深く観察していた。彼、本当にわたしが嫌いなんだわ。

冗談で言ったことだったのに、だんだん気になってきた。キャンディはみんなから、とくに男性から好かれた。男好きするように生まれつき、どんなふうに微笑み、どうやって髪をさわれば効果的か、昔からわかっていた。それは遺伝子に組みこまれ、一族の女性に代々受け継がれてきたものだ。だから彼女は抵抗するのをやめ、その事実を受け入れるように努めてきた。

キャンディは自分の女らしさに満足していたが、頭脳にはもっと誇りを持っていた。だが、頭がいいからといって女性であることを否定したいとは思わない。ハイヒールを履くのが好きだし、時と場合によっては、誘いかけるようなしなやかなドレスを好んで着る。男と女のあいだのちょっとした駆け引きも好きだった。

彼女は男性と戯れるのが好きで、しかもとてもうまい。それでも、二七歳までにベッドをともにした相手がふたりだけだったら、身持ちの悪い女とは決して言えないはずだ。かつて別れた夫に非難されたように、男をじらす女でもない。キャンディの定義では、男性に触れさせたあげくに拒絶するのがそういう女だった。セックスを約束しておきながら、直前になって笑い飛ばすような女のことだ。

たちの悪いゲームに興味はない。けれども、微笑を交わし、心地よい会話を楽しむ誘惑には逆らえなかった。それに男性たちも必ず反応してくれた。

ジャレッド以外は。

彼はわたしのことが嫌いなんだわ。

ジャレッドが冷ややかな口調で言った。「ぼくにできるとは思えませんね、ハロルド。その手のカウンセリングには価値を見いだせない」

あらまあ。そういうことは言わないほうがいいんじゃないかしら。キャンディが黙ったまま見ていると、ボウリングのボールのような丸いハロルドの顔がピンク色に染まった。

「わたしは価値があると思っている。ここ、〈ストラトフォード・マーケティング社〉では愛がすべてなんだ」

ジャレッドの顎がぴくりと動いた。笑い声をもらさないよう、キャンディは唇をぎゅっと引き結んでこらえた。

ジャレッドにとって、〝愛がすべて〟とは思えない。キャンディの見たところ、彼が第一に考えているのは仕事を成し遂げることと、そしてオフィスをあとにすることのようだった。ジャレッドは同僚とあまりつきあわず、彼女にはとくに冷たかった。

ジャレッドがキャンディを見るたびに、威圧的でピリピリした抑制が彼の黒い瞳を揺るがせ、自制心を働かせているのがその堅苦しい態度に表れていた。

そんな姿にキャンディは魅せられた。

しかも、ジャレッドは目を奪われるほど格好いい。

キャンディは、めったなことでは興味をかきたてられなかった。呆《あき》れるくらい言葉巧みに褒めたたえて、ちやほやしてくるのはたいてい男性のほうだ。彼女がたびたびジャレッドを見てしまうのは、彼が普通の男性と違う反応を示すせいかもしれない。

ジャレッドに見つめられると、キャンディの体はかっと熱くなった。脚のあいだの奥深くから熱が放たれる。

ところが、彼はいつも無関心な様子で顔をそむけてしまう。笑いかけてくれたことなど一度もなかった。

キャンディは自分が、まるで風に吹き飛ばされて来たように乱れて見えることを自覚していた。一方で、黒いスーツに青のウールのシャツとタイを合わせたジャレッドは非の打ちどころがない。彼の短い黒髪はいつもとまったく変わらず、前髪をジェルでわずかに立てていた。

ジャレッドがハロルドを見つめてきいた。「では、このカウンセリングは絶対に受けなければならないんですね？」

ハロルドが口元をこわばらせた。「さっきからそう言ってる」

キャンディ自身は、過去や私的な問題に探りを入れられる質問に答えるのは気が進まないものの、ジャレッドとふたりきりで三時間過ごすのは楽しみだった。

この三時間で、きっと彼を笑わせてみせるわ。

あるいは、うめかせる。

いやだ、どこからそんな考えがわいてきたの？　キャンディはぎょっとして居住まいを正し、膝をぴったりくっつけて座った。ふたりのあいだに張りつめるエネルギーを使えば、シカゴの高層ビル群を三日三晩ライトアップできそうだ。

きっと、ハロルドのオフィスを三時間燃やすこともできるわ。

「わかりました」ジャレッドはハロルドから目をそらし、ジャケットのボタンを外して椅子にもたれかかった。くつろいだ姿勢をとっているが、明らかに顔は怒っている。

キャンディはにっこりして言った。「とてもいいアイディアですね、ハロルド。ジャレッドもわたしも、お互いを知るようになればきっと楽しいわ」

意見があるとしても、言い方はひとつじゃないのよ。

ハロルドがうなずいた。「わたしもそう思ったんだ。さあ」彼はノートパソコンをふたりのほうに向けた。「準備はできている。それでは三時間後に」

「わかりました」ドアのほうへ歩いていく上司の背中に、キャンディは小さく指を振りながら言う。

ハロルドがふと足を止めた。「ふたりとも、友好的に頼むよ」

「ぼくはいつも友好的ですよ」ジャレッドのこわばった低い声を聞いて、キャンディの体がぶるっと震えた。

友好的になるように、どこまで彼を説得できるかしら？

こんなことばかり考えて、恥を知るべきだとはわかってる。でも、キャンディはこれまで一度たりとも、気軽な情事にふけったことはなかった。それを言うなら、ほんの一瞬でも彼女の満足を気にかけてくれる男性に出会ったこともない。彼らはみんな、ひと目見たとたんにキャンディを欲しがる。それなのに彼女が欲しているものを気にかけてくれる男性は、誰ひとりとしていなかった。

二カ月前にジャレッドが現れてからずっと、キャンディは彼を観察しながら、彼だけはほかの人と違っていればいいのにと願っていた。

ジャレッドといるとおかしくなってくる。どうしようもなく彼が欲しくなり、なんとか手を打たないと、仕事中にデスクに体を擦《こす》りつけて悶《もだ》えてしまいそうだった。ちょっとくらい楽しむのがそんなに悪いことかしら？

ジャレッドが張りめぐらしている謎《なぞ》めいた防御壁を崩すことができれば、彼がほかの男たちと同じように、自分の楽しみしか考えないタイプかどうかわかるだろう。それがはっきりすれば、切羽詰まった欲望も消えてなくなるに違いない。そうしたらあとは〈チャンク・オ・チョコレート〉の広告に専念できる。ジャレッドの裸の胸がどんな感じか想像することもなく、集中力を取り戻せるだろう。

「わたしも友好的よ」ハロルドが疑わしげに見ているので、キャンディは安心させるように言った。

やがてドアが閉まり、とうとうふたりきりになった。

ジャレッドは動かない。椅子に座ったままぴくりともせず、窓の外をにらんでいた。

「ねえ、すねていてもしかたないわよ、ジャレッド」キャンディは立ちあがると、ハロルドのデスクにかがみこみ、ノートパソコンを引き寄せた。「始めましょう」

もしキャンディが自分の性的魅力に気づいていなければ、ジャレッドにヒップを向けたらどういうことになるか、想像もつかなかっただろう。しかし、彼女は自分の体を熟知している。かがむと脚が存分に見えるのは承知のうえだ。スカートをぴったり張りつかせたヒップが、わずかに彼のほうへ突きだされることも知っていた。デスクにてのひらを突き、脇《わき》を閉めて片足を曲げれば、ますます魅惑的な眺めになるとわかっている。

どうすれば男性の視線を引きつけられるか、キャンディはよく知っていた。ただ、引きつけた関心を留《とど》めておく方法がわからないのだ。鋼のような自制心を見せるジャレッドなら、相手が満足していないのに、さっさと立ち去るような真似《まね》はしないだろう。きっとプライドが許さないに違いない、とキャンディは思った。わたしの準備はもう整っている。あとは彼から反応を引きだすだけ。

「ちくしょう」腹立たしそうなささやき声が聞こえてきた。

ほら、うまくいったわ。

キャンディはコンピュータ画面を見つめたままにっこりした。「ん？　何か言った？」

ジャレッドが声を高めた。「ちくしょうと言ったんだ。ハロルドの言いなりになってるなんて、信じられない」

キャンディはオンライン・カウンセリングのタイトルを声に出して読んだ。「『結びつきをふたたび――危機に陥ったふたりのためのステップ・バイ・ステップ・ガイド』ですって」

彼からは鼻を鳴らす音が返ってきた。

「わたしたちの名前を書きこむようになってるわ」キャンディが入力を始めると、ジャレッドが背後にやってきた。

「本気でこれをやるつもりなのか？」

すぐそばにいる彼のコロンとコーヒーの男らしい香りにくらくらして、キャンディは息苦しくなった。

「ばかげたカウンセリングでも、仕事のためならやるわ」彼女は目に入った髪を払いのけた。「隠すことは何もないし、これに意味があるとも思えないもの」

「確かに」

その返事にはものすごく意味がありそう。頬が熱くなるのを感じながら、キャンディはジャレッドから少し体を離した。彼が画面を読もうと身を乗りだし、スーツのジャケットが彼女のヒップをかすめた。

「キャンディは本名かい？」

ジャレッドがわたしに関心を向けたのはこれが初めてだわ。キャンディの自信はわずかに揺らいだ。彼がわたしの手に負えなかったらどうしよう。だけど、やってみなくちゃわからないわよね。

「ええ。キャンディスとかの略じゃないわよ」

ジャレッドがどう解釈していいかわからないうめき声をもらした。

キャンディはパートナーの名前を入力する欄に〝ジャレッド・キンケイド〟と打ちこんだ。

「あなたのミドルネームは？」

「そこは飛ばしてくれ」

言われたとおりにする代わりに〝ブーヴァー〟と入力し、にっこりして彼を見る。「合ってる？」

「いや」ジャレッドは笑みを浮かべる気配すらない。「最初の質問に取りかかろう」

キャンディはうなずいた。望むところよ。彼がどこまで進むつもりか、見てみることにするわ。

2

ジャレッドはキャンディが最初の質問をクリックするのを待っていた。できるかぎり迅速に、このばかげたカウンセリングを乗りきらなければならない。自制心を失って彼女をつかまえ、デスクに押し倒してしまわないうちに。

急いで答えれば一時間ほどでここを出て休憩室に駆けこみ、ズボンに氷を投げこめるだろう。今のジャレッドにはそれだけが望みだった。

全部ハロルドのせいだ。あるいは、あんなヒップで恥ずかしげもなく歩きまわるキャンディのせいだ。前の仕事をクビになる原因をつくったジェシーも悪い。いや、そもそもさっさと結婚して定期的にセックスしていれば、こんな目には遭わずにすんだかもしれなかった。

ぼくはさかりのついた間抜けにすぎないということか。

あどけない目をしたセクシーな女性に弱い間抜けだ。

キャンディがまたデスクに身を乗りだした。「ねえ、いらいらしないで」

ジャレッドはぐっと歯を食いしばった。

質問を黙読する彼女の唇が動いていた。

「それで?」きまりの悪い個人的な情報を、どれくらい明らかにしなければならないのだろう。彼はキャンディの説明を待った。

「そんなにひどくないわよ、ジャレッド。このカウンセリングは、カップルが実際はいかにお互いを知らないのかを気づかせようとしているみたい。これを受ければ相手への関心をあらためて見いだせるんですって」

そんなことはどうでもいい。キャンディの腿が腕にあたらないよう、彼は椅子に座り直した。「どんな質問があるんだ?」

「一問目は、どこの出身かと尋ねているわ。つまり、あなたがどこで生まれ、どこで育ったかね」

キャンディの言うとおりだ。恐れていたほど悪くない。スコーキーで育った話をするだけで給料がもらえるとしても、それはハロルドの問題でこちらの知ったことじゃない。

彼女がジャレッドを振り返ってにっこりした。脚をまっすぐ伸ばしたまま、デスクに片肘を突いている。「わたしの生まれがどこだかあててみて」

籐《とう》の家具が置かれた鎧戸《よろいど》のあるベッドルームで、光沢のあるキャミソールとパンティを身につけたキャンディが桃をかじりながら歩いている。くそっ、いったいどこからこんなに鮮明なイメージが浮かんでくるんだ? それに、キャンディが下着姿でいる必要はない。「ジョージアかな」

キャンディがふふんと笑った。「外れ。テネシーよ」

へえ、違いがあるのか？「ごめん、南部のアクセントには詳しくないんだ」

ピンク色の小さな舌でキャンディが下唇を湿らせた。ふっくらした唇だ。嚙《か》んでほしいとジャレッドを誘う唇。彼はふたたび身じろぎした。みだらな想像だけで、三時間も興奮し続けることができるのだろうか。

「あなたは生粋の北部人《ヤンキー》ね。違う？」

キッチンに侵入してきた蟻《あり》よりは少しまし、という口調だ。

「生まれも育ちもシカゴだよ」

「きょうだいは？」キャンディはもうコンピュータ画面を見ておらず、かすかに好奇心の滲《にじ》む穏やかな笑みを浮かべ、ゆったりとデスクにもたれかかっていた。

彼女の脱線に答えなければならない理由はない。次の質問に進もうと言うべきだ。それなのに、彼はいつのまにか答えていた。「兄が三人に妹がひとり。うちの両親は明らかにどうかしていたんだ」

キャンディが頭をのけぞらせて笑った。かすみのように軽いブロンドの巻き毛が背中に落ちる。「お母さんはきっと子供好きだったのよ」

笑わないでおこうと思ったが無理だった。「それはどうかな。ただ、母はいつも、必ず天国にいけるはずだと話していたよ。手のかかる子を五人も育てたんだから、神様が断るはずないってね」

キャンディも笑った。

「あなたは手のかかる子供だったの、ジャレッド?」かすれ声はもう笑っていないが、目はまだ楽しそうにきらめいていた。

まさか、彼女はぼくを誘惑しようとしているのだろうか。深く考える前に、ジャレッドの口から言葉が飛びだしていた。「ああ、そうだ。ものすごく手のかかる、悪い子だったよ」

キャンディの瞳が驚きに見開かれ、満面の笑みが返ってきた。

ちくしょう。やっぱりもてあそんでいるんだ。ぼくはそれに応《こた》えてしまった。聞かなければよかったと思うことを言われる前に、ジャレッドはすばやく口を開いた。性的な含みがなく、無害で何気ない声が出るように祈る。「きみはどうなんだ? テネシーにきょうだいがいるのかい?」

一瞬あいだがあいて、キャンディが言った。「妹がひとりいるわ」

ジャレッドは、彼女に似た別の女性を思い浮かべようとしたが想像できなかった。キャンディはほかの誰とも比べようのない、独特な個性を持った女性だ。じつに刺激的で。

「名前はなんていうんだ? タフィとか?」口に出したとたん、そんなつもりはなかったのに、かなり意地悪く聞こえることに気づいた。

だが、キャンディは笑った。「いいえ、マーガレットよ。ジュリアードでチェロを学んでいるの」

「冗談だろう」マーガレットだって?

ジャレッドは、脚のあいだにチェロを置いて座るキャンディの姿を思い描いてみた。彼女の脚にはさまれるチェロをひどくうらやましく思う一方で、そのイメージはぴんと来なかった。どれほどエロティックな想像をめぐらせてみても、彼女と楽器は結びつかない。

キャンディといえば、大勢のクライアントを前にして、微笑みながら整然と説明する姿が浮かぶ。くそっ。賢くてセクシー。致命的な組み合わせだ。

「いいえ、冗談じゃないのよ」口に入ったひと房の髪をつまんでキャンディが言った。片脚をまっすぐ、もう片方の膝は軽く曲げているので、ヒップが挑発的に片側へ突きでている。

おかげでスカートの裾《すそ》が数センチあがり、ジャレッドには必要以上のものが見えてしまった。文句を言っているわけじゃない。自制心の糸がまた一本切れてしまっただけのことだ。

「マーガレットとわたしは父親が違うの。母はわたしの父のことを心から愛していたと言ってたわ。だけど、一気に情熱が燃えあがったあと、わたしが生まれる前に父は母のもとを去ってしまったの」

キャンディは肩をすくめた。「妊娠を知って逃げてしまったのね。母はその二年後にマーガレットの父親と結婚したわ。彼がずっとそばにいて、世話を焼いてくれたからだそうよ」

ジャレッドはキャンディの腿から視線を引きはがした。いやらしい目で彼女を見ている自分は、彼女の母親を捨てて逃げた最低男と変わらない。彼はキャンディの顔に注意を戻し、これ以上きょろきょろするまいと心に誓った。「ずっとそばに?」

「ええ。ふたりは今も結婚していて、とても幸せよ。お互いに愛し合ってるの。継父《ちち》とわたしは血が繋《つな》がっていないけど、妹と扱いが違うと思ったことは一度もないわ」

そう言って、キャンディはにっこりした。口調に皮肉はまったく感じられない。「彼はわたしを養子にして、アップルトンの姓をくれた。そのころには三歳になっていたから、キャンディという名前を変えるには遅すぎたわ。だからわたしは、それ以来ずっとキャンディ・アップルトンなの」

キャンディは体を起こした。両腕を頭上にあげ、ハイヒールを履いた足で爪先立って伸びをする。引っぱられたブラウスが胸に張りついて、裾がウエストから出そうだ。スーツのジャケットの前が開き、今にも弾《はじ》け飛びそうなボタンひとつで留まっている。ジャレッドは魅入られたように見つめ続けた。

もうすぐだ。もうすぐボタンが飛んでブラウスがずりあがり、真っ白な肌が見えて、彼女がこっちへよろけてくる。

そうしたらさっき想像で置いたチェロと場所を入れ替わり、スカートを上にたくしあげるんだ。

ジャレッドは当座預金口座の残高をすばやく計算した。この仕事も諦めるしかなさそうだな。

3

わたしは自分のしていることがわかっているのかしら。そうだといいんだけど。ジャレッドは、まるで嚙みつぶした釘《くぎ》を舌で蝶結《ちょう》びにしているみたいな顔をしている。彼が興奮しているのか激怒しているのか、それともその両方なのか、さっぱりわからない。

それにわたしはいったいなぜ、母や継父のことを話題にしたの？　気軽な関係を結んだ経験があるわけではないけど、普通は家族の話を持ちださないわよね。

あと五分も続けていれば、去年のクリスマスにうちの猫がサンタの格好をした写真を取りだして、彼に見せていたかもしれない。

デスクにかがみこんでいたせいですっかり体がこわばってしまったわ。キャンディは脚を伸ばすと、唇を嚙みながら次の手を考えた。かなり難しそうだ。〝あなたは揺りかごにいるころから男性を惹《ひ》きつけていた〟と、ことあるごとに母は彼女に語っていた。それなのに、いざその手腕が必要な段になると、にっこり微笑むぐらいしか方法を思いつかない。それではジャレッドに衝撃を与えられるはずがなかった。

神経過敏になっているんだわ。なにしろ、レストランでサービスをよくしてもらうために愛想を振りまくのとは違うんですもの。今日この部屋を出るまでに、ジャレッドとデートの約束を取りつけたい。最後には、生まれたままの姿になって、彼の情熱的な視線を一身に集めるようなデートの約束を。

そろそろ深呼吸して、部屋の温度をあげにかからなくちゃ。

「次の質問は？」ジャレッドがスーツのジャケットを脱ぎながら尋ねてきた。

まあ、広い肩幅。ジャケットを着ていない彼を見たのは初めてだが、思わず見とれてしまうほどみごとだった。キャンディがあまりじっと見ているので、ジャレッドは眉をあげた。

「質問だけど？」

質問。ああ、そうね。苦労して視線を引きはがし、キャンディはコンピュータに集中しようとした。顔が熱くなる。

部屋の温度をあげたのはジャレッドなのに、彼はそのことに気づいてもいない。

キャンディは出生地をすばやく入力して、次の問いに移った。「第三問。あなた方が出会ったときのことを説明してください」

それなら簡単。一月のある朝、ジャレッドがふらりと部屋に入ってきたとたん、キャンディは彼こそが、離婚以来セックスに関して急速冷凍状態にあった彼女を救いだしてくれる、運命の人だと気づいた。あのときのジャレッドは黒いスーツにワインレッドのシャツとネクタイを身につけていて、ちらりとキャンディを見ると、すぐに視線を移してしまった。それでおしまい。がっかりだったわ。

そのときから今まで、彼の態度はまったく変わっていない。

ジャレッドは無言だった。キャンディは画面を見つめたまま言った。

「仕事で出会った、とだけ入れておこうかしら」

「いいね」

彼の返事にがっかりしたものの、彼女は気にしないよう努め、震える指先で入力した。目にかかる髪に息を吹きかけて飛ばす。ねえ、何を期待していたの？　会議室のテーブルをはさんで目が合った瞬間に運命を感じた、とでも言ってほしかった？

ふたりが初めて会ったのがいつだったか、彼は正確に答えることさえできないだろう。

ジャレッドもまた絶望に駆られていた。まだそれほど答えにくい質問でもないのに、もうまずいことを口走りそうになっている。

キャンディを初めて見たときのことは、彼の心に焼きついていた。〈ストラトフォード・マーケティング社〉にやってきたジャレッドは、ハロルドとの午前八時の約束に合わせて会議室に入った。

そこにいたのがキャンディだった。口紅の色と合うチェリーレッドのタートルネック・セーターを着て、ブロンドの髪はうしろでねじって留め、膝丈の白いウールのスカートにブーツを履いていた。等身大のペパーミントキャンディのように全身が白くきらきら輝き、甘い香りが漂ってきそうだった。

それはあまりに衝撃的な光景で、恥ずかしいことに彼の下半身は自然と反応してしまった。

ジュージュー音をたてて焼かれるベーコンのかたまりのように、頭も体も熱くなったのだ。

ジャレッドはハロルドとのミーティングが終わるとすぐに逃げだし、以来八週間ずっと、弾丸をよけるようにキャンディを避け続けていた。彼女に殺されなくとも、ふたたび失業者の仲間入りをさせられる恐れがあった。

「次の質問だ」ジャレッドはズボンの中の興奮を抑えようと大きく脚を組んだ。ハロルドのデスクを見渡すと、ちょうどいいものを見つけた。小学生くらいのふたりの子供の写真だ。ひょろりとして髪の毛のある、小さなハロルドたち。

「いい調子よ」キャンディが元気よく言って微笑んだ。「もう四問目まで来たわ」

これだ。これを恐れていたんだ。彼女はとてもかわいらしい。家族の話をしていたときのほうがまだましだった。あのときのキャンディは現実味があり、感情のある生きた人間という感じがした。そういった女性が相手なら、オフィスで絡み合ってそれでおしまいの関係はよくないと、自分にブレーキをかけられる。ところが目の前でかがんだり、かわいらしく微笑まれたりされると、自分の名前も含めて何もかも忘れ去ってしまう。

「何か問題でもあるの？」キャンディがジャレッドのそばの椅子に腰かけ、ノートパソコンをデスクの端に引き寄せた。「まだ質問を読んでないのに、顔をしかめているわよ」

ジャレッドはちらっと腕時計を見た。「ちっとも進まない気がするな。二、三問飛ばしたらどうだろう？」

キャンディは小さく笑い、彼の手に指先を置いた。嘘だろう？　彼女の指がぼくの肌に触れている。

「何をそんなに急いでいるの？」

ちょっと待ってくれ。ジャレッドは彼女の手が離れるように祈りながら、椅子の向きを変えた。失敗だ。手は離れない。

キャンディの声のトーンが気に入らなかった。〝どうなるか見てみましょうよ〟と言わんばかりのあの笑い声も。

「急ぐほうがいいかと。きみがさっきそう言ったじゃないか」

「わたしが？」今や彼女の手はジャレッドの手に重なり、親指が彼の肌をさすりながら行ったり来たりしていた。「そうだとしても気が変わったわ。ときには速いよりゆっくりのほうがいいこともあるでしょう。そう思わない？」

手を引っこめないように必死でこらえた。あるいはキャンディを抱き寄せ、あの南部の微笑を消すべく、キスしてしまわないように。

「ネットの通信速度は速いほうがいい。ハイウェイで車を運転しているときも。給料の支払いだってそうだ」

キャンディが首を傾けた。目には安心できないきらめきが宿っている。

「でも、おいしい食事を味わうときはゆっくりのほうがいいわ。湖のほとりを歩くときも。それから愛し合うときもね」

ああ、くそっ。彼女がいつかこんなことを言いだすんじゃないかと恐れていたんだ。ジャレッドはじっと息をひそめた。筋肉ひとつでも動かして、誘っているように思われるのが怖かった。

微笑みもせず、眉をひそめもせず、彼は慎重にそっと口を開いた。「だが、そのうちのどれも実行に移す予定はない」

キャンディが手を引っこめた。ところがそれで安心はできなかった。彼女は前に身を乗りだし、ジャケットのボタンを外し始めたのだ。

ふっくらしたみごとな唇がかすかな音をたてて開く。キャンディが言った。「実行するわけじゃないわ……今のところは、まだ」

ジャレッドはごくりと音をたてて唾《つば》をのみこんだ。本能は彼に、耳にしたことを無視しろと告げている。話題を変えて、ハロルドのコンピュータの上にコーヒーをこぼし、まだ可能なうちにここから出ていけ、と忠告していた。

けれど、もちろん彼はそうしなかった。わかっているべきだった。自分を知っておくべきだったのに。「きみはどれかを実行したいのか?」

やったわ。彼をつかまえた。とうとうジャレッドから反応を引きだしたわ。鼻腔《びこう》が膨らんでいるところを見ると、かなり前向きな反応みたい。

「ひとつかふたつ、興味があるの。あなたは?」

ジャレッドがうなずいた。「湖のほとりを歩くのはよさそうだ」

キャンディは思わず椅子に座り直した。本気で言ってるの? 「今は三月で、外の気温は四度なのよ！　強風がひと吹きすれば、氷みたいに冷たい湖の水をかぶってしまうわ」

「言いだしたのはそっちだぞ。それに、きみも一緒に歩くつもりだとは知らなかったよ」

ジャレッドの態度にも表情にも動揺は見えず、感情の読みとれない落ち着き払った目をしていた。恥ずかしい。すぐに席を立って、この部屋から出ていきたい。でも、待って、わたしに男性を見る目があるとしたら――別れた夫のことを考えれば疑わしいものだけど――ジャレッドの目に光っているのは激しい欲望じゃないかしら。

奥深くに潜んでいるけれど、明らかに存在している。それに鼻腔が膨らんでいることもあるし。

それだけで、ここに座り続けている価値は充分にあるわ。「あら。もちろん、どれもひとりではしたくないわ。あなたはどう？」

キャンディはにっこりしてジャケットを脱ぎかけたものの、袖《そで》で引っかかってしまった。ブラウスの袖口を押さえながらジャケットを引っぱり、何とかしようと身をくねらせる。見かねたジャレッドが手を貸し、あっというまに脱がせてくれた。

「ありがとう」

「いいんだ。それにぼくも……食事はひとりで食べたくないな」

あら、まあ。過去二年間、自分がこれっぽっちも男性に興奮を感じないのはなぜだろうと疑問を抱きながら過ごしていたけれど、ようやくその答えがわかったわ。わたしはジャレッドを待っていたのね。彼が呼吸をするだけで体が反応してしまう。

「第四問」ネズミの鳴き声のようにか細くうわずった声になってしまい、キャンディは咳払いした。「パートナーに、どこに触れてもらうのがいちばん好きですか？」

彼女は思わず身を乗りだして画面をのぞきこんだ。今のは本当にわたしが言ったの？　それともひそかに願っていたことが、フロイトが言うところの、心の声になって聞こえたのかしら？

ジャレッドが口を開いた。「これはいったいなんのための質問なんだ？」

どうやら、カップルを結びつけるための質問らしい。空耳じゃなくて、わたしはちゃんと画面を読んでいたのね。

「ハロルドだってぼくらが答えるとは思っていないだろう。だいいち、お互いに触れたことがないんだから、質問として成立しない」

「誰が触れるかは別にして、どこに触れられるのが好きかだけ答えたらどうかしら」口に出したとたん、キャンディは自分でもびっくりしていた。慌てて立ちあがって、ジャレッドの背後をうろうろ歩きまわる。

あんなことを言うなんて、悪趣味で不適切で、やりすぎたわ。わたしがあんまり鈍くて、彼も呆れているでしょうね。ジャレッドはわたしに興味がないのよ。彼に身を投げだしたところで、ふたりともばつの悪い思いをするだけなのに。

これでよくわかったわ。どこかで鯨が口を開けていたら、中に飛びこんで姿を消してしまいたい気分。

ジャレッドがうしろを向いてキャンディと目を合わせた。「ぼくら男の答えは簡単だな。誰でも男なら触れてほしい場所は同じだと思うよ。もちろん、足の話をしてるんじゃない」

そうでしょうとも。

キャンディが、とり澄ましているようにもふしだらにも思われず、それでいて〝興味があるわ〟という含みも持たせられる返答を探しているうちに、ジャレッドが続けた。

椅子の背に腕を投げかけているので、たくましい胸を覆うシャツがぴんと張っている。

「つまり、もし誰かが触れてくれるのなら、そこがぼくの触れてほしい場所だ」

勇気を出して足を止め、彼女は言った。「そのことを記入しておいたらどう?」

ジャレッドが声をあげて笑った。楽しそうに笑うのは初めて聞いた。低くて深みのある笑い声が体にしみ渡り、肌がぞくぞくする。

「そうしよう」彼はノートパソコンを自分のほうに向け、両手ですばやく入力した。「きみの答えはどうする? どこに触れてほしいんだい、キャンディ?」

どこもかしこも。それを三セット分お願い。

「そうねえ」キャンディは母音をのばしてゆっくりしゃべった。時間をかけているうちに、答える勇気がわいてこないかしら。答えは決まっているんだから、あとは声に出して言えるかどうかだけ。

髪をうしろに払うとこぶしを握りしめ、思いきって賭《かけ》に出た。「胸よ」

ジャレッドはキャンディを見ていなかったが、キーボードの上に置いた指がびくっとして止まった。低い声で先を促す。「具体的にはどこだい、キャンディ？　乳首？　それとも胸全体かな？　触れるのは手がいい？　舌？　できるだけ正確に頼むよ。カウンセリングのためだからね」

気絶して倒れないように、キャンディは椅子の背をつかんだ。いやだ、彼はうしろ姿もセクシーだわ。「両方よ。全部」

ジャレッドの指がふたたび動きだした。「わかった」

彼は画面をスクロールした。「それじゃ、第五問を見てみよう」

キャンディはとくにアルコールが好きというわけではなかったが、今日ばかりはバーボンを少し飲みたくなった。樽《たる》ごとでもいい。ハロルドのばかばかしいカウンセリングの助けを借りて始めたこの挑戦を、最後までやりとおさなければ。途中で諦めたら、下半身が許してくれそうにない。

「いいわよ」

「セックスと愛とロマンスの違いは？」ジャレッドがふんと鼻を鳴らした。「これなら簡単だ」

「そう？」キャンディは椅子にもたれて尋ねる。「それじゃあ、あなたならどう答えるの？」

顔をあげないままジャレッドは入力していった。「セックスは行うもの、愛は感じるもの、ロマンスは口にするものだ」

あら、それで全部理解していると言うのね。キャンディは反論した。「そうとはかぎらないわ。愛だって行動で表せるでしょう。愛している人に贈り物をしたり、思いやりのあるしぐさで示したり。愛していると口にすることもできるわ。キャンドルを灯《とも》せばディナーをロマンティックに演出できるし、感じられる。それにセックスこそ、もっとも感じるものじゃないかしら。話をすることもロマンスも、セックスに含まれるわ。すべてがお互いに関連し合いながら、まったく違うものでもあるのね」

誰でもわかることだわ。

納得しかねるという顔をしながら、ジャレッドがキャンディにちらっと目を向けた、「きみの言うとおりだ。ぼくが間違ってた」

言葉と表情の違いに驚いて笑ってしまう。「何ですって？」

「そう言ってほしかったんだろう？　議論してもいいけど、ぼくが折れたほうが時間の節約になるよ」

「だめよ。何でも同意してほしいわけじゃないわ。あなたの考えも聞きたいの。話し合って意見を交換したいし、あなたの経験から新しいことを学べるかもしれないでしょう」

ジャレッドはまだ疑わしそうだ。「ぼくの意見を聞きたがる女性には会ったことがない。本当だ」

キャンディは座っている彼を見おろして、その美しい黒い瞳と黒髪に見とれた。頰のあたりは力強くて官能的で、堂々とした顎と薄い唇に向かって徐々に細くなっている。そのとき、彼女ははっと気づいた。もしかしたら女性は、男の人がわたしを扱うように、ジャレッドに接するんじゃないかしら。

まるで物のように。腕にぶらさげる飾りのように。

一瞬にして状況を理解したキャンディは、思わず口を開いていた。「わたしはあなたの意見を聞きたいの。賛成できてもできなくても、それでも聞きたい」

ジャレッドの視線がさっと彼女をとらえた。キャンディは、反論できるならやってごらんなさいというように、挑戦的な表情を浮かべてじっと立っていた。しかめっ面をしたいならすればいいのよ。気にしないわ。

彼は顔をしかめなかった。手を止め、唇をすぼめてかすかに頭を振る。それからやっと口を開いた。「心に留めておくよ」

キャンディにはそれで充分だった。

ジャレッドはつけ加えた。「だけど、とりあえずはぼくの最初の意見を入力しておくよ。きみの答えはここに記入しにくいから」

キャンディは笑って身を乗りだした。少しずつ彼に近づき、肩越しに何くわぬ顔で画面をのぞきこもうとする。そうすると、もちろんジャレッドに軽く触れてしまう。

「あ、ほら。第五問と第六問のあいだにおまけのコーナーがあるぞ。ロマンスを持続させるためのヒントだって」ジャレッドが頭を振った。「おいおい、ハロルドはいったい何を考えてたんだ？　カウンセリングの内容をちゃんと見たのかな？」

「疑わしいわね」キャンディはジャレッドの椅子の背に両手を置いて体を支え、彼の肩にかがみこんだ。この体勢からほんのちょっと右を向くだけで、ふたりの唇は合わさるだろう。だが、今はまだだめだ。彼女はコンピュータ画面に視線を向けた。

「ヒントってどんなもの？」

ジャレッドが振り向いた。頬に彼の息がかかる。「アドバイスが欲しいのか？」

肩をすくめると胸が彼の背中と肩をさっとかすめた。「どうかしら。でも、役に立つかもしれないわよ」

「これによると、パートナーにマッサージをするといいそうだ。まず、足から始めて徐々に上へ、敏感な一帯はとくに念入りに」

脚を這《は》いあがり、内腿へ向かうジャレッドの手が目に浮かんだ。マッサージをしながら両手はさらに上へ進んでいく。

「チョコレートとかラズベリー味の、食べても大丈夫なマッサージオイルを使えと提案しているね」

あら、まあ。ジャレッドが胸の先端からチョコレートソースを舐めとっているところを想像しただけで、ますます体が熱くなった。彼と過ごす時間が増えるようなら、替えの下着が必要になりそうね。

キャンディが横を向くと、ジャレッドが彼女を見つめていた。もう少しで触れてしまうほど近くに唇があった。もう少しでキスできるほど。

キャンディはささやいた。「べとべとしそうね」

コーヒーの香りのする彼の息が、普段より荒く、速くなっている。キャンディは下唇に歯をあてて噛んだ。

ジャレッドが言う。「でもおいしそうだ」

「おなかが空《す》いてるんでしょう」

「そうだ、飢えている、キャンディ。もう昼だからね」ジャレッドの視線がキャンディの唇に落ちた。

彼がわたしにキスをするわ、彼がキスをする、彼が……コンピュータに向き直った。

残念。チョコレート味のマッサージオイルの大瓶が必要だわ。

替えの下着と一緒に、バッグに入れて持ち歩かなくちゃ。

なんてことだ、もう少しでキャンディにキスするところだった。人目につかないコピー室でジェシーとキスしてしまった件から何も学ばなかったのか？　仕事とセックスを一緒にしてはならない。絶対にだめだ。

たとえセクシーな同僚とふたりきりで居心地のいい部屋に閉じこめられ、彼女がぴったり寄り添っていたとしても、絶対にだめだ。

マッサージにはチョコレートソースが刺激的だと話しているときは、とくにだめだ。

そのセクシーな彼女が個人的な話を打ち明けてくれて、こちらの話にも本気で耳を傾けてくれそうに思えてきた場合は、断じてだめだ。

キャンディの本当の姿は、まるでたまねぎのように何層もの皮に包まれているらしいことがわかってきた。知的で優しく面白くて、しかも美しい。ひとりの女性がそのすべてを兼ね備えているなんて、あり得るのだろうか？　ジャレッドは目の前のコンピュータ画面を見つめながら考えた。気をつけないと、いつのまにか深刻なトラブルに巻きこまれているかもしれない。

4

これで料理もできるとなればもう完敗だ。ぼくはキャンディにこんがりと焼かれ、仕事を失うだろう。

「次はどんな質問なの?」彼女がきいてきた。

くそっ、知るもんか。こっちはハロルドのばかげたカウンセリングより、よっぽど大きな問題を抱えているんだ。ズボンの中で苦しみ悶えている問題を。

ズボンの中身には気の毒だが、その問題が解決する見こみはない。ともかく、ジャレッドは質問を読みあげた。「第六問。あなたは都会と田舎のどちらが好きですか?」

ありがたい。お互いの体にソースを塗りたくる箇所はもう過ぎたらしい。彼はすばやく答えた。「都会」

ジャレッドが入力していると、キャンディは返した。「わたしは田舎ね」

まだ彼女が覆いかぶさるように立っているので、そちらへ顔を向ける危険は冒せない。それでも、ジャレッドは口をはさまずにいられなかった。「きみはカントリーガールだもんな、そうだろ? 鼻にかかった訛《なまり》を聞けば納得だ」

キャンディは立ちあがった。「訛なんてありません。初対面の人はわたしが南部出身とはわからないはずよ」

確かに。だが、キャンディのあらゆる曲線が、彼女は南部美人だと告げている。それに、彼女なら歓《よろこ》びのうめき声をあげるときも、あのかわいらしいアクセントつきだろう。「テレビ番組でからかわれているような訛じゃないさ。でも、生粋のシカゴっ子では通らないよ」

ジャレッドは思いきってちらっとキャンディを見た。両手を腰にあてている。

「わたしをばかにしてるの？」

「まさか」

今にも議論を吹っかけられそうだったので、彼は急いで次の質問に移った。「第七問。一緒に夜を過ごすなら、どんなふうに過ごしたいですか？」

服を脱ぐ前のことだろうか？　それともあとだろうか？

キャンディはリラックスした様子で片足に重心をかけ、ジャレッドの椅子に寄りかかっている。訛の話はすっかり忘れてしまったようだ。「そうね、ロマンティックなディナーがいいわ。自宅でね。ジャズを流して、おいしいワインを飲むの。一緒にビデオを見てもいいわね。その日一日の出来事や、映画や、いろんなことを話すの。それから、ええ、そこから始まるのよ」

とてもありきたりに聞こえる。それはまさしく彼が望むものだった。

ジャレッドは驚いた。彼のこれまでの女性関係は、とりわけロマンティックとは縁遠かった。彼とつきあう女性たちはそういう感情を抱かないようなのだ。なだめたり懇願したりも含めて、彼が会話をしようとすると、たいていとんでもない災難に結びつく運命にあった。コピー室でのキスがいい例だ。

ジャレッドは一七歳で女性に友情らしきものを期待しなくなった。彼が話をしたいと思えたのは、前の職場にいた五〇歳になる女性と、お互いに九歳のときから知っている幼なじみのキムだけだった。そのキムがたまたまレズビアンだというのも、偶然の一致とは思えない。週に一度の母親との電話でさえ、中身のある会話より、洗濯物や天気といったあまり意味のない話題のほうが多かった。

「あなたはどうなの？」キャンディがきいた。

嘘をつこうか、それとも、あたりさわりのないことを言っておこうか。けれどもそうする代わりに、ジャレッドは真実を告げていた。「きみと同じだよ。ただし、ぼくは暖炉も欲しい」

正直になった見返りは、顔中を輝かせたキャンディの笑みだった。「ほんと？」なんでもない言葉がもたらした喜びをまのあたりにして、ジャレッドは急に不安になった。今も治まらない体の興奮とはなんの関係もない。思いも寄らないひどい状況に陥ってしまったのだ。

それはすでに起こっていた。

ぼくはキャンディが好きだ。

ジャレッドにとっては身の破滅を意味する状況だった。

「本当だ」彼は急いで続けた。「さて、第八問だ。いくぞ。現在の仕事を選んだ理由は？」

これは簡単だ。給料がほどほどに良く、得意な分野で、しかもごみを投げたり体の穴を調べたりという、ぞっとする作業が必要ないからだ。

キャンディが重心をかける足を替えたので、今度は反対側のヒップが突きでた。「そうね、わたしの場合はちょっと複雑なの。まず、男性と女性の比率が同じ職業を選ばなければならなかったわ。男性だけの分野だと、わたしは真面目《まじめ》に受け止めてもらえないから」彼女はジャレッドを見た。「名前のせいよ」

名前、髪、脚、それにアクセントのせいだ。ほかにもある。

「女ばかりでもだめなの。どうも女性たちはわたしを除外したがるし、友好的じゃないから。よくわからないけれど、解けこもうと頑張れば頑張るほど跳ね返されるみたい」

それは嫉妬《しっと》さ。キャンディは何をしても男の注意を引きつけるから、女たちは彼女に冷たくしてしまうのだろう。拒絶反応だ。

「マーケティング分野を選んだのは、男女比がちょうどいい具合だったのと、クライアントの要求に応えるのにやりがいを感じたからよ」

彼女の話を聞いたら、さっき考えた自分の理由が愚かに思えてくる。声に出して言わなくてよかった。

「仕事は楽しいけど、社内に友達は多くないの。グループの中に入れないのよ」悲しそうに頭を振るキャンディからは、戯れを楽しむ有能なビジネスウーマンの顔が消えていた。傷つきやすく、切なそうに見える。

「本当にわたしのことが好きな人は誰もいないわ」

頭は必死になって止めていた。だが、ジャレッドの心と体のほかの部分は、頭の言うことを聞かなかった。「ぼくは好きだ」

キャンディは胸の前で腕を組むと、驚いたように神経質な笑い声をあげた。「いいえ、それは違うわ。あなたはまるで、わたしに騙《だま》されるのが怖いとでも思っているかのようにこっちを避けるじゃない。だから、こうしてハロルドのオフィスに閉じこめられるはめになったのよ。忘れた？」

ジャレッドは立ちあがってさっと向き直り、キャンディに逃げる暇を与えず近づいた。彼女の両手を取る。キャンディの目が大きく見開かれた。

「避けたのは、きみに惹かれすぎていたせいかもしれない」

目覚めているときはもちろん、寝ているときもジャレッドを悩ませ続けてきた唇が、驚きにぽかんと開いた。その瞬間を利用して、彼は身をかがめた。

次の瞬間には唇が重なっていた。軽く触れて退散する、甘く短いキスになるはずだった。だが、ふっくらとして刺激的なキャンディの唇を味わったとたん、その可能性は消えた。

体をこわばらせてジャレッドのシャツを握りしめているにもかかわらず、彼女の唇は開き、柔らかなため息がもれていた。ふいに彼は激しい欲求に突きあげられた。

誰かがうめいていた。ジャレッドはそれが自分のうめき声でないことを祈った。

キャンディは夢中で彼にしがみつき、まっすぐ立とうともがいた。助けて。のみこまれてしまいそう。

もうだめ。ジャレッドの唇の、舌の、激しくすばやい動きについていけそうもない。ただすがりついて彼を受け止め、歓びのうめき声をもらすことしかできなかった。

うめくのがちょうど息継ぎのチャンスになった。うめき声をあげるたびにキャンディは必死で息を吸いこみ、ヒールを履いた足がぐらつかないようにこらえた。

ジャレッドの両手が腕を這いあがり、顔を包みこんだ。優しいのに激しい、有無を言わさぬ力が彼女を押さえつけて唇を奪う。

困惑と欲望が入りまじり、キャンディはジャレッドの腕をぐっとつかんだ。こんなふうになるとは予想していなかった。思い描いていたのは、情熱にのまれることなくしっかり自分を抑える彼の、うっとりするほど巧みなキスだ。

愛し方も自分勝手だった前の夫と別れたあとキャンディは、彼女の欲求にちゃんと目を向けてくれる相手を探すことを誓った。そしてジャレッドこそ、その条件を満たす男性だと信じた。

けれども彼の行動は、自制心が強いとはとても言えない。そればかりか、キャンディ自身の反応もまったく予想外だった。彼女は楽しんでいたのだ。第八問に答えている最中のどこかで、ジャレッドはわれを失った。そうさせたのが自分だと思うと興奮が押し寄せてきた。

ジャレッドがあとずさりした。体から熱と男らしい香りが伝わってくる。「なんてことだ」キャンディは無理やり目を開けて、震える息を吸いこんだ。濡《ぬ》れた唇を拭《ぬぐ》いながら、じっとジャレッドを見つめる。彼は口ごもってしまうかしら。それとも謝る?

いいえ、わかっていたはずよ。ジャレッドは言葉につかえて口ごもるような人じゃないって。

「ほらね、きみのことが好きだと言っただろう」ネクタイを直しながら、彼はキャンディから目を離さなかった。

思わず頬が熱くなる。悔しいけど、もごもご謝られるよりずっといいわ。これまで、彼女の計画どおりに運んでいることは何ひとつなかった。ジャレッドがデートに誘ってくれるだろう、ぐらいに思っていたのだ。誘惑するのはそれからのはずだった。

でも、これはもっと激しくて抑えがきかなくて、みだらとさえ言える。上司のオフィスでキスしてしまったんだわ。しかも、すごくすてきだった。

「嘘じゃなかったのかもしれないわね」キャンディは認めた。それから自分でも思いも寄らない演技力を発揮して、ゆったりした足どりでデスクに近づきながら、通りすがりに何気なく腕をジャレッドに触れさせた。

彼が息をのんだ。キャンディは振り向かなかった。

彼女はふたたびデスクにかがみこみ、頬杖《ほおづえ》を突いた。「それで、どのくらい……いつからわたしのことが好きだったの？　友達としてだけど」

ジャレッドはキャンディの脚に目を奪われていた。いったいどういうゲームをしているつもりなんだ？　友達としての気持ちが、あのキスに含まれてるわけがないじゃないか。あれは二カ月に及ぶ欲望の蓄積がさせたキスだった。

確かにこの三〇分で、彼女に友情に近いものを感じ始めていたが、今の乱暴なキスでそれも吹き飛んだに違いない。

だが、友情の芽を摘んでしまったとしても後悔はなかった。ここで引きさがれば、まだ間に合うかもしれないが。

キャンディに触れる誘惑に負けないよう椅子に座り、ジャレッドは咳払いをした。「これまでちゃんと話をしたことはなかったけど、きみの仕事ぶりはすばらしいと思ってるんだ。きみは有能でつねに時間厳守だし、プレゼンテーションはプロフェッショナルで、考えさせられる内容だ」

年次報告でも読みあげるように淡々と話した。本心を打ち明けるよりずっとましだ。実際に思っていることは違った。〝きみは笑顔が魅力的で、ぼくの心をつかむ面白いことを口にする。それに言うまでもなく、いっそスポンジになってその体の隅々まで擦りたいと思わせるすばらしい体をしている〟ということとは。

キャンディが歯噛みした。「そういうことじゃなくて。わたしを好きっていう話よ」

ジャレッドは会話にのまれかけていた。行儀良くすると誓ったのだから、これ以上R指定の想像をめぐらせてはいけない。

彼は反論した。「ぼくはそういうつもりで言ったんだ」

キャンディはすぐに返事をせず、画面を指で追っていた。「ねえ、第九問はわたしたちが話してることとぴったりだわ」

いったい彼女はなんの話をしているんだ？　ぼくにわかるもんか。

「あなたはパートナーのどこがいちばん好きですか？」相変わらずデスクにかがみこみ、頬に手を突いたままキャンディは言った。

脚をまっすぐ伸ばしているので、なめらかな曲線を描くヒップがジャレッドの目の前にきていた。不安になるほどすぐそばに。髪が肩にこぼれ落ちている。彼女は唇を嚙み、かすかに吸うような音をたてた。

そして、いったいどうしてなのかわからないけれど――おそらくジャレッドを苦しめるためのひどいたくらみなのだろうが――キャンディが脚を開いた。ほんの少し、足ひとつくらいの幅を。そのせいでスカートがずりあがった。

楽な姿勢をとりたかっただけかもしれない。いや、ジャレッドに及ぼす影響を承知したうえでのことかもしれなかった。

手の届くところにキャンディがいる。

ジャレッドはストッキングに包まれたなめらかな脚をじっと見つめた。完璧《かんぺき》だ。細く引き締まっていて、スカートの中へ続いている。二重の苦しみだ。

ちょっと身を乗りだせば、少しだけ手を伸ばせば、あの腿に触れられる。たどっていけばやがて金脈にぶつかるだろう。想像どおりガーターをつけているなら、パンティはストッキングに覆われていないはずだ。

そうなれば彼を止めるものは何もない。どんなレース地だろうと脇に寄せて、キャンディの奥深くに触れるのだ。

「面白い質問ね」ジャレッドが善と悪との戦いに身を投じているとは知る由もなく、キャンディが陽気な声で言った。

現在のところ鼻の差で勝っている悪が、ぐんぐんリードを広げつつある。

「あなたの好きなところはたくさんあるわ、ジャレッド。あなたはよく働くし、噂話《うわさ》をしない。それに身だしなみがよくて知的だわ」

ジャレッドはほとんど聞いていなかった。彼は動いていたのだ。少しずつ前に身を乗りだし、キャンディの香りが感じられるほど近くまで、じりじりと寄っていた。

軽いフローラル系の香りに、シャワーのあとで肌にすりこんだローションか何かだろうか、ベリー系のにおいがまじっている。大きく吸いこむと期待で息が詰まった。キャンディのすぐうしろで、懸命に自分を抑えた。

触れるつもりはない。いや、やっぱり少しだけ。ちょっと見るだけだ。

キャンディがわずかに膝を曲げた。スカートが持ちあがる。見えた。ストッキングの端と、ガーターに繋がっている留め金だ。その上のレースが、ピーチ色に輝く肌を際立たせていた。

ジャレッドは息をのんだ。頭が傾いていく。脚を広げ、徐々に上体を下にさげて、ついに目あてのものを見つけた。

スカートの中に影になった細い隙間《すきま》があった。ジャレッドの目はガーターを通りすぎ、その上のクリーム色の腿を経て、パンティにたどり着いた。思ったとおり、黒いレースだった。ほんのちょっと右に寄せるだけですべてが見えるぞ。

「ジャレッド？」

「んんん？」彼は唇を舐めた。手がむずむずする。どうしても見ることをやめられない。美しく若々しい、女性そのもののキャンディに、ほかの誰にも感じたことがないほど激しく惹かれた。

キャンディがわずかに体をひねった。「どこにいるの、ジャレッド？　何をしてるの？」

彼女は身をよじっていたが、ジャレッドは顔をあげられなかった。ごくりと唾をのみこみ、腿の内側を見つめ続ける。しかし、彼の疼《うず》く唇は嘘をつくこともできなかった。低い声で答えた。「きみのスカートの中を見てる」

「なんですって？」キャンディが慌てて離れたので、せっかくの景色が見えなくなった。勢いあまってデスクにぶつかった彼女は、くるりと振り向き、身を守るように膝を曲げて前かがみになった。

ジャレッドは弁明しなかった。こういうときになんと言えばいいのかわからない。謝るのが普通なのだろう。

だが、正直なところ、彼は少しも後悔していなかった。それに嘘をついてもキャンディは見抜くに違いない。よだれを垂らさんばかりのジャレッドの表情が隠せぬ証拠だ。

キャンディはぎゅっと胸のあたりをつかみ、呆然《ぼうぜん》としてジャレッドを見つめていた。彼女の体からやがて、ゆっくりと緊張が解けていった。ようやく事態を把握したらしく、両手を脇におろして目を丸くしている。

膝をまっすぐ伸ばし、彼女は魅せられたように言った。「あなたは……見たものを、気に入ったかしら？」

ジャレッドが背もたれにどさりと身を預けると椅子が揺れた。「え、ああ」

嬉《うれ》しそうな笑みがキャンディの顔に広がった。「ほかにわたしの好きなところはある？　さっきは答えなかったでしょう」

怒っていないようだ。それどころか、惹きつけられているようにさえ見える。その事実が、すでに限界まで高ぶっていたジャレッドをさらに興奮させた。

すばらしく美しいブロンドのキャンディが考えこむようにデスクに寄りかかり、嬉しそうに瞳を輝かせているのを見るうちに、ジャレッドはいつのまにか、まさか女性に向かって言うとは思ってもみなかったことを口走っていた。

「きみの微笑みが好きだよ。それに笑い声も。話し方や、止まりそうにないおしゃべりも好きだ。きみは賢くて優しくて、そして面白い」

自分で言っておきながら、人生で初めて口にする戯言の連続にしか聞こえない。だが、すべて真実なのだ。表情が和らぎ、胸にあてた手が震えているところを見ると、キャンディは気に入ったらしい。

きまり悪さを感じ、ジャレッドはぶっきらぼうに言った。「そのほかに知りたいことは？」

「あるわ。これまでに、あなたに飛びついて、持って逃げようとした女性がいなかったのはなぜ？」

「ぼくと一緒に住みたがる女性にはお目にかかったことがないんだ」

それでも全然かまわなかった。これまでは。今は、高価で広々としたコンドミニアムを購入して初めて、そこが魅力的に感じられなくなってきた。

「どこに住んでいるの？」キャンディがうしろ向きにデスクにもたれ、脚を交差させながら尋ねた。

「サウスループにコンドミニアムを買った」椅子にキャスターがついていれば、あとずさってキャンディから離れられるのだが、あいにく椅子は重く、どっしりとして動かなかった。

「なんの質問に答えていたんだっけ？」

部屋から逃げだしたい衝動が、一〇倍に膨れあがって戻ってきた。こんなことをあと三〇分も続けたら、ひざまずいてキャンディに、どうかこの惨めな状態から救いだしてくれと、懇願してしまうかもしれない。

「ええと」彼女が首を振った。「思いだせないわ」

そう言って、うしろを向いた。ああ、神様、彼女がかがまないでいてくれるなら、母が生きているかぎり、これから毎週日曜日には実家を訪れると誓います。

キャンディはまっすぐ立ったままだったが、それでもジャレッドには彼女のヒップが誘いかけているように思えてしかたがなかった。手が勝手に動きださないよう尻の下に敷き、ズボンの中でどんどん深刻になってくる問題を調整するために、両脚を前へ投げだした。

「あら、次の質問は飛ばしたほうがいいみたい」

「どうして？」尋ねたのは、気になるからでも、理由が知りたいからでもなかった。

彼女が身をよじって半分振り向いたために、ヒップが突きだされた格好になったのだ。ジャレッドの手はいつのまにか自由になっていて、キャンディのほうへ伸びていた。膝のすぐ上の、腿のあたりにたどり着く寸前で止まる。

「ふたりが初めてセックスをしたのはいつ、どこでかときいているの」キャンディが微笑みを向けてきた。わかっているわ、と言わんばかりの思わせぶりな笑みだ。ジャレッドの血圧が一気に危険なレベルまで上昇した。

その答えは知っている。

ふたりはセックスをするのだ。今から。ここ、上司のオフィスで。

5

　キャンディは様子が一変したジャレッドをじっと見つめた。目の色が濃くなり、息が浅くなって、まるで痛みをこらえているような顔つきをしている。

　視線を下に落としてその理由がわかった。彼が興奮しているのは明らかだ。まるで『スター・ウォーズ』のライトセーバーが入ってるみたいだわ。

　そうさせたのが自分だと思うと、ぞくぞくした。わたしがジャレッドを熱くさせたのね。だけど、わたしも彼に火をつけられてしまったわ。

「今の質問のあとに、またおまけのヒントが出てくるのよ」キャンディは一応説明したものの、返事は期待していなかった。ジャレッドが口をきけそうな雰囲気ではなかったからだ。

「飛ばしてくれ」かすれ声で彼が言った。

「だめよ。面白そうだわ」キャンディは画面をクリックした。「映像なの」

　ジャレッドから笑顔が好きだと言われて気持ちがまだふわふわと高揚したまま、彼女はビデオクリップの映像が彼にも見えるようにデスクから離れた。

　ヒールがジャレッドのくるぶしにあたってしまい、よろめいてバランスを崩した。いやだ、ぶざまに転んでしまうわ。

キャンディが方向を誤った鶏のように手をばたばたさせていると、ジャレッドの大きな手にウエストをつかまれた。どすんと音をたてて、彼の膝の上に着地する。まさに真上に。まあ、大きい。それはまっすぐうしろから突いてきた。

「ありがとう」キャンディは息を切らして礼を言った。空気を求めてあえいでいるのは、不格好につまずいたせいでは決してない。

耳のすぐそばで、ジャレッドがくぐもった音をもらすのが聞こえた。立ちあがろうとして前に身を乗りだしたとたん、彼女はビデオクリップに目を奪われた。

それは、裸のカップルがバスタブの中で、お互いの体に熱心に泡を塗りたくっている映像だった。「まあ!」欲望に腹部をがつんと蹴られ、思わず声をあげてしまった。

ジャレッドの膝に乗ったまま凍りつく。彼が望んでいるかどうか確信が持てず、動くのが怖かった。自分の望みならわかっている。ジャレッドの下半身も同じものを望んでいるようだが、たとえ彼の体が張りつめていても、頭が同意するとはかぎらない。

キャンディの脚はジャレッドの脚のあいだでぶらぶらしていた。彼女は身をくねらせないよう、慎重に胸の前で腕を組んだ。男らしく濃厚なアフターシェーブローションのにおいがする。彼の胸の鼓動が響いてくる。ヒップにあたる腿は引き締まり、かたかった。

背中をジャレッドの胸がかすめた。

「ちくしょう」キャンディの腰をつかむ彼の手に力がこもった。

ジャレッドの指はウエストのすぐ上にあった。スカートからブラウスの裾が出ているので、ほんのちょっと動くだけでも指は直接肌に触れてしまうだろう。

キャンディは少し身を乗りだして、映像に添えられた説明文を読んだ。「〝リラックスしてロマンスを再発見するには、官能をくすぐるバブルバスをゆっくり楽しむのが最適です。媚《び》薬《やく》のように感じられるお湯となめらかなバスジェルを使い、時間をかけてお互いの体を探索しましょう〟」

ビデオのふたりはリラックスしているように見えた。女性が男性の膝に彼と向き合うようにして座り、ふたりは舌を絡ませてキスをしている。濡れた胸が男性の胸に押しつけられていた。体のほとんどの部分は泡で覆われているものの、ビデオが伝えようとしていることは明白だ。

ジャレッドと一緒に泡に包まれたい。

女性の体が上下に揺れ始めると、泡の波がふたりを包みこみ、オフィスに荒い息遣いが満ちた。

「楽しんでいるみたいね」目をそらせないままキャンディは言った。

ウエストに置かれたジャレッドの手が震えていた。彼の興奮した部分が脈打つのを感じ、振り向いて懇願したくなる。彼女もビデオの女性が享受しているものを欲しかった。

「キャンディ、立ってくれ」

「なんなの?」落胆が体を走る。欲望がつのるあまり、口の中が濡れて重く感じられた。

「間違ってる。ここはオフィスなんだ」

「こんなのはよくない」ジャレッドが優しいとは言えない手つきで彼女を押した。「間違ってる。ここはオフィスなんだ」

がっかりしていたにもかかわらず、彼の声に滲むパニックの気配がおかしかった。それに、ぞくぞくする。想像していたとおり、ジャレッドはほかの男の人たちとは違った。手に入るものをただ奪う代わりに、慎みのために自分を抑えている。

オフィスの品位を保つために。

そんなもの、わたしは窓から投げ捨てようとしていたのに。

ジャレッドはわたしと同じように、ふさわしい相手が現れるのを待っていたのかもしれない。体や服装にとらわれず、彼自身に関心を示してくれる女性を。

わたしがその女性になるわ。キャンディは決意した。ひと晩なのか一日なのか、それとももっと続くのか、それはわからない。でも、わたしはジャレッドが欲しい。どうしても体の中に彼を感じたかった。今日がだめだとしても、近いうちに。いえ、すぐに。

キャンディは押されるままにしぶしぶ体を前にずらして立ちあがった。振り返ってジャレッドに膝をくっつけ合わせ、顔にかかった髪の毛を払いのけた。

「どうして？」

どうしても聞いておかなければならなかった。直接言われたかった。「わたしが欲しい、ジャレッド？」

ためらわずに彼はうなずいた。「ああ、欲しい。初めて会った日から」

キャンディの全身に震えが走った。欲望がどくどくと脈打っている。「あなたのそういうところも好きなの。わたしが好きなのに、これまで何もしなかったあなたが」

前に踏みこんで、脚でジャレッドの膝をはさむ。「でも、行動を起こしてほしいの。今すぐに」

彼は無言だった。身動きもしない。肘掛けをきつく握りしめ、顎をこわばらせ、目に苦悩を浮かべてただ座っている。

「一一問目がなんだか知りたいというなら別だけど」

キャンディはもう一度キスしてほしかった。それにデートの約束。せめてどちらかひとつを手に入れるまでは、丸一日かかろうとジャレッドの前に立って、カップル・カウンセリングの質問を読みあげる覚悟だった。

彼女は肩越しにうしろを見ると、声に出して画面を読んだ。「第一一問。あなたのお気に入りの香りは？」

刈ったばかりの芝生のにおい、アップルパイを焼くときのにおい、それに海の香り。キャンディが答えようとしたそのとき、ジャレッドが先に口を開いた。

「セックスとキャンディの香り。それがぼくの好きなものだ」

まあ。

驚いて振り向き、彼女はジャレッドと向き合った。聞き間違いよ。そんなはずないわ。けれど、欲情に満ちた彼の表情は、自分が何を言ったかわかっていると告げていた。それが何を意味するかも。

下腹部が熱くなる。脚を開いて立つんじゃなかったわ。ぞくぞくする激しい疼きに、これ以上我慢できそうにない。

だが、その直後、キャンディは後悔を取り消すことになった。ジャレッドが手を伸ばし、温かくて大きな手を彼女の膝に置いたのだ。スカートをウエストまでたくしあげ、パンティに包まれた部分をさらしていく。

ジャレッドの息がかかり、キャンディは倒れないようにデスクにしがみつきながら背を反らした。脚が震える。絡み合うふたりの荒い息だけが部屋に響き渡った。

身を乗りだした彼がパンティの手前で止まり、目を閉じて大きく息を吸いこんだ。「うーん。もうきみの香りがする」

恥ずかしさで顔を赤らめ、彼の前から飛びのくべきなのだ。ところが、キャンディが感じていたのは、体の隅々に押し寄せてくる、強烈な熱い欲望だけだった。女性であることを意識せずにはいられない。これほどまでに、自分が強く、主導権を握っていると感じるのは初めてだった。

ジャレッドの鼻がパンティをかすり、キャンディは彼の肩に指をくいこませた。シャツを握りしめ、どうしようもない欲求にとらわれて頭をのけぞらせると、知らず知らずのうちに柔らかなうめき声がもれていた。彼は物憂げにキャンディを見つめ、親指でストッキングの模様をたどりながら、ゆっくりと膝から上へ視線をあげていく。一、二度息をのんだものの、それ以外は完璧に自制心を保っているようだ。

キャンディのほうは、われを失ってすすり泣く寸前だった。思わず懇願しそうになる。もっとも望んでいる場所に彼の口があたるよう、体を押しつけたくてたまらない。

そのとき、ジャレッドが口を開いた。視線を彼女に据えたまま、焦るふうもなく指先で軽く触れてくる。「食べてもいいかな?」

森に三匹のクマでもいるの?

「ええ。お願い」

キャンディの熱意に駆りたてられ、危うくジャレッドは何もかも台無しにするところだった。彼は深呼吸すると、両手で彼女の腿を上へたどり、ストッキングの縁を通りすぎてなめらかな素肌へ到達した。とても熱い。思わず口からうめき声が出るのを抑えきれなかった。美しい。どこもかしこもピンク色で、豊かな曲線を描く体はすぐに奪ってくれと言わんばかりだ。先ほどスカートの中をのぞいて下した評価では、まだ不充分だった。こうしてすべてが目の前にさらされてみると、姿もにおいも、みごととしか言いようがない。

香水の花の香りと麝香《じゃこう》のような欲望の香りがまじり合い、ジャレッドは口の中がからからになるのを感じた。ますます血がわきたってくる。

彼は指一本で黒いレース生地を引っぱり、内腿のつけ根のところを片側に寄せた。励ますような小さな声が頭上から降り注いできたかと思うと、キャンディの指が肩にくいこみ、引っかいた。

もう一本の指と親指で、そっと彼女を開く。うめき声をあげるのはジャレッドの番だった。くそっ、ものすごくきれいだ。それに濡れている。すっかり準備が整っているのだ。

ジャレッドは舌の先で軽くかすめ、キャンディの放つ熱と刺激的な味わいに思わず目を閉じた。心の奥のどこかで、何週間もこれを想像していた。夢の中よりずっとすばらしい。

キャンディの体がぐらりと揺らぎ、うわずった叫び声があがった。だが、ジャレッドは彼女から目を離さず、もう一度ゆっくり舌を這わせた。今度の声はくぐもっていた。おそらく、ここがどこなのか、木製のドアがどれほど薄いのか、思いだしたのだろう。

ジャレッドはさらに速くリズミカルに動き、頭上を胸に囲まれ、舌を中に差し入れては引っこめた。彼は顔の左右をキャンディの腿にはさまれ、まるで彼女に包みこまれているような気分になった。キャンディを味わい、香りを吸いこみ、存分に愛すると、肩をつかんでいる指の力が強まってシャツが引っぱられ、ズボンのウエストから裾が出た。

舌が彼女の奥へ進むたび、パンティを脇に寄せる指の力は強くなり、そのあいだにももう一方の手はヒップを覆っている。その手でジャレッドはよじれて食いこんでいた布地をそっと元に戻した。そうこうするうちに、ヒップのラインに沿ってたどっていた指がやがて舌と出合い、ともにキャンディの中に押し入った。

彼女の体がびくんと跳ね、苦悶《くもん》に身をよじった。このままではジャレッドをおいて、ひとりで先に爆発してしまいそうだった。

彼は口と手を離して深呼吸し、突然解放されて驚いたキャンディが悪態をついた。ジャレッドは笑いながら立ちあがり、唇を舐めて笑顔を向けた。

「ちょっと思いだしたことがあるんだ」

「なにを?」キャンディの息は切れ、目の焦点も合っていない。ジャレッドが立ちあがってしまったので彼の肩をつかんでいられなくなり、今はデスクにしがみついて体を支えていた。

「きみは、胸に触れられるのが好きだと言っていたね。だからそっちも忘れちゃいけないと思って」

見るからに、いらいらした様子でキャンディは頭を振った。「さっきので充分よかったのに」

ジャレッドは彼女の胸に手を伸ばし、ブラウスの上から乳首を撫《な》でた。

とたんにキャンディが目を閉じる。「でも、これもいいかも」

異議なしだ。想像もできない速さで彼女の白いブラウスのボタンを外し、中に手を差し入れて胸を包む。

黒いパンティと鮮やかなコントラストを見せる、白いレースのブラジャーが現れた。指の下で乳首を転がしながら、ジャレッドは言った。「反抗的だな。ブラとパンティの色が合わない」

キャンディは目を半分閉じたままつぶやいた。「先にパンティをはいたの。それから白いブラウスの下に黒いブラをするのはまずいことに気づいたのよ」

「じゃあ、反抗的とは言えないんだ？」彼はからかうと、開かせた脚のあいだにさっと腿を割りこませた。

「上司のオフィスでセックスをするのは反抗的じゃないのかしら？」

キャンディに体を押しつけてから、スカートの裾がおりてしまっていることに気づき、ジャレッドはじれったさを感じた。一方で、彼女の言ったことに気持ちをかきたてられた。ふたりがどこへ向かっているかは明らかだが、キャンディが実際に言うのを聞くとまた格別で、刺激的なのだ。

「ぼくらのしてることはそれなのか？　セックス？」

「そのようなものよ」

ジャレッドはブラを引きさげて豊かな胸をあらわにすると、ピンク色の先端を口に含んでそっと吸った。「甘くておいしい」

キャンディの手が彼の頭を押さえて髪を引っぱる。

わずかに顔を離してジャレッドはきいた。「そのようなもの、じゃなくて、本物のセックスにするにはどうしたらいい？」

レースのブラからこぼれでた部分に舌を這わせ始めた。慌てるなよ。落ち着け。柔らかさの中に身を沈めたくても、彼女の服を引き裂くような真似はするんじゃないぞ。

そのとき、手がすべりおりてきて、ズボンの上からジャレッドを撫でた。とたんに細胞に衝撃が走る。「キャンディ？」

「あなたが触れてほしいと言ってたのはここでしょう。違う？」

ジャレッドは声にならず、ただうなずいた。

「だったら触れてあげるわ。そのあとで、わたしの中に入ってきて。そうしたら完全なセックスになるわ」

イエス。イエス、イエス。ちくしょう、イエスだ。

「それがきみの望みなら……」

「あなたに触れること？　あなたを中に感じること？」キャンディの手が止まった。

くそっ、彼女はぼくを殺すつもりか。ジャレッドは答えた。「両方だ」

「ええ、そうよ。それがわたしの望み。ここで。今すぐに」

ああ、そうだとも。これまで生きてきた中で耳にした、いちばんいい考えだ。ジャレッドがそう言おうと口を開きかけたとたん、キャンディの手がベルトのバックルを外し始めた。すばやい指はさらにボタンを外し、ファスナーをさげた。

「効率がいいな」彼はつぶやいた。

キャンディがにっこりする。「職場における効率のよさが生産性を高めるのよ」

ジャレッドは声をあげて笑った。だが、次の瞬間にはズボンに入りこんだ彼女の手に包みこまれ、笑い声はうめき声に変わっていた。

キャンディがその手にぎゅっと力をこめる。

彼はあえいだ。

確かめるように撫でながら、彼女の目は丸くなった。「あらまあ、すごく大きいのね」

まさかキャンディがそんなふうに言ってくれるとは。

これがほかの女性だったら嘘っぽく聞こえたかもしれない。しかし、キャンディだとそんなふうには聞こえなかった。彼女の顔に浮かぶ純粋な歓びの表情や、懸命に目を見開く様子は、作ろうと思って作れるものではない。

まともな思考能力を失う寸前、キャンディなら信じられるという思いが、ふとジャレッドの胸をよぎった。

「気持ちいい？」

手のスピードが速まり、羽根のようなタッチで上下に動いている。いいなんて控えめな表現ではとても表せない。

今よりよくなったら始まる前に終わってしまう。「ああ、だけど……」

キャンディの手がさらに下へ伸びた。

「キャンディ、財布に……」

ちくしょう、両手で包まれた。

「なあに、ジャレッド？」

彼は必死で声を絞りだした。「財布の中にコンドームがある。取らせてくれ」

彼女の手の動きが止まった。

パニックが押し寄せた。もしここでやめると言われたら、ぼくは赤ん坊のように泣いてしまいそうだ。

キャンディはズボンから手を引き抜き、ジャレッドの胸に押しあてた。それからおもむろに、彼の頰にキスをした。ふっくらとした温かい唇が肌をかすめる。

女性から頰にキスされたのは、母を除いて初めてだ。

ジャレッドの胸に説明のつかない温かな気持ちがこみあげてきて、それまでの切羽詰まった欲望を和らげた。どうするかはキャンディに任せよう。

気が変わったと言うなら、彼女の意思を尊重するんだ。

「お財布はどっちのポケットに入ってるの？」

気が変わっていないのなら、そのほうがいいに決まってる。

「左だ」ジャレッドが手を伸ばそうとすると、キャンディが制した。

「だめよ、わたしが取るわ」そう言って、ポケットの中をかきまわし始めた。こちらかと思えばあちらを探す。その軽い手の感触にじらされ、おかしくなりそうだった。

キャンディがようやく財布を見つけ、自信たっぷりの笑みを浮かべて言った。「この中のどこ？」

「わからない」どこかで埃《ほこり》をかぶっているはずだ。

ぱらぱらと中身をめくっていた彼女が、運転免許証のところで手を止めた。

「ぼくが自分で言っているとおりの人間か、確かめているのかな？」ジャレッドはからかった。

「あなたの年齢が知りたかったのよ。わたしの計算が間違っていなければ三一歳ね。それに、免許証の写真を見る誘惑に勝てなかったの。いつもどおり、身だしなみは完璧ね」

褒め言葉のはずだが、鼻に皺《しわ》を寄せて言うキャンディの口ぶりでは悪いことのように聞こえた。「それが気に入らない？」

「いいえ、好きよ。いつもきちんとしてるあなたが好き。だけど、ねえ、ジャレッド、あなたのそばには立ちたくないわ」やっとコンドームを見つけて引っぱりだした。「わたしの身なりはいつでもぐちゃぐちゃなんですもの。あなたには到底かなわない」

身なりがぐちゃぐちゃ？　キャンディがそう言ったのか？　〝ブロンド美女〟という言い方のほうが、よほどしっくりくるのに。

「きみの姿が好きなんだ」ジャレッドは彼女の顔にかかった髪をうしろに撫でつけた。「豊かな曲線を描く体にその頭脳。ふたつが合わされば怖いものなしだ。きみはゴージャスだよ、キャンディ。さあ、コンドームを渡してくれ」

キャンディは信じられない思いでジャレッドを見つめた。かすかな希望がわいてくる。男が嘘をつくときや、彼女が聞きたがっていると知ってわざと言うせりふは、それとわかるものなのだ。これまでの人生で交わした会話の半分が、彼女を丸めこんでベッドへ誘うための中身のない褒め言葉にすぎなかった、と言っても過言ではない。

でも、ジャレッドは本当のことを言っているようだ。わたしを賢いと思ってる。

まだ彼と愛し合うことを決めていなかったとしても、さっきの言葉を聞けば迷いはなくなったろう。

包みを破りながらキャンディは宣言した。「わたしがするわ」

ジャレッドの瞳が濃くなる。「わかった。だが、その前に……」

突然、彼の両手がスカートの中に入ってきた。まばたきするまもなくパンティが膝までさげられ、床に落ちる。手は名残惜しげに、しばらくヒップに留まってから離れた。

口の中がかっと熱くなって唾がわいてくる。キャンディは待ちきれずにコンドームを取りだし、震える指先でつけ始めた。大きいと言ったのは冗談ではなかった。サイズの点でジャレッドはなかなかのものだ。誘惑に逆らえず、彼女は途中で手を這わせると、熱い高まりをぎゅっと握った。

コンドームがつかえた。三度やり直したあげくにやっと成功し、キャンディは目に入った髪を払いのけた。

ふいに、ジャレッドがキスをして彼女を驚かせた。離れがたく、いつまでも続くキスが、最後のためらいを取り去った。彼に両手で頭を包まれ、腰を押しつけられ、ついうめき声がもれる。「今よ。お願い」

ジャレッドはスカートをたくしあげ、なんの前触れもなくキャンディの中に指を沈めた。さざ波のように震えが全身に広がる。

「まだ濡れてる。準備はいいかな?」

この部屋に入ったときからできている。「ええ、いいわ」

ジャレッドに押され、ヒップがデスクの冷たい表面にあたった。少しずつキャンディの脚を開いたかと思うと、彼はすばやいひと突きで中に入ってきた。

いっぱいに満たし、押し広げてくる。キャンディはもう一度言った。「ええ、いいわ！」

ジャレッドが頭を垂れ、キャンディは彼の腕に爪を食いこませたまま、しばらくそこに立ち尽くしていた。彼が脈打つのがわかり、もっと先へ進みたくなる。

ジャレッドも同じ気持ちだったのだろう。やがて動きだした。ゆっくりと、中へ、外へ。キャンディの腕が両脇に落ち、頭がのけぞった。彼女は自分からは動かず、じっと彼を受け止めた。ジャレッドは深く緩やかな動きを続けながら、頭をさげて彼女の乳首に舌を這わせた。

ヒップにあたるデスクの表面はかたく冷たかったはずだが、キャンディはほとんど何も感じなかった。ジャレッドがスピードをあげ、彼女はデスクから落ちないように片脚を彼に絡ませた。

ジャレッドが両手でキャンディのヒップをつかみ、差し迫った動きで荒々しく突いてくると、ゆったりしたリズムがあっというまに過去のものとなった。彼女は喉まで出かかった激しい叫びを唇を噛んでこらえた。やがて充足のときが近づき、ふたりの苦しげなあえぎ声がまじり合う。

ペースを落とそうと言うべきかもしれない。初めての時間をもっと楽しもうと言うべきかも。けれども、キャンディの体はどちらも望んでいなかった。ジャレッドのリズムに合わせてしだいに腰が前に進み始めると、肌とファスナーがぶつかり合う小さな音がした。

その音に導かれ、キャンディはついにのぼりつめた。ジャレッドの表情が変わり、彼もオーガズムにのみこまれたことがわかった。きつくデスクをつかみながら、快楽の頂点を超えたふたりの震えが溶け合うのを彼女は感じていた。

快感は激しく、痛いほどに彼女を引き寄せる。小刻みな震えが背筋を駆けのぼる。

ジャレッドに対する強烈な反応に驚いて、動くことができなかった。彼はすごいわ。

キャンディはこらえきれずに叫び声をもらした。波がようやく引いたころになって、キャンディは息を切らしながらもたれかかるジャレッドの重みで、彼女はデスクの上に背中から倒れこみそうになった。

「落ちちゃう！」どこかにつかまろうと必死に伸ばした手が、勢いよくコンピュータにぶつかった。

そのとき、たくましい腕が差しだされ、どうにか落下は免れた。

「ごめん」

ジャレッドが体を離してうしろにさがった。キャンディは一瞬だけ目を閉じて喪失感に耐えた。覆いかぶさってくる大きくてたくましい体の感触が気に入っていたので、終わってしまうのが残念だった。ところが、ジャレッドは続けて身をかがめ、彼女の顎にそっと唇をつけた。力が抜け、勝ち誇ったような表情の彼もすてき。

ジャレッドがスカートを元どおりにおろしてくれた。口の端に笑みを浮かべている。「なんてことだ。信じられないよ。ハロルドのオフィスでこんなことをしたなんて」

キャンディも笑い返した。「あら、わたしは信じられるわ。ヒップについたくぼみが証拠よ」

たちまち彼が心配そうな顔になるのを見て、胸がチョコレートのように甘くとろける。

「大丈夫か、ベイブ？」

彼女はうなずいた。ベイブっていうのは愛情表現に分類されるのかしら？「大丈夫よ」

「ふたりともわれを忘れてしまったようだな」今度はキャンディの額にキスをして、ジャレッドは自分のズボンを示した。「使用済みのコンドームはいったいどうすればいい？この部屋のごみ箱に捨てる？」

確かに困ったわね。どうしたらいいかしら。「あなたのポケットに入れておくしかないんじゃない？」

ジャレッドの顔を恐怖の色がよぎる。キャンディはくすくす笑った。

「一日中持ち歩けって言うのかい？」

「違うわ。あなたのオフィスに戻るまでよ。そこのごみ箱に捨てればいいでしょう」

「清掃係の女性に変質者だと思われる」

キャンディはブラウスのボタンを留めながら言った。「そうねえ、だったらティッシュでくるんでおけば？」デスクの端のティッシュ箱から六枚引き抜く。「はい、どうぞ」

コンドームをティッシュで包むあいだ、ジャレッドはずっと顔をしかめていた。「衝動に身を任せた代償だな」

キャンディはまだデスクとジャレッドにはさまれていたので、彼がコンドームをポケットに入れているすきにそっと抜けだそうとした。

しかし、ジャレッドは腕をつかむと、脚を絡ませて彼女を引き止めた。「どこへ行くんだ？」

「床に落ちてるパンティを拾うの」

予想に反して、彼は笑わなかった。キャンディをしっかりつかまえたまま言う。「今夜、会えるだろう？」

キャンディは微笑まずにいられなかった。ジャレッドはデートに誘っただけでなく、本気で返事を気にしている。

「いいわよ。ねえ、誰かに見られる前にパンティを取りに行かせて」

その瞬間、ドアにノックの音が響き、ハロルドの声が聞こえた。「調子はどうかな？」

6

「くそっ」ズボンのファスナーをあげてキャンディから離れたジャレッドは、すぐそばの椅子につまずいた。「ロックし忘れた」

もうおしまいだ。ハロルドには、キャンディとふたりでお互いを知れと命じられただけだった。彼女とセックスをしろ、と言われたわけではない。しかも、勤務中だぞ。

ドアノブがまわっている。ちらりとキャンディをうかがうと、彼女は恐怖に凍りついていた。髪が乱れてあちこち跳ね、ブラウスのボタンをかけ違えたために胸元が大きく開いており、ピンク色に染まった肌が見えている。

ふたりともジャケットを着ておらず、部屋にはセックスの甘い香りが満ちていた。ポケットの中のコンドームのことは考えたくもない。

避けられないとわかっていても、なんとか危機を食い止めようとして、ジャレッドは声を張りあげた。「ええと、うまくいってますよ。あと五分だけください、ハロルド」

キャンディの黒いレースの下着はまだ床の上にある。

「パンティを拾って」ジャレッドはささやいた。

キャンディが慌ててかがみこんだ。開きかけていたドアが途中で止まった。「おや、まだ終わっていないのか？」

「まだです」ジャレッドは急いでスーツの上着に袖を通し、髪を指で撫でつけた。キャンディはスカートのウエストにパンティを突っこんでいる。

「いいだろう、終わったら知らせなさい」

ハロルドがドアを閉め、口笛を吹きながら遠ざかっていった。吐き気がするような緊張が少しだけ緩む。「くそっ、危なかった」

キャンディがパンティを取りだして言った。「これをはくあいだ、ドアを見張っていてちょうだい」

彼女が下着に片足だけ突っこんだところで、ドアからひょいと頭を出すハロルドの姿が目に浮かんだ。「はかずにジャケットのポケットに入れておいたほうがいい」

キャンディは、まるでジャレッドがこれからドレスを着ると聞かされたかのように、目を丸くして彼を見た。

「いやよ！　パンティなしで一日中うろうろするなんていや。みんなが知っている気がして落ち着かないわ」ヒールを蹴って脱ぐと、彼女はパンティにすばやく脚を通し、身をくねらせながら引きあげた。

ジャレッドはオフィスで仕事をするキャンディを頭に描いた。スカートの下に何も身につけず、柔らかなヒップを椅子に押しつけている。その事実を知っているのは彼だけ。想像しただけで、ふたたび反応してしまった。

キャンディはもうハイヒールを履き、ジャケットを着ていた。「ハロルドが戻ってくる前に、カウンセリングを終わらせなくちゃ」

そうだ。そもそも、ここにいるのはそのためだった。どういうわけか、頭からすっかり消え去ってしまっていたが。

「キャンディ、画面が真っ白だ」

彼女がくるりと振り返った。「なんですって？　まあ、どうしよう、コードが抜けちゃったんだわ」

デスクで激しく動いていたときから、彼女が倒れそうになって手をばたばたさせていたときに引っかけて、抜けてしまったのだろう。そうなっても不思議はない状況だった。「ハロルドはどうしてメインバッテリーを入れてないんだ？　信じられないよ」

コンピュータを再起動させなければならない。コンセントにコードを差しこもうとしてキャンディがかがみ、セクシーで小さなヒップが顔の前で揺れると、ジャレッドはつい目を奪われた。

「このほうがよかったのかもしれないな。ばかばかしい質問の残りに答えなくてもすむ。ハロルドにはコンピュータがクラッシュしたと言えばいい」

迷っている様子のキャンディをつかんで引き寄せ、たっぷりキスをすると、こわばっていた体から力が抜けていった。

「うーん」彼女がうめいた。

「ぼくもそう言おうと思ってたんだ」ジャレッドはドアに向かいかけたキャンディを止めた。

「今夜七時は？　迎えに行くよ」もう一度会う約束を取りつけないまま、彼女をこの部屋から出すつもりはなかった。

「わかったわ」

「きみが先に出てくれ。ぼくはハロルドを捜す。ぼくらの問題は解決したし、彼のオーラは最高潮だと言うよ」

　にっこりしたキャンディがドアの前で足を止めた。「あなたのオーラが気に入ったわ」

「源にはもっとたっぷりある」誘惑に負けてスカートの上から彼女のヒップをぎゅっとつかみ、脚のあいだに指をすべらせる。

　キャンディが目を閉じて言った。「ああ、だめよ。やめて、ジャレッド」

「ごめん」すまないとは思っていない。

　ジャレッドが開けてくれたドアから外へ出たとたん、キャンディはハロルドと顔を突き合わせた。「まあ！　ハロルド」

　どうしよう、きっとうしろめたい顔になっているわ。

　ハロルドがやけに念入りにふたりの様子をうかがっているように思える。

「問題はないかな？」

「まったく。申し分ありません」キャンディは咳払いして髪に指をくぐらせた。羽根ぼうきみたいに乱れているに違いない。「とてもいい考えでした、ハロルド。カウンセリングのおかげであらゆる障壁が取り除かれて、ジャレッドとわたしは……その、お互いを理解する新しい段階に到達することができました」

ジャレッドが笑いをこらえて咳《せ》き込むのが聞こえ、勢いこんで話していたキャンディは口を閉ざした。

まだすっきりしない表情ながらも、ハロルドは笑みを浮かべて言った。「では、カウンセリングは終わったんだね？」

ジャレッドが説明する。「じつは、あと二問というところでコンピュータがクラッシュしてしまったんです、ハロルド」彼は肩をすくめた。「よくあることですよ。それで、修了証書をプリントアウトすることができませんでした」

キャンディは上司のレザーパンツに触れないよう気をつけながら、ハロルドのそばを通り抜けた。

「なんだって？　修了証書がない？」ハロルドが口を尖らせる。五〇歳になるはげた男性がそんな顔をしても、魅力的だとはとても言えない。「きみたちが本当にカウンセリングをしたかどうか、どうやったらわかる？　もしかしたら二時間ずっと、オンライン・ゲームをしていたかもしれないじゃないか」

どちらかと言えば、全裸ツイスター・ゲームが近いわね。なんと答えたらいいのかわからず、キャンディは廊下のほうへじりじりと移動し始めた。ふと、いくつもの部屋から好奇心に満ちた顔がのぞいていることに気づく。

「ゲームをしていたわけじゃありません。それは保証します」ジャレッドが真面目な口調で言った。「それに、来週には〈チャンク・オ・チョコレート〉の企画書をお渡ししますから、それを見ていただければカウンセリングの効果もわかるでしょう。今夜、その件に取りかかるつもりです」

「今夜？　時間外に？」ハロルドの耳がぴくりと動いた。ふたりが無報酬の残業をすると聞いて機嫌がよくなったらしい。

「はい。必要ならひと晩中かけてでも」

止める暇もなく、キャンディの口から奇妙な音がもれた。

「大丈夫か、キャンディ？」ハロルドがさっと視線を向けた。

とてもじゃないけど、ジャレッドの顔は見られないわ。彼女はまごつきながらハロルドのほうを向くと、喉を押さえた。「喉に何か詰まったみたいなんです。失礼して飲み物を取ってきますね」

そう断ると返事を待たずにその場を去り、ふらつく足で廊下を急いだ。まずは化粧室を目指す。

そこへちょうど、郵便物の山を抱えた給与課のジャンが現れた。彼女はキャンディと歩調を合わせて歩きだした。

「オンライン・カウンセリングはどうだった？」ジャンが小声できいてきた。

ジャンは社内でキャンディに優しく接してくれる数少ない女性社員のひとりだったので、無視するわけにはいかなかった。

キャンディは彼女に弱々しい笑みを向けた。「思っていたほど、いかれてなかったわ」

ジャンが黒髪を肩から払ってにんまりする。「そりゃあ、ジャレッド・キンケイドみたいな、すっごくセクシーな人が一緒だったんだもの。わたしなんか運がないから、もしカウンセリングを命じられたとしても、相手はきっと、おたく連中のうちの誰かだったと思うわ」

あら、まあ、困ったわ。キャンディは顔を赤らめた。熱が頬中に広がっていく。「ほかと変わらない、ただの仕事よ」

ええ、そうでしょうとも。あれが仕事なら、仕事中にセックスしたわたしは売春婦だわ。

「ジャレッドはどんな感じ？　見た目どおり、クールなの？」

クールとは正反対よ。

「彼はとても……親切だったわ」言葉に詰まったちょうどそのとき、化粧室にたどり着いた。

「ごめんね、ジャン。お手洗いに行きたいの」

ジャンがそばで足を止めた。「あのね、ブラウスを直したほうがいいわよ。カウンセリング中によじれちゃったんじゃないかしら」

それだけ言うと、彼女はウインクして去っていった。

キャンディは恐怖におののきながら自分の姿を見おろした。ブラウスのボタンをかけ違えてしまったせいで大きく開いたタイタニック級の穴から、肌がかなり露出している。

いくらハロルドでも、これに気づかなかったわけがない。

彼の目が、薄くなった髪と同じ運命をたどっているなら話は別だけど。

キャンディはブラウスの前を引っぱって合わせると、化粧室の中に入った。全社員が退社するまであとどのくらいの時間があるのかしら。

それまでここに隠れているほうがいいかもしれない。


ジャレッドは自分が何をしているのか、さっぱりわからなかった。

キャンディと一緒にハロルドのオフィスで半裸になってうめき声をあげる前は、すべてがもっと簡単だった。

それなのに、今はすっかり複雑になってしまっている。

あれ以来キャンディには避けられ、彼自身も混乱した感情のために、まったく仕事が手につかない状態だった。ウイルス性胃腸炎と同じくらい厄介だ。この感情のせいでジャレッドは、ウールのコートを着る季節なのに、まるで七月のように汗をかいてキャンディのアパートメントの前に立っている。

玄関のベルを鳴らしながら、キャンディが今晩会うことに同意してくれた理由を考えていた。ぼくも、どうして会いたいと思ったんだろう。彼女の気持ちが読めない以上に、自分の気持ちがわからない。

セックスは別にして。それとも、彼女はもっとセックスを求めているだけなんだろうか？

まったく、なんでそれがこんなに気になるんだ？

キャンディがドアを開け、恥ずかしそうに微笑んだ。「いらっしゃい」

丸いヒップにぴったり張りついたジーンズをはいている。チェリーレッドのタートルネックのセーターは胸のあたりが横に伸びていたが、彼女が髪に手をやると、今度はへその部分が上へ引っぱられた。

ちらりとのぞいた肌を目にしたとたん、ジャレッドは放心状態になって、即座に反応した。所有欲がかきたてられる。自分以外の誰にもキャンディの肌を見せたくない。

そのセーターは、初めて会った日に彼女が着ていたものだった。鮮やかな色が顔を明るく輝かせている。キャンディは濡れて見える何かを唇につけているらしく、ジャレッドはキスを浴びせてそれを拭いとりたい衝動に何度も駆られた。

気まずい間が空いたあとで、彼はようやく声を出した。「やあ。すてきだね」

おいおい、ずいぶん独創的な褒め言葉だな。

「ありがとう。中に入る？　それともどこかへ行く予定かしら？」キャンディがうしろで手を組み、セクシーな黒いブーツを履いた足でバランスをとりながら、体を前後に揺らした。

「じつは、出かけようと思うんだ。ディナーの計画を立てた」

キャンディの顔に不安が浮かんだ。「ディナーに行ける服装じゃないわ」

「心配いらないよ。カジュアルな場所だから」それにとても近場だ。ジャレッドのコンドミニアムは、ここから車でほんの二〇分の距離だった。

「そう、わかった。それじゃ、コートを取ってくるわね。どうぞ入って」キャンディはそう言って彼に背を向け、アパートメントの中に姿を消した。「〈チャンク・オ・チョコレート〉のファイルは必要？　あなたが持ってるの？」

驚くほど真面目だな。本気で仕事をするつもりなのか？　ぼくも長年にわたっていろんな言葉で言い表されてきたが、愚か者と呼ばれたことは一度もない。キャンディ・アップルトンとふたりきりになれるときに、チョコレートの広告戦略を練ろうというばかな男がどこにいる？　少なくともぼくは違う。

「書類なら持ってるよ」オフィスのデスクの中に。

リビングルームに入ったとたん、彼は過剰なほどの花模様に囲まれた。キャンディはここを牧草地にするつもりだろうか。多種多様な花のプリント柄が、ソファやラブシート、それに椅子を覆っている。

カーテンでは強烈な赤のポピーが躍り、テーブルはジャレッドが名前を知りたいとも思わないこまごまとした小物であふれていた。観葉植物を置いた小さな柳細工の椅子とか、木製の猫とか、そういうものだ。コーヒーテーブルにはレモンを山盛りにしたボウルがのり、その隣のオレンジ色の毛玉に見えるものは、おそらく寝ている生きた猫なのだろう。

ポピーのカーテンが自分のコンドミニアムにかかっている光景を思い描き、彼はぶるっと身震いした。キャンディと一緒に住みたいとか、そこまで考えていたわけではない。だが、いくら愛があっても、あのひどいカーテンには目をつぶれないだろう。

その言葉が浮かんだ瞬間、ジャレッドははっとわれに返った。いったい何を考えていたんだ？　キャンディを愛しているはずがない。興味があるだけだ。だから、彼女のことを知りたいと思っている。頭脳や胸は称賛するが、それと愛とはなんの関係もないんだ。

そうなのか？

キャンディがふわふわしたキャメルのコートに手を通しながら現れた。顔のまわりを白いファーが取り囲んでいる。

彼女のことをろくに知りもしないんだぞ。

キャンディがにっこりした。「準備ができたわ」セイレーンのような、思わず息をのむ声だった。

彼女はトラブルのもとだとわかっていたはずだ。しかし、トラブルに巻きこまれるのが楽しい場合もある。

「どうかしたの、ジャレッド？」

「いや、なんでもない。どうして？」

キャンディが肩をすくめると、顔がファーに埋もれそうになった。「深刻な顔に見えたわ。ハロルドのオフィスでいちゃついたりしたから、気まずい思いをしているのかもしれないと思って心配になったのよ」

いちゃついただって？　ジャレッドは侮辱されたような気がした。

「あれをいちゃつくと表現するつもりはない。それに気まずい思いもしていない。ぼくは楽しんだし、すぐにでもまたしたいと思ってるんだ」声がうわずっているのはわかっていたが、どうにもならなかった。

いちゃついただって？　ひどい言いようじゃないか。

キャンディは手を伸ばして彼の頰にあて、親指でそっと撫でた。「わたしもう一度したいわ」

最後の無駄な抵抗とともに、怒りがすっと消えていった。「わかった」ジャレッドはぶっきらぼうに言った。

彼女はジャレッドが虚勢を張っていることに気づき始めていた。ときどき投げかける冷たい視線や鋭い言葉の下に、彼はさまざまな感情を隠しているようだった。

二〇分後、ジャレッドのコンドミニアムを訪れたキャンディは、その感情にはとてつもなくロマンティックなものも含まれていると実感した。

ジャレッドは彼女の思い描く完璧な夕べを再現し、そこに彼自身が希望する、ぱちぱち音をたてて燃えさかる暖炉の火を加えていた。

すごいわ。まだ興奮していなかったとしても、ふたり分のディナーがセッティングされたテーブルや冷えたワイン、いい香りのするキャンドルが燃えているのを見れば、絶対に心を奪われてしまうに決まってる。どうやらジャレッドに恋してしまったようだわ。

正気なの？　すばらしいセックスを楽しむために彼を利用しようとしているのだから、そんな感情を抱いてはいけないはずだ。でも、彼はわたしの話に耳を傾けてくれていたのよ。

継父を除いて、仕事以外でわたしの話を真剣に聞いてくれた人がいたかしら？

　別れた夫のディーンは間違いなく聞いてくれなかった。

「ああ、ジャレッド、こんな手間のかかることをしてくれなくてもよかったのに」口ではそう言いながらも、キャンディは喜んでいた。

「たいした手間じゃなかったよ」

　気まずい思いはしないと主張していた人にしては、今のジャレッドはかなりまごついているように見える。

　そんな姿がさらに格好よく思えた。

　ジャレッドはカジュアルな黒いズボンに、スカイブルーのシャツを身につけていた。シャツの色のせいで、目の色が黒髪に比べて明るく見えた。彼には控えめで洗練された独自のスタイルがあり、つねに見栄えがいい。おしゃれだが、めかしこみすぎることはなかった。

　ジャレッドがリモコンを手に取り、ステレオをつけた。柔らかなジャズのメロディが流れ、キャンディの脚は今にも崩れそうになった。ジャズのことまで覚えていてくれたのね。

　椅子を引いてもらってテーブルについた彼女は、覆いをかけて給仕するばかりになったパスタのボウルに目を向けた。このうえ料理ができるとしたら、もうここから出ていきたくないわ。「あなたがこれを？」

　ジャレッドが鼻を鳴らした。「まさか。料理はできないよ。角を曲がったところにある、イタリアン・レストランに注文したんだ」

彼はキャンディの向かい側の席に座った。妙に熱心な口調で尋ねる。「きみは料理をするのかい?」

「ピーナツバターとジャムのサンドイッチを料理と呼ぶなら」

「ぼくはオムレツなら作れるよ」

キャンディは感心した。わたしがなんとか作れるのはスクランブルエッグまでだわ。「わたしはホットドッグのソーセージをゆでて、缶詰のコーンを温められるわよ」

ふたりは声をあげて笑った。ジャレッドがワインを注ぎ、パスタとパンを給仕してくれた。湯気をあげているパスタをひと口食べたキャンディは、誰だか知らないシェフに心の中で感謝した。今日は昼休みのほとんどを化粧室にこもって過ごしたので、ひどくおなかが空いていたのだ。

さらに数口食べてから、キャンディは言った。「〈チャンク・オ・チョコレート〉の仕事を今夜するつもりはないのね。そうなんでしょう?」

ジャレッドは皿から顔をあげた。「そんなことはない」にやりとする。「ハロルドに提出する期限までにはやるよ」

そう言うんじゃないかと思ってたわ。何をするつもりか、もっと正直に答えてくれたら嬉しいんだけど。

「ジャレッド、少なくとも取りかかるくらいはしてみるべきよ」きっぱりとした口調で諭そうとしたものの、うまくいかないのはすでにわかっていた。

彼はさっきからずっと笑みを浮かべている。ああ、あの笑顔が好きだわ。仕事のときにはこんなにリラックスしていなかった。その笑みをもたらしているのが自分だと思うと、キャンディはめまいがするような喜びに包まれた。

「わかった。それなら、食事をしながらスローガンを考えよう」ジャレッドはワインに口をつけた。「〈チャンク〉とリズムが合う言葉は？」

「モンク、パンク、ファンク」キャンディは椅子の背にもたれてパンをかじった。「ねえ、〝修道士《モンク》がディスコでチョコレートを食べる〟っていうのはどう？」

ジャレッドが、正気か？　という目を向けてきた。

彼女はくすくす笑った。「いい男《ハンク》もリズムが合うわよ」

「広告の話をしてるんだ、キャンディ。ぼくの話じゃない」

彼が無表情で言うので我慢できなくなり、キャンディは大きな声で笑いだした。「いい男で、しかも謙虚だって言うのね？」

「ぼくはかなりの掘りだし物だよ。そう思わないか？」ジャレッドの真面目な表情に小さな亀裂《きれつ》が入り、口の端がよじれて笑みが浮かぶ。

「ええ、わかってるわよ。どうしてまだ誰のものにもなっていないのか、前にきいたでしょう？」

「ぼくのつかまえ方を理解している、ぼくにぴったり合う女性を待っていたのかもしれない」

魚の網で？　手錠をかけて？　それとも最高のセックスで？

わたしにその方法がわかればいいのに。キャンディは、自分でジャレッドをすくいあげたいと思い始めていた。

「あなたをつかまえるには、どうするのがいちばんいい方法なのかしら？」明るい口調を保とうとしたのに、かすかに震えがまじってしまった。

ジャレッドがフォークを置いて探るように見つめてきたので、キャンディは身もだえしそうになった。彼が答えた。「ただ自分らしくしていればいいんだ。そして、ぼくがぼく自身でいることを許してくれればいい」

そして、肩をすくめて続けた。「なんだか放課後の特別クラスみたいだね。だが、ぼくは本気でそう思ってるんだ。駆け引きはいらない。欲しいのはパートナーであり、友人だから」

ワイングラスを掲げ、明るい声で言った。「ばかみたいだろう？」

「いいえ」キャンディは勢いよく首を振った。「そんなことないわ。わたし……わたしは前に結婚していたの」

ジャレッドの目が飛びだしそうに丸くなる。「きみが？」

「ええ」微笑もうとしたが、どうしてもできなかった。「ディーンは高校時代の恋人だったの。その当時でさえ、いい関係とは言えなかったわ。だからわたしが大学へ行くのをきっかけに別れたんだけど、卒業後に地元に戻ったら彼に説得されて。ディーンの言うことがもっともに思えてしまったのよ」

　なぜあのときディーンと結婚しようと考えたのか、今でもわからない。「結婚してすぐに間違いだったと気づいたわ。でも、自分では認めたくなかったのね」

　ジャレッドがグラスを握りしめてきいた。「そいつはきみに何をしたんだ？」

　キャンディは彼の反応にびっくりした。「何も。その、虐待とか、そういう恐ろしいことは何もなかったのよ。ただわたしたちには共通点がなかった。話もしなかった。彼はわたしを見る男の人たちにものすごく嫉妬して、それがどんどんひどくなっていった。わたしたちのお金や、わたしが行く場所、することにいたるまで、なんでも自分で管理せずにいられなかったの。お化粧をすることも、すてきな服を着ることも許さなかった」

　確かにディーンは一度も殴らなかった。だが、キャンディから尊厳を奪いとり、彼女の人生を惨めにしたのだ。好きな人たちの前で彼女に屈辱を味わわせた。「〝男たちの目を引くのはおまえのせいだ〟と言われたわ。わたしが浮ついた女で、じらすからだって」

「なんてことだ、キャンディ。どのくらい一緒にいたんだ？」

　ジャレッドの声に滲んでいるのは哀れみではなく、心からの気遣いだった。おかげで、過去を打ち明けて沈んでいた彼女の気持ちは少しましになった。

「三年よ」屈辱に甘んじていた日々は過ぎ去り、もう二度と戻るつもりはない。

「そんな暮らしをするには長すぎる年月だ」

「そうね。でも、幸い子供がいなかったから、決心したらすぐに家を出られたわ」

「それで、そのときに離婚したのか？」

ジャレッドがテーブル越しに手を伸ばし、キャンディの手を取ってそっとさすった。

「ええ、そう。ディーンは争うつもりだったけど、継父の友人に判事がいて、その人は彼の言い分に耳を貸さなかった。アンダーソン判事がうまく迅速に進めてくれたおかげで、わたしはノックスビルに引っ越したの。それでもまだディーンに近すぎる気がして、結局シカゴへ移ってくる決心をしたのよ。大学時代のルームメイトがここに住んでいたから」

キャンディは同情されるものと覚悟した。哀れみか、もしかしたら非難さえ受けるかも。ディーンが言うように男性をじらす女だと、ほんの少しでもジャレッドに思われたら、悔しくてどうにかなってしまうだろう。いいえ、そんなことになるならサラダのフォークで彼をひどい目に遭わせることにしよう。

ところが、ジャレッドの取った行動はまったく予想外だった。

彼はキャンディの手をぎゅっと握りしめて、淡々と言ったのだ。「きみの元夫はとんでもないクソ野郎だな」

「ジャレッド！」信じられない。彼がそんなふうに言うなんて。こんなに怒っている厳しい口調のジャレッドは初めてだった。

とは言うものの、キャンディ自身もディーンに対しては同じように感じていたのだが。

「ああ、間違いない」反省した様子もなくジャレッドは続けた。「本物の男なら、きみを妻にできて誇りに思うはずだ。セクシーに着飾らせたきみを連れ歩いて、魅力的な女性と結婚していることをみんなに見せびらかしたいと思うはずなんだ」

キャンディは嬉しくなって頬を赤らめた。

「きみの元夫は男としての能力に問題があるんだよ。そうでないと、きみにそんなひどい扱いをした説明がつかない」

確かに、今ならキャンディにもわかった。ジャレッドにマホガニーのデスクに押しつけられ、うめき声をあげさせられた今なら。ディーンには、軽いため息がもれる程度の歓びしか与えられたことがなかった。しかも、それさえ特別なときにかぎられていた。

「彼はきみを所有したかったんだ」ジャレッドは座っていた自分の椅子をうしろに引いたが、キャンディの手は放さなかった。

彼女はテーブル越しに腕を伸ばして不自然な体勢になっていることに、気づきもしなかった。自分でもまだ存在していたとは知らなかった心の奥の剝《む》きだしの場所に、ジャレッドの言葉が切りこんできたのだ。

「どういう意味なの？」彼の意図をはっきり理解していながらも、尋ねずにいられなかった。

「きみの元夫は腕にぶらさげる妻が欲しいだけだったんだ。格好いい車や、高性能のステレオを欲しがるようにね。それでいったんきみを手にすると、ほかの男に取られるかもしれないと不安になった」

まさに同じことをキャンディも思っていた。けれど、誰にも打ち明けていなかった。ジャレッドからそんな話をされれば、彼女にとってまたあらたな屈辱になる。「もしかしたら」

キャンディは言葉に詰まった。

勇気を振り絞り、急いで続ける。「ねえ、ジャレッド、わたしは……わたしは違うの。男をじらすとディーンが言っていたのは正しくない。わたしは……」

キャンディの声はしだいに小さくなって消えた。ああ、もう。恥ずかしくて言葉にできない。なんと言っても、ハロルドのオフィスでは、ジャレッドの目の前でヒップを振って歩いていたのだ。浮ついた女と思われていてもしかたがなかった。

「ここへおいで」やんちゃな少女を安心させようとするサンタクロースのように、ジャレッドが膝を叩《たた》いた。

座ってはいけないと常識がささやく。だが、もちろん、キャンディは言われたとおりに座った。

こんなに引き締まった腿をしているサンタはいないわね。

セックスライフについて尋ねるサンタもいない。ところが、ジャレッドは違った。

彼は平然ときいてきた。「最後に男性と関係を持ったのはいつだい？　もちろん、今日より前で」

キャンディはごくりと唾をのみこみ、ジャレッドのシャツのボタンを見つめた。「ディーンとしたのが最後よ。彼のもとを出たのは二年前で、その三カ月前に」

「それなら、離婚して以来誰ともベッドをともにしていないのか？」

「ええ。デートはしたけど、気軽なものだったわ」

「今日までは」

「そうね」

ジャレッドが眉をひそめた。「ぼくがめちゃくちゃにしてしまったんだな、キャンディ。あんなふうに自制心を失ってはいけなかったんだ」

彼の視線がキャンディの唇に落ちた。指が軽く顎を撫でる。「きみにふさわしくない扱いをしてしまった」

あれが完璧じゃなかったと、ジャレッドが一瞬でも思ったなんて信じられない。確かに激しくて、想像してたのとは違っていたけど、わたしの人生で最高にエロティックな経験だったのよ。

とりあえず、今までのところは。すぐにふたりでもっと経験の幅を広げられたらいいのに。「ジャレッド、あれでよかったのよ。ねえ、わたしは、あんなふうに自分を解放できることを知る必要があったの。離婚後のデートでは、せいぜい死んだ魚と同じくらいにしかセクシーな気分になれなかったから、どこかおかしいんじゃないかと思い始めていたんですもの」

ジャレッドが口を開けた。「死んだ魚？　そりゃあ、セクシーじゃないね」

キャンディは小さく笑った。「ええ。あなたとはそうじゃないことを願っていたわ。そして願いはかなったの」

背中のくぼみに置かれた彼の手が、いつのまにかセーターの下にもぐりこんで肌に触れようとしていた。「ぼくはきみをセクシーな気分にした？」

「ええ、もちろん」

ジャレッドの唇が首筋をかすめる。「今もセクシーな気分にしてるかな？」

「ええ」

「もっとセクシーにできるよ」

彼の手が両脇を這いあがるにつれ、キャンディの全身に震えが広がった。「だけど〈チャンク・オ・チョコレート〉はどうするの？」

手が胸に達し、ゆっくりと前にまわりこんで乳首を愛撫《あいぶ》すると、彼女はもう目を開けていられなくなった。

「チョコレートはセックスの代用品だ。きみには必要ない」熱い舌がキャンディをじらし、耳にすべりこんではまた戻る。

笑い声をあげようとしたのに、出てきたのは苦しそうなあえぎ声だった。こうしてジャレッドの膝に座って彼の興奮を感じ、首に熱い息を吹きかけられているのが、このうえなく正しい行いのように思えてくる。

ジャレッドがつぶやいた。「ぼくは決してきみを所有しようとはしない。きみが望まないことは何ひとつしないよ。きみの言うことに耳を傾ける」

キャンディはジャレッドの肩に両手を置いた。ばかなことをしてしまったわ。彼を愛してしまった。今となってはもうどうすることもできない。

どうせ頭が弱いのだろうと決めつける人たちに、何年ものあいだ、ずっと見せつけてきた自慢の頭脳が、ここにきてキャンディを見捨てた。さらに、体はジャレッドに触れられるとまるでゼリーのように震えて、これまた彼女を裏切っている。

残された心はというと、自分から愚かさに向かって一直線に転がり落ちていた。

だから、キャンディについ口走らせた責任は心にある。「今日を終わらせたくないの」

ジャレッドは彼女の口の端にキスしたまま言った。「終わらせる必要はないよ。ぼくと一緒に夜を過ごしてくれ」

いい考えではない。どちらかと言えば、悪い考えだ。朝になればひどく後悔するに決まっているのだから。でも、わたしは気にしないわ。

キャンディはジャレッドにキスをした。彼の唇に残るワインを味わう。「パジャマを持ってこなかったわ」

ジャレッドが眉をあげた。「キャンディ、パジャマはいらないよ」

「だけど、すごくかわいいパジャマなのよ」彼女はふざけて言った。「ピンクで、白い子猫がいっぱいついているの」

「きみは何も着ていないほうがかわいい」彼の両手がセーターの裾にかかり、脱がせようとする。

キャンディはジャレッドのシャツをつかんだ。「裸のわたしを見たことがないでしょう。本当の意味では」

「だからこそ急ぐんじゃないか」ジャレッドがセーターを引っぱり、胸の上へ引きあげる。

「腕をあげて」

彼の声は緊迫してかすれていた。言われたとおりに腕をあげ、キャンディは言った。「わかったわ。でも、わたしが上よ」

ジャレッドの手が止まった。「上ってなんの？　二段ベッドは持ってないよ、シュガー」

キャンディの腕は空中で止まったままで、タートルネックが首のところで裏返り、顔をすっぽり包んでいる。「わたしがあなたの上になるの」

懸命に身をよじるとセーターの赤い毛が唇にくっつき、睫毛《まつげ》に絡まった。「ねえ、このセーターを脱がせてちょうだい。息ができないし、何も見えないわ」

ジャレッドに引っぱられて首が抜けたとたん、髪の毛が目に覆いかぶさってきた。彼女は宙に浮いたままの両手を振りまわした。「両手が絡まったままよ」

けれども、彼はブラのフロントホックを外すのに忙しく、助けてはくれなかった。ジャレッドに乳首を含まれ、引き寄せられたとたん、ケーブルニットのセーターに絡まっていることなど、どうでもよくなる。

キャンディはセーターに縛られたままの両手を彼の首にまわし、背中をそらして待ち受けた。

7

ジャレッドはキャンディが身をよじって彼の名を呼ぶまで口づけた。キャンディの両手はまだ自由にならないまま、彼の頭を抱えている。チェリーレッドのセーターが彼女の動きを封じ、ジャレッドの首筋を擦った。

キャンディはジャレッドの膝の上でいくら身をくねらせても、彼の片手が背中に、もう片方の手が胸にあるので身動きが取れなかった。しだいにじれったさをつのらせていく彼女を彼は楽しんだ。あせる気持ちはジャレッドも同じだった。

頭をうしろへ引いた彼は、キスで輝き、葡萄《ぶどう》のようにぷっくりとかたくなったキャンディの薔薇《ばら》色の先端を眺めた。軽く歯を立てずにはいられない。

彼女の体が前のめりになった。いつのまにか服から腕が抜けたらしく、ジャレッドの背中をそのセーターがすべり落ちていった。キャンディは顔にかかった髪の毛を払うと、両肩からブラのひもをすべらせ、そのまま床に落とした。

キャンディが手の届かないところに身を引いたせいで、ジャレッドはウエストから上は一糸まとわぬ姿の彼女が背をそらせる魅惑的なシーンを目にすることができた。キャンディの剝きだしの胸を見た次の瞬間、彼は懇願していた。「ジーンズを脱いでくれ」

「上はわたしよ、覚えてる？」キャンディは体を震わせながら警告し、立ちあがった。ジャレッドが忘れていたとしても、彼の下半身は覚えていただろう。ジャレッドはうなずいた。「ああ、もちろん覚えてるさ」

キャンディの笑顔を目にして、ジャレッドはこの場で果ててしまいそうになった。別れた夫がひどい愚か者だったと知り、さらに彼女に惹きつけられていた。

じつのところ、彼は以前からキャンディが好きだった。彼女を尊敬していた。今ではそこに称賛が加わった。見るからに女らしい姿をしているが、キャンディは強い女でもあるのだ。ぼくにぴったりの女性だ。

弱々しい亀《かめ》のようにゆっくりとジーンズのボタンを外し、ファスナーをさげながら、彼女がいたずらっぽい笑みを浮かべた。

「急いでくれ」ジャレッドは言った。恥なんてもう関係ない。「さもないと、ぼくがはぎとるぞ」

「あなたはそんなことしないわ」キャンディが完全に手を止めて言った。

「試してみるかい？」

朗らかに笑った。「いいえ、そういうつもりはないの」

キャンディは横を向いてジーンズを押しさげた。ヒップの丸いカーブを両手がすべっていく。ジャレッドの口の中がからからになった。

彼女は会社にいたときとは違うパンティをはいていた。消防車のような赤。〝わたしをはぎとって〟・レッドだ。

ハロルドのオフィスに入っていったときのことを思い起こす。あのとき彼はキャンディに抵抗できると考えていた。だが、結局彼に勝ち目はなかったのだ。

キャンディがテーブルに手を突いてブーツを脱ぎ捨て、ジーンズをおろして足を抜いた。光沢のあるパンティだけになってジャレッドに向き直り、舌で唇を湿らせる。

くそっ、ぼくはめちゃくちゃにラッキーだ。

「猫の模様のパジャマよりずっといいよ」ジャレッドはようやく声を絞りだした。

キャンディが微笑んだ。二歩足を踏みだして、彼の前に立つ。ジャレッドは彼女の背中に腕をまわして引き寄せ、隙間を埋めた。肌に唇を這わせ、胸郭の真下を軽く吸う。

「食べごろだ」ジャレッドはつぶやいた。

キャンディは彼の膝の上でまたがる格好になった。「あなたは服を着すぎてる」

「きみもだろう」

「わたしはパンティだけだわ」

「それでも着すぎだ」

ジャレッドは口のすぐ近くにあるほんのり赤らんだ胸の、欲望をかきたてる眺めに気を取られていた。パンティを脱がせることを忘れ、確かなものに集中することにする。

舌を使って。

前へうしろへ、上へまわりへ、彼の口はキャンディの乳首をすべり、歯を立て、張りつめた肌をついばんだ。彼女はみずみずしく息づく春の香りがした。ジャレッドは背中のくぼみにしっかりと手をあて、彼女を引き寄せた。

キャンディが彼から離れようとする。「だめ、待って。もう充分よ」

ジャレッドは反対側の乳房に移り、先ほどと同じように念入りな愛撫を施した。「いや、そんなことはないよ。まだ全部終わっていないんだから」

「もうだめよ」キャンディは彼の腿にヒップを擦りつけ、腰をすり寄せようとした。

届かないようにわざと離れながら、ジャレッドは口に含んでいないほうの胸に指を這わせる。

キャンディがうめいた。「ジャレッド、まだ達したくないの。でも、あなたがそうしていたら我慢できないわ」

それが狙《ねら》いだ。

彼女が膝を突き、身をよじって胸を離そうとしているすきに、ジャレッドの剝きだしの腕は内腿にあたり、彼は肌にひんやりとした欲望の湿り気を感じていた。

ジャレッドはさっと頭をあげ、自分の膝を見おろした。キャンディの赤いサテンのパンティの中央が湿り、色の変わった部分が広がりつつあった。

ああ、彼女はセクシーだ。

ジャレッドは親指をそこに這わせ、湿った場所をたどっていった。「少し濡れてるね？」

まるで彼の指を招くように、キャンディが体をよじった。「少しじゃないわ」

ジャレッドは小さく笑ったが、キャンディはそれどころではなかった。両手を伸ばして彼のシャツをつかみ、一気に前を開いた。ボタンが飛んでいく。びっくりして、椅子の背に思いきり背中をぶつけ、彼は興奮でぼうっとしながら、キャンディを見つめた。

「前からやってみたいと思っていたの」ジャレッドのシャツを肩から脱がせ、腕から手首までおろしながら、キャンディが言った。

「ベテランみたいな手つきだったよ」

彼女は返事をせず、ジャレッドの胸に指を走らせて爪で引っかいた。彼に目を向ける。

「あなたってセクシー《ホッティ》だわ」胸を探る手を上に動かし、肩を撫でながらキャンディが言った。

ホッティと形容されたことは一度もない。誰かほかの人に言われたら、真剣に怒っていただろう。けれど、彼女の口から聞くのは嬉しかった。

もう待てない。ふたたびキャンディを味わいたい。彼女の頭のうしろをつかみ、唇が合わさるまで前に引き寄せた。濡れた唇がぴったりと重なり合い、舌が絡む激しいキスだ。

両手をパンティの中に入れ、引き締まったヒップをつかむと、親指が下側に食いこんだ。キャンディが彼の乳首をつまみながら、まだ続いているキスと同じく、巧みとは言えない荒々しい動きで体を上下に揺すり始めると、ジャレッドは正気を保っていられなくなった。

彼はキャンディが膝の上を移動しやすいように、椅子のうしろに重心をかけた。胸と胸がぶつかり、彼女の腿がジャレッドの脚をはさんで締めつけた。

まるで翼が生えて、時も空間も超えて飛んでいくような気がした。情熱が彼を揺さぶり、現実とエクスタシーの狭間《はざま》にとらえる。ジャレッドはキャンディの唇を口ではさんで引っぱり、強く吸った。しばらくして彼は、ふたたび空中を漂っていた。

唇を引っぱられた瞬間、腹部を蹴られたような衝撃を受け、キャンディはびくっとした。両手を前に投げだすと、ふくらはぎがジャレッドの膝にあたった。

まだお互いの口をキスで覆い尽くしていた。ジャレッドの驚きの声が聞こえたと思ったとたん、椅子が大きな音をたてて床にぶつかり、ふたりは無様な格好でひっくり返っていた。ジャレッドの体に激しく打ちつけられたキャンディは息をのみ、目をしばたたいた。彼は仰向けに床にのび、何が起こったのか把握できない様子で彼女を見あげている。

「大丈夫?」

彼がうなずいた。「きみは?」

ジャレッドの手がヒップに戻って愛撫を再開したので、彼も怪我《けが》をしなかったことがわかった。「わたしなら大丈夫。とても元気よ」

「よかった」

ジャレッドがキャンディの顎に触れ、彼女のキスを求めて下へ引き寄せる。その優しいしぐさに、彼に惹かれていないふりをするのは無駄だと、キャンディは諦めた。彼は真剣でたくましくセクシーで、それに優しい。

同じように優しく始まったキスはすぐに変わった。キスが激しく速くなると、ジャレッドのひげが顎に擦れてひりひりした。けれどキャンディは気にしなかった。ただ彼を感じ、味わいたいだけ。胸が彼の胸をかすめ、さらに先へ進みたくてたまらなくなる。

キャンディが願いを口にする前に、ジャレッドが言った。「ズボンを脱ぎたいんだ。それからきみが上になればいい」

「コンドームは？」彼の膝からおり、キャンディはきいた。ジャレッドが椅子から離れてズボンを脱ぐあいだ、彼女は床に座りこんでいた。

「あったぞ」ジャレッドはズボンからコンドームひと箱を取りだした。

キャンディはうきうきして締まりのない顔になってしまうのをこらえた。たくさんあるわ。もしかしたら彼は、今晩だけで終わらせるつもりじゃないのかもしれない。

椅子を元に戻して座り直したジャレッドは、すでにコンドームをつけていた。「さあ、おいで」

腰をおろしたままキャンディは膝を立ててパンティを脱ぎ、そのまま床に放っておいた。立ちあがって、ジャレッドの前に立つ。彼の肩に両手を置いて支えにすると、心の準備を整えた。

半ば目を閉じ、ジャレッドにまたがる。そのとき彼が指を中にすべりこませ、驚いたキャンディは思わず声をもらした。

「きみの準備ができているかどうか、確かめただけだ」

「できているわよ」指から離れてうしろへさがろうとするのだが、どういうわけか体が反対方向へ揺れてしまう。前へ。ジャレッドの指のほうへと。

柔らかな笑い声が聞こえてきた。「一本が気に入ったのなら、二本はもっと気に入るかもしれない」

最初の指に続いて、さらにもう一本の指が彼女を押し広げ、奥深くへと進んできた。もう一方の手も加わって下腹部を愛撫され、キャンディはこらえきれなくなって叫んだ。

「これが気に入ったのなら、もちろん、本物はもっと気に入るだろうな」

彼女はうなずいた。指が離れる。

キャンディは手で彼を導き、唇を噛みしめながらジャレッドの上に腰をおろしていった。ごくりと喉を鳴らして動きを一瞬止めたとたん、ジャレッドの口から悪態がこぼれた。

やがて彼女は問題に気づいた。「こんなふうでは動けないわ。足を支えるところがないのよ」

キャンディの足は彼の膝の裏側にとらえられていた。

しかし、ジャレッドが気にする様子はなく、彼は彼女の肩を軽く嚙んで言った。「大丈夫だ。ぼくが動くから」

穏やかでゆっくりだった最初のひと突きが、たちまち激しく差し迫ったリズムに変わり、キャンディはあえいだ。ジャレッドが突きあげるごとに宙に放りだされ、肩にしがみついて彼の肌に爪を食いこませた。

角度のせいで奥深くまで届き、キャンディは息ができなくなった。胸の先端がジャレッドの胸にあたり、彼の腹筋が下腹部を軽くかすめて、彼女を残酷にじらす。

なんの前触れもなくジャレッドが動きを止めた。

「どうしたの？」キャンディはうめき、ふたたび自ら動こうとしたものの、やはりどうにもならなかった。

彼は何も言わずに、みごとな筋肉を張りつめさせて、ひとつに繋がったまま立ちあがり、いったん抱え直してから彼女の脚をおろした。

「立つの？」キャンディは笑みを浮かべて尋ね、ジャレッドが動きを再開するのを待った。彼より背が低いので、この形でも自分からは動けないのだ。

ジャレッドは笑っていなかった。瞳の色が濃くなり、探るように彼女を見ている。「きみにうしろを向いてほしいんだ。かまわないかな？」

キャンディには彼の言っている意味がわかった。ジャレッドは自分を信頼してほしいと言っているのだ。別れた夫とは違うことを理解してほしいと。彼女の中ではすでに理解できていたのだが、ジャレッドにも彼を信頼していることを知ってほしかった。心さえも彼にゆだねられることを。

ふたりの体が完全に離れるまで、キャンディはうしろにさがった。「ええ、かまわないわ」ジャレッドに背を向け、ダイニングテーブルに両手を突いてわずかに身をかがめる。

「きみは驚くべき人だ」彼がつぶやき、背後からゆっくりと入ってきた。

それほど悪くないわ。キャンディはだんだん速くなっていく動きを感じながら目を閉じた。腰をうしろに突きだしてジャレッドを迎えると、自分の中で快感が集まってくるのがわかる。体の前にまわされた彼の指に愛撫されたときには、すでに爆発寸前まで張りつめていた。

「ジャレッド」

言葉の代わりに激しく深く突きあげられ、キャンディはテーブルの支えを失って前につんのめった。片手が、すでに冷たくなったパスタの皿に着地する。彼女はそのまま背中をそらせ、全身を震わせながらのぼりつめた。

「キャンディ」ジャレッドは愛撫していた手を離すと、彼女の腰をつかみ、さらに深く身をうずめながら達した。

彼の爆発とキャンディの最後の波がまじり合い、彼女は目を閉じてジャレッドを感じていた。体の奥深くを満たす、彼のすべてを。

キャンディが力を入れて締めつけると、ジャレッドがさらにもう一度身を震わせて応え、やがてぐったりと崩れ落ちた。彼の重みが、安心を与えてくれるかたい体が、心地よかった。

荒れ狂っていた心臓の鼓動が徐々に静まり、キャンディは目をこじ開けてみた。息を吸いこみ、目の前にあるものに気づいてくすくす笑う。

「どうした？」肩甲骨の下にジャレッドの息があたり、肌をくすぐった。

キャンディは右手をあげてみせた。「ディナーの上に倒れたみたい」

「おっと」ジャレッドは彼女の指を口に含み、一本一本に舌を走らせた。

脚のあいだをあらたな欲望が襲い、中で彼がふたたび張りつめるのを感じる。

「うん。うまい」

ジャレッドはキャンディから離れ、彼女の手をダイニングテーブルの上に戻した。

「じらしているのね」キャンディは横たわったまま、彼がコンドームを外すのを見つめていた。たとえヒップがさらされていても、今は動きたくない。気分がよすぎて動くことができなかった。

「別のコンドームをつけたら、もうそんなことは言ってられなくなるぞ」

「別のって、なんのため？〈チャンク・オ・チョコレート〉に取りかかるのかと思っていたけど」

「〈チャンク・オ・チョコレート〉なんて知るもんか」肩越しにそう言いながら、ジャレッドは廊下の先のバスルームへ向かった。「チョコレートといえば、きみの体の上で溶かして舐めることしか浮かばないよ」

いい考えだわ。オンライン・カウンセリングが勧めていたフレーバーつきのマッサージオイルを売っている店が、この近くにあるかしら。

ジャレッドの肌からチョコレートを舐めとる歓びを思い描きながら、キャンディはようやくコンドミニアムの中を見まわした。ディナーのときは彼しか目に入らなかったけれど、こうして見てみると、そこはすてきな部屋だった。

彼は服装と同じように室内を整えているのね。シンプルで伝統的。さらには荒削りな雰囲気をかすかに加えて。部屋のほとんどの家具をワインレッドでまとめた中に贅沢なマホガニー材のダイニングテーブルがあり、純白の壁がコントラストをなしている。

「きみはあの体勢が好きなんだな」もったいぶった雄鶏《おんどり》のようにさっそうと戻ってきたジャレッドが言った。

「どうして？」キャンディは協力したがらない筋肉を無理やり動かし、やっとのことで立ちあがった。

「ハロルドのオフィスでも、ずっとあんなふうにかがみこんでいたじゃないか。あのときは服を着ていたけど」

「わたしが尻尾《しっぽ》を振っていたのに、あなたは気づきもしなかったんじゃないかと思い始めていたところよ」両手を頭の上にあげて伸びをする。「餌《えさ》をちらつかせても、食いつこうとしなかったわ」

「そんなことをしてたのか？」ジャレッドの手が彼女の胸を撫で始めた。「だけど、どういうわけでぼくを誘惑しようとしたんだい？」

「もしかしたらあなたとなら……そう、楽しめると思ったの。そのとおりだったわ」

「それならもう一度楽しもう」

イエスのうめき声をもらすまもなく、キャンディはジャレッドの腕にすくいあげられていた。しっかり抱え直すため、いったん彼女を少し放りあげてから、彼はふたたび抱きとめた。

「まあ！　さすがは男の人ね」

左手をヒップの下に、右手を背中にまわし、軽いとは言えないキャンディをなんの苦もなく抱えている。

「きみの男だ」そう言って、ジャレッドは彼女の頰に鼻をすり寄せた。

軽い調子で発せられた言葉にもかかわらず、キャンディはそこに空想の産物ではない何かを感じとった。それは、ジャレッドの目にも、頰に優しく触れる鼻や唇にも現れていた。彼もキャンディと同じくらい、この新しい関係に魅せられているようだった。

ベッドルームは遠くなかった。ジャレッドは大きなベッドの中央に彼女を横たえ、指を絡めてきた。

「今度は交替で上になろう。どっちが先かな？」

シーツをぎゅっとつかみ、ジャレッドの上で動いている自分の姿が思い浮かんだ。キャンディはその思いつきに夢中になっていることを隠そうとは思わなかった。「わたしが先よ」

一瞬の間が空き、彼女はつけ加えた。「お願い」

ジャレッドが笑う。彼はベッドに仰向けになり、キャンディに手を差し伸べた。「行儀よくお願いしたからだぞ」

8

数時間後、ジャレッドは腕にしっかりとキャンディを包みこみ、ベッドに横たわっていた。天井を見つめて満足のあくびをもらす。

「ハロルドはこうなることを予測していたと思うかい？」

キャンディはかすかに身じろぎした。「そうは思わないわ。でも、カウンセリングは最後まで受けるべきでしょうね。じゃないと、ハロルドが気づくかもしれない」

ジャレッドはそれほど心配していなかった。「だから？〈チャンク・オ・チョコレート〉の企画を準備できれば、彼がカウンセリングの結果を気にする理由はないだろう？」

「五分でいいのよ。自宅のパソコンでも続きができるわ」

五分だって？　冗談だろ。あの質問に答え始めたら、結局またベッドに戻るはめになるんだぞ。「代わりに、インターネットでポルノサイトを見よう」彼はふざけた。

「ジャレッド！」

キャンディは起きあがり、彼に厳しい視線を向けた。「ところで、わたしは別れた夫のことを話してあなたに心の内をさらけだしたわ」

「きみが見せてくれたものはたくさんある」ジャレッドの手が彼女の背中に移動した。

「真面目に言ってるのよ。わたしは全部話したけど、あなたは何も教えてくれない。最後に女性とつきあったのはいつ？」

　こういう質問は苦手だ。たいてい最後には、相手の女性と揉《も》めることになる。

「どうしてぼくの女性遍歴が気になるんだ？　今はきみと一緒にいるのに」

きつく引き結ばれたキャンディの唇が、それは彼女の望んでいた答えでないことを示していた。「でも、知りたいの」

「きみが初めてだったんだ。ぼくは童貞だった」ジャレッドはにやにやしながら語り始めたが、キャンディが頬を紅潮させる様子を見て口をつぐんだ。彼女が恥ずかしさから頬を染めたのではなかったせいだ。

「なあ、キャンディ。こんなふうになるから、ぼくは女性が聞きたがることを言うようにしているんだ。ぼくの言うことはどうせ全部間違いさ」ジャレッドは苛立ちを覚え、キャンディから離れて、頭の下で手を組んだ。

「ぼくに言ってほしいことを教えてくれ。そのとおりに言うよ」

「あなたは間違ってないわ。ごめんなさい」キャンディはもう一度彼の腕の中に戻ろうとした。「嫉妬してたの。ただそれだけ」

　嫉妬ならいい。危ないストーカー女のような、激しい嫉妬でないかぎりはかまわなかった。

「きみが嫉妬するようなことはないよ。これまでの女性とのつきあいは、ほとんどが真剣じゃなかったんだから」ジャレッドはふたたび緊張を解いて、脇腹に押しつけられるキャンディの胸の感触を楽しんだ。

「それにジェシーとのことは失敗だったし。同僚とかかわるべきじゃなかったんだ。オフィスで熱くなってのめりこむなんて、ばかもいいところだ」

口から言葉が飛びだしたとたん、かなりよくないことを口走ってしまったことに気づいた。キャンディも同じように感じたらしい。さっと体をこわばらせたのがわかった。

弁明や説明をする暇もなく、彼女が言った。「オフィスで同僚とセックスをしたの?」

温かいベッドが、突然アラスカ並みに冷たくなった。「違う、違うよ、セックスはしなかった」

「セックスは?」

「そうだ。いや、違うんだ! ちょっとキスとか、その……わかるだろ、さわったり、そういう感じだよ」くそっ、どんどん状況を悪化させてるぞ。

キャンディがぱっと身を離し、ベッドの上に起きあがった。「ひとつの職場につき、情事も一回だけって決めてるの? それとも期待していいのかしら? これからあなたが〈ストラトフォード・マーケティング社〉の女性社員たちとセックスするのが見られるって」

急所をつぶされずにすむ答えは見つかりそうになかった。

プロテクトカップをつけていればよかったと思いながらも、ジャレッドはとりあえず釈明を試みた。「オフィスでは情事をしない。ジェシーとはたった五分間の過ちだったんだ。それに、きみとのことは軽いつきあいだと思っていない」

キャンディは息をのんだ。「まあ!」

たちまち目に涙がたまる。彼女はシーツを体に巻きつけ、ベッドを飛びだして逃げようとした。まあ、すごい。軽いつきあいとさえ見なされていないのね。ジャレッドにとってわたしは、それほど取るに足りない存在なんだわ。

これ以上心を傷つけられないために、キャンディは合理的に考えようとした。望みはかなったのよ。情熱的な一夜のおかげで、自分に悪いところがないと証明できた。何度もオーガズムを得られたんだもの。

でも、そう考えたところで気分はよくならなかった。

ジャレッドが言った。「どこへ行くつもりだ? ぼくの気持ちを話そうとしているのに」

「どうだっていいわ」彼がベッドルームのドアの前に立ちふさがって、一歩前へ踏みだしてきたので、彼女はあとずさった。

ジャレッドは大きくて堂々としている。それに何も着ていない。

「ぼくの話を聞くまではどこへも行かせないぞ」

「あなたの話なんか聞きたくない。どうせ、すばらしいひと晩かぎりの関係だったって言うつもりでしょう。ありがとう、だけど結構よ」必要なら、彼の脚のあいだを這ってでも、ここから出てやるわ。

ジャレッドの顔に驚きの色が走った。「ぼくがそんなことを言うと思ってるのか?」

涙を振り払い、キャンディは冷静になろうとした。あなたの前で泣きわめくはめになったら、一生許さないんだから。「そうよ。あなたが今、わたしとの関係は軽いつきあいにならないと言ったんじゃないの。だから、ひと晩かぎりだと思ったのよ」

ジャレッドはぐっと歯を食いしばった。手を伸ばしてくる。キャンディはつかまらないように脇へよけた。

「ああ、ベイブ。そういう意味じゃない。軽いつきあい以上だと言いたかったんだ。大切な存在なんだよ。きみはぼくの未来だ。ぼくは……ぼくはきみに恋したんだと思う」

嘘でしょう。それならどうして初めからそう言ってくれないの？

キャンディはつぶやいた。「まあ」鼻声が続く。「本当に？　確かなの？」

「ああ。きみが望むなら一緒にいたい」

今度は彼の手が伸びてきても逃げず、彼女はジャレッドの腕に包まれ、抱きしめられた。胸にもたれてため息をつく。「それがわたしの望みよ。だって、わたしもあなたに恋してしまったみたいなんですもの」

「こんなふうに好きになるのはきみが初めてなんだ。だから、ぼくが壊してしまわないように頑張るよ。キャンディ」

キャンディは顔をあげ、ジャレッドの真剣な瞳をのぞきこんだ。「大丈夫。ゆっくり進めていけばいいわ。それに何か問題が起きたら、いつでもオンライン・カウンセリングがあるんだから」にっこり笑いかけた。

ジャレッドは、彼が親密なカウンセリングを施すあいだ、ホームオフィスのデスクに横たわるキャンディの姿を思い浮かべた。うしろへさがって彼女の手を引き寄せる。「今から受けるべきだ。問題が起こる前の、事前カウンセリングだよ」軽く引っぱっただけでキャンディを包んでいたシーツはほどけ、カーペットの上に落ちた。

「あら、そう思うの?」

「ああ」ジャレッドはうなずいて廊下を示した。「コンピュータはあっちにある。ぼくらがお互いをよく知る助けになってくれるだろう」

キャンディの体には、まだ舌で探索していない場所が何箇所かある。

彼女が笑みを浮かべた。ジャレッドが大好きな、満面の笑みだ。「あなたを全部知りたいわ。まだ途中なんだもの」

ジャレッドは真面目な顔をしようと努めた。「ベイブ、なんでもきいてくれ。それに、好きなところにさわってもかまわない」

キャンディの笑い声が響いた。「ずいぶん寛大ね」

ジャレッドは彼女を案内して廊下を進んだ。すぐそこだ。「今夜は早くベッドに入る予定じゃないといいんだが」

「違うけど、どうして?」

ホームオフィスの前で足を止める。幅の広いソファを置いていてよかった。「すべての質問に答えて満足するまで、ここから出ないからだよ」

キャンディの目が欲望に煙り、大きく見開かれる。「じっくりと徹底的に質問に答えたら、修了証書をくれる？」

それ以上のものをあげるさ。

キスするために身をかがめながら、ジャレッドは言った。「ああ、もちろん。署名入りの正式な証書をあげよう」

誘惑するような笑みを浮かべた彼女が、ジャレッドの唇に指をあててキスを止めた。「ビデオやヒントも全部試してみなくちゃだめ？」

ジャレッドは、チョコレートソースに覆われたキャンディと、その内腿を舐める自分の姿を想像した。「ああ、おまけも省略なし」

キャンディが手をおろしてジャレッドの脚に触れ、彼の下唇に舌を這わせた。「それなら、いったい何を待ってるの？」

知るもんか。

ジャレッドが抱きあげると、驚いたキャンディがきゃっと叫んだ。腕の中にいるのは温かくて意欲的な女性だ。彼はドアを蹴り開けて中に入った。

これから彼女に、セックスと愛とロマンスは三つそろったときが最高だと示すつもりだった。

一糸まとわぬ姿で。

チャンスをもう一度

1

「ハッキングされてる！」ハリー・コナーズは愕然《がくぜん》としてコンピュータ画面を見つめた。このところセックスと無縁なせいで、きっと幻覚が見えているんだわ。血中のカフェイン濃度が危険なほど高くなっているのかもしれない。

いつもなら、ハリーの経営するケータリング会社〈バイト・オブ・ヘブン〉のホームページのトップページには、オードブルのトレイを掲げた彼女自身の姿があった。ところが、今はそのトレイが消えている。それどころか服まで。

「どうしたんです？」背後からアシスタントのノーラが声をかけてきた。

ハリーは返事すらできなかった。吐き気がする。いいえ、吐き気がするのはこの写真だわ。こんなにむかむかするのは、両親がキッチンのテーブルで重なり合っているところにでくわした、一六歳のとき以来だった。

「あなたが裸になってる！」画面を見たノーラが叫んだ。

素っ裸よ。おまけにわたしの体でさえない。今まで生きてきて、初めて目にする胸だ。脚のあいだにあるのはいったいなんなの？　ハリーは顔を近づけて目を凝らした。翼を広げた丸々とした天使が、前かがみになって……。「うっ！　冗談じゃないわ！」

「あれ、キューピッドですよね」恐れおののいてノーラがつぶやいた。

「信じられないわ、エヴァンに電話して」ハリーは顔をしかめて画面をにらんだ。ホームページの作成者であり親友でもあるエヴァンなら、この惨状を修復する方法を知っているはずだと必死に祈りながら。「なんとかしなきゃ」

ノーラが慌ててデスクを離れてエヴァンに電話をかけ始めると、ようやくショック状態を脱したハリーの胸に、今度は恐怖がこみあげてきた。これのせいで仕事がキャンセルされるかもしれない。たまたまゴキブリが出たりサルモネラ菌が発生したせいで、多くの優良な業者が追いやられるケータリング業界の墓場に、真っ逆さまに突き落とされるかもしれないのだ。とはいえ、そういう事態はこの業界につねに内在するリスクであり、しかたがないと理解もできる。

だけど、こんなのは到底納得できないわ。真っ裸になって、脚のあいだに変態の天使をくっつけているなんて。たった一日でもこんな写真が載っていたら、会社の利益に恐ろしい悪影響を及ぼしかねない。今すぐ取り除かなくちゃ。

「彼は電話に出ません」

ハリーの喉からうめき声がもれた。ミセス・ブロックモートンのように保守的な顧客のひとりが、このひどい写真を目にする様子が脳裏に浮かぶ。

「ほかになんとかしてくれそうな人はいない？」

「サポート業者がいますけど、ホームページに接続するパスワードはわかりますか？」

「パスワード？」知らなくちゃいけないものなの？　「ええと……何もかもエヴァンに任せてるのよ」

数カ月前、自分がエヴァンの体を欲しているという衝撃的な事実に気づいて以来、ハリーはできるかぎり彼と会わないよう気をつけてきた。親友どうしは欲情したりしないからだ。彼女がそんなことを考えていると知れば、エヴァンはきっとヒステリックに笑いだすか、恐怖で青ざめるだろう。だからハリーはもっと簡単な方法を取ることにした。

つまり、彼を完全に避けたのだ。

画面では、生まれたままの姿のハリーがこちらに微笑《ほほえ》みかけている。脚のあいだにキューピッドをはさんで、じつに嬉《うれ》しそうだ。ハリーはぶるっと体を震わせた。絶対にエヴァンを見つけなきゃ。わたしのケータリング・ビジネスに品位を取り戻せるのは彼しかいない。品位だけでなく、服も。

ハリーは震える手でコンピュータを終了させると、陰鬱《いんうつ》な気分でドアに向かった。「この件で誰かが電話してきたら、ハッカーの被害に遭ったと説明して」

「わかりました」目を見開き、赤い髪を乱したノーラが応《こた》える。「どちらへ？」

「エヴァンのところに行ってくる。たぶん、眠っていて電話に出ないのよ」コンサルティング業とウェブ・デザインの仕事を始めてから、彼は夜に働いて昼まで寝る生活をしている。

つまり、眠たげでうっとりする姿のエヴァンが、睡眠を邪魔したハリーに文句を言うに違いないのだ。そのほうが好都合よ。辛辣《しんらつ》な言葉を交わすことに専念していれば、彼の裸を見たいだなんて非道なことを考えている自分を意識せずにすむ。

エヴァンが服を着ていないと想像するだけで、二丁拳銃《けんじゅう》で祝砲を撃つかのように胸の先が尖《とが》った。ハリーは腕を組んで胸を隠すと、苛立《いらだ》たしげに眉をひそめた。長いつきあいの相手にこんな反応を示すなんて、許されることじゃないわ。彼は、まさかわたしが夢見る少女みたいに、ふたりの関係に妄想を抱いているとは思ってもいないはずよ。

エヴァンのことも、自分の反応についても考えないようにして、ハリーはオフィスをあとにした。それにしてもいったい誰のしわざだろう。わたしは悪い人間じゃないわ。従業員は厚遇しているし、渋滞にはまってキレたこともない。ホームレスの保護施設に手袋を寄付だってしている。後光が差すほどではないにしても、悪事を働いているわけではない。

どう考えても、これほどひどい目に遭わされる覚えがなかった。一〇分後にエヴァンの家の玄関に立つころには、彼女は今にもわっと泣きださんばかりになっていた。何年も身を粉にして働いた成果が、キューピッドの放つ矢よりも速く、消えてしまいかねなかった。

脚のあいだのいやらしいキューピッドのことなんて、思いだしたくもない。あれはわたしの脚でさえないのに。だけど、どうしても頭から離れてくれない。

そのとき、ドアが開いた。

たちまちキューピッドはどこかへ飛んでいってしまった。

眠そうにまぶたが半分閉じられたチョコレート色の瞳に、キャラメル色の髪を乱したエヴァン・バレットが、まばたきしながらハリーを見ていた。夏の日差しで焼けた肌や広い肩を見せびらかすように、彼はシャツを着ていなかった。気だるげな様子で、ぽりぽりと胸をかいている。

ハリーの口の中がからからになった。エヴァンの濃緑色のボクサーショーツに視線を落とすと、きちんとはいているとはとても言えない状態で、柔らかそうな栗色《くりいろ》の茂みがあらわになり、その先には信じられないくらいすてきな……。

まったくもう。彼はゴージャスだわ。厳密に言うと裸ではないものの、わたしの肌に火をつけられるくらい裸に近い。

「ハリー？」エヴァンが目を細めて前に身を乗りだした。

今日はどんな服を着ていたかしら？　彼には数週間ぶりに会うというのに、ハリーはメイクすらせずにここへ飛んできた。恐る恐る自分の体を見おろして、ほっと安堵《あんど》のため息をつく。よかった。カーキ色のカプリパンツと、アクアブルーのタンクトップを着ている。空想をかきたてる服ではないけど、セルライト丸見えのランニングパンツ姿でもない。

でも、数カ月前、急にどうかしちゃってハアハアあえぎながらエヴァンを追い求めるようになるまで、分厚いフランネルのパジャマや寝起きのひどい髪を見られても、なんとも思わなかったじゃないの。

ちょっと待ちなさい。たとえトーガを着ていたとしても、差し迫った現在の状況とは関係ないわ。問題は、会社のホームページでわたしが何も着ていないことなのよ。

怒りが戻ってきた。それだけでなく、エヴァンがものすごくすてきに見えることも、ハリーを苛立たせ始めていた。彼がこれほどキュートでなければ、こんな複雑な感情が表面化することもなかったわ。ふたりの関係も、これまでどおり服を着た間柄に基づいて、揺るがなかったはずなのに。

エヴァンが困惑した顔をしている。「ぼくは夢を見ているのかな?」

「なんですって? いいえ、夢じゃないわよ」もしこれが夢なら、ツナ缶を前にした猫みたいに彼がわたしにのしかかってきているはずだもの。

ぼんやりとハリーを眺めているうちに、エヴァンの眠気は引き、まなざしが鋭くなってきた。「ちぇっ、奇妙だな。最近よく見るセクシーな夢にそっくりだけどなあ。ぼくがドアを開けるときみが立っていて……。いつもはビキニにハイヒールなんだ」

ハリーの口がぽかんと開いた。ふざけてるの? セクシーな夢ですって? わたしの夢? もちろん、本気のはずがない。いつものように、からかっているのだ。友達どうしがよくするいたずらだ。お互いに、ひそかに欲情を抱いたりするのとは違う。

実際、エヴァンは性的なことを絡めてよくハリーをからかったのだが、彼女は最近まで気にとめていなかった。けれども、今は溶鉱炉をフル稼働させるくらいの影響力がある。好ましくない場所に汗が浮いてきた。

ハリーは笑みを浮かべ、無理にかすれた笑い声を絞りだした。「わたしには悪夢に思えるわ」

エヴァンが首を振ると、セクシーな笑みがゆっくりと現れた。「ぼくが見た夢は違ったな」

ハリーはこれ以上ないくらいに目を見開き、ふらついて倒れそうになった。自分がかかわっているかぎり、これは笑いごとではない。彼女は、エヴァンの発言が真実であってほしいと心から願った。そんなわけはないのだが。

「ときには、夢のほうが現実よりいいものよ」

エヴァンが笑いだし、まるでお気に入りの愛玩犬《あいがんけん》にするように、ハリーの髪をくしゃくしゃに乱した。「最近、会えなくて寂しかったよ。どこに隠れていたんだい?」

仕事で遠い遠いところに行ってたの。息が止まるような、その笑みから逃れるために。エヴァンと距離を置き、彼への気持ちは、ここ二年ほどデートをしていないせいだと思いこもうとした。でも、こうして彼の前に立っていると、それが無駄だったとわかる。やはり彼女は、どういうわけか、親友にのぼせあがってしまったみたいだった。

「仕事がものすごく忙しいの。この時期はしかたがないってわかってるでしょう」ハリーはエヴァンのそばをさっと通りすぎ、アパートメントに入った。

彼はにやりとして、目に入った髪を払いのけながらついてくる。「セクシーな夢の再現に来たんじゃないなら、ぼくは何をしたらいい? きみが気にしてたらいけないから言っておくけど、ぼくは起こされて怒ってないよ。昨夜はそれほど遅くなかったし、ひとりで家にいたからね」

ハリーは唇をかくふりをして手で顔を覆い、しかめっ面を隠した。エヴァンが電話に出なかったのは、誰かと一緒にいるからかもしれないと考えずにいられなかったのだ。過去に二度ほど邪魔をしてしまったことがあるので、今日はそういう場面にでくわさずにすんだとわかってほっとした。

それは、最近、女性といるエヴァンを目撃したせいではない。じつを言うと、ここ数カ月、彼がデートした話は聞いていなかった。恥を知りなさい。そうと知ってわくわくするなんて間違ってる。でも、事実なのだ。

「気になんてしてなかったわ」ハリーは肩をすくめた。「あなたに会う必要があったから」

「寂しかったんだ、そうだろ？」エヴァンがからかった。

彼が真実を知ってさえいれば。ハリーは腰に手をあてて振り返り、目を合わせた。

「ハッキングされたの」憤慨して告げる。「信じられる？」

エヴァンの口の端がにやっとあがった。「個人的な問題のように聞こえるけど、スイートスタッフ」

面白がっているようなその声も、彼がいつも使うばかげたあだ名ほどは気にならなかった。いったいどうしちゃったんだろう。もう一〇年近く、そう呼ばれているのに、今になって脚のあいだにバーナーを向けられたみたいに熱くなるなんて説明がつかない。

とにかく、そんなことを思い悩んでいる場合じゃないわ。

「真面目《まじめ》に言ってるのよ」ハリーは脚のあいだにあったキューピッドをいやいや思いだし、ふたたびぞっとした。「ホームページがハッキングの被害に遭ったの。顧客の目に留まる前になんとかしてちょうだい」

エヴァンはソファにどすんと座り、脚を広げて言った。「何をされたんだ?」

ハリーは行ったり来たりしながら咳払《せきばら》いした。「ええと、うーん、口で説明するのは難しいわ」衣類乾燥機の柔軟剤シートと同じよ。あれがどういうふうに作用するのか、仕組みを理解できたためしがない。

エヴァンはぼさぼさの髪を目から払った。「夢では、ここできみが目の前に歩いてきて、ビキニのひもを引っぱるんだけどな……」

低く魅力的でセクシーな声を聞きながら、ハリーは彼に近づいた。

そういう話題がどれほどわたしを興奮させるか知ったら、もう面白いとは思わないはずよ。きっと窓から飛びだして逃げるわね。

彼女は注意を引くために咳払いした。布がぴんと張っているせいで、驚くべき中身の存在をほのめかしているボクサーショーツは無視する。ほんの少しでも不適切な動きがあれば、かなりの部分が見えてしまいそうだ。

何気ない笑みに見えるように願いながら言った。「きっとそのときのわたしは、夢を楽しんでちょうだい、って言ったんでしょうね。ビキニの下には、本物よりずっとすばらしいボディがあったはずよ」現実の世界で、ハリーがパメラ・アンダーソンみたいなボディの持ち主と競い合うことはまずありえない。

エヴァンがソファの隣をぽんぽんと叩《たた》いたが、彼女は無視した。立っているほうがはるかに安全だ。

「きみが自分の体をけなすのは好きじゃないな」彼は眉を上げ下げしてみせた。「いい胸をしてるんだからさ、スイートスタッフ」

今の段階でわたしが言ってほしいせりふに、もっとも近いコメントだわ。

「残念ながら、まだ〈巨乳の殿堂〉入りにはこぎつけてないけど」冗談を言ったとたん、自分を責めたくなった。体の部位に関連する会話をするのはよくない。

ソファの背に両腕を投げだし、エヴァンは笑った。肩をすくめてにやりとすると胸のあたりが波打ち、つい目を奪われてしまう。〈チッペンデールズ〉で男性ストリップを見ているバージンになった気分だ。

感激して夢中になり、度肝を抜かれる。

エヴァンが話し始めてハリーの楽しみに水を差した。「それは選考委員会がきみの胸をまだ見てないからだよ。おやおや、寒いのか？　それともぼくに会えて嬉しいのかな？」

今が八月でこの部屋にエアコンがないことを考えれば、理由はひとつだとわかるだろう。

「ええ、ええ、すごく面白い」熱をあげている乳首を手で隠したい衝動をこらえて、ハリーはベッドルームへ向かった。そこにコンピュータがあるのだ。「わたしの胸の話はもうやめてって言いたいけど、ホームページを開けばいやでも目に入るのよね」

ハッカーが貼《は》りつけた、巨大なメロンサイズの胸に嫉妬《しっと》しているわけじゃない。いいえ、わかった、認める。嫉妬してるわ。でも、ちょっとだけよ。少なくともわたしはその気になれば体操やバレエができる。だけど、メロンサイズの胸の女性の場合を想像してみて。

エヴァンのベッドルームに足を踏み入れ、ハリーは身震いした。クイーンサイズのベッドは乱れたままだった。くしゃくしゃの、まだ温かそうなシーツを見ると頬が熱くなる。それに、興奮も覚えずにはいられなかった。

隣でエヴァンがあくびをした。彼女と違って相手の存在を意識していないようだ。

ハリーはベッドから無理やり視線を引きはがし、コンピュータの置いてある一画へ向かった。エヴァンのベッドルームは、三分の一以上がコンピュータ関連のあらゆる機材やケーブルや、見当もつかない物たちで占拠されている。

「正確にはどんな問題だって?」

ええと。「誰かがホームページをいじったのよ」

「それならたいしてひどくはないな。あれはぼくが自分でデザインしたんだ。ハッカーの侵入から完璧《かんぺき》に守られているんだよ」エヴァンがデスクの前に座って電源を入れた。

コンピュータが起動するあいだに、ハリーは近寄りすぎないよう気をつけながら彼の背後に立った。今にも目に飛びこんでくるはずの画像を身構えて待つ。あれをエヴァンに見られる屈辱に耐えてまで、修復してもらう価値があるのかしら。いいえ、彼ひとりではなく、顧客になりうる可能性のある何百人という人が見るかもしれないのよ。

ハリーはぎゅっと目を閉じ、エヴァンの大笑いが部屋中に響き渡るのを覚悟して待った。

2

なんてこった。ホームページのトップページで微笑むハリーの姿を目にしたとたん、エヴァンは言葉を失った。頭の先から足の先まで、完全に何も着ていないじゃないか。もてあそばれた、というのは控えめな表現だ。

ハリーは正しい。彼女はハッキングされている。

「ろくでなしめ！」

「そうよ！」ハリーの手がエヴァンの肩に置かれた。

これほど気を取られていなければ、そのちょっとした触れ合いを楽しんだかもしれなかったが、今の彼はひどく腹を立てていた。「むかつくなあ。ぼくのファイアウォールをすり抜けたなんて、信じられない。ハッキング不可能なはずなのに！」

ハリーの爪が肩に食いこみ、エヴァンはたじろいで彼女から離れた。

「そこじゃないの、エヴァン。問題は、わたしが裸にされてるってことよ！」

まったくだ。ハリーの面白みのないベージュの服が姿を消し、プロらしい微笑が誘惑するようなきわどいものに変わっていた。

その点は気に入った。いつも見せる〝永遠のお友達〟的な笑みでなく、あんな微笑をぼくに向けさせることさえできれば。

「きみの最高の面を引きだしているとは言えないな、スイートハート」ナッツが引っかかったみたいにつかえていた喉がようやく声を出せるようになると、エヴァンは言った。

ハリーは彼の肩をぴしゃりと叩いた。「本物のわたしじゃないのよ!」

「わかってるさ」そこまでぼくがばかだと思っているのか? 彼女の体なら隅々まで知っている。あちこち跳ねるブロンドの髪から、妙にぽっちゃりした小さな足の指まで。そのあいだにあるものも全部知っている。

エヴァンは振り返ってハリーを見た。友人になってからの一〇年間、彼女はあまり変わっていなかった。このごろは髪を少し短くして耳のあたりの長さにし、服のデザインも色も控えめになったものの、彼女はやっぱり昔と同じハリーだった。

エヴァンの親友のハリー。彼女とそれ以上の関係になりたいと願うようになってから、長い時間がたつ。裸のハリーを見たことはなかったが、服を着た姿から研究したので、目を楽しませてくれる曲線はすべて知っていた。

たとえば浜辺やプールへ行ったときなど、たいして服を着ていないハリーを目にする機会は結構あった。パジャマ姿で玄関ドアを開けた彼女を見て、畏敬の念に打たれた瞬間もたびたびあった。伸縮性のある体にぴったりした小さなトップの下が、明らかにノーブラだったからだ。

そういうデータがエヴァンの頭の中のメモリーバンクに蓄積されていったので、突然彼がハリーに対して成人向けの夢を見るようになっても不思議ではなかった。

今日の彼女は少し青ざめているが、それは自分の顔がポルノ画像にくっつけられているのを見たせいに違いない。ぼくの気持ちを告白したら、いったいどれくらい青くなるんだろうか。友人以上の関係になりたいと言ったら。

だが、告げる気はない。そんなことをすれば、親友というこれまでの関係が確実に壊れてしまう。ときどき抑えきれなくなって、さっきのようにあからさまなことを口走ってしまうが、ハリーはいつも冗談に受けとっていた。あるいは、そう信じたいのかもしれない。

「これがきみじゃないのはもちろん知ってる。こんな体じゃないからね」ハリーの体は完璧なのだ。胸はエヴァンの手にぴったりの大きさで、ウエストは細く、引き締まってなめらかな腿をしていて、それに車の流れを止めてしまいそうなヒップの持ち主でもある。

ずっと考えていたとか、そういうのではない。

ボクサーショーツの中が興奮しているのは、まったくの偶然だ。朝の生理現象にすぎない。

「わたしがどんな体をしているかなんて、あなたは知らないでしょう」まるで彼に、バスルームの仕切りの下からのぞいていたと打ち明けられたかのように、ハリーがショックを受けた声で言った。

「いや、知ってるよ。水着姿を見たことがある。これはきみの体とは違うね」この画像のように大きすぎる胸やガリガリの脚は、エヴァンには面白くもなんともなかった。ひざまずいて懇願したい気持ちにさせられるのは、彼女の体だ。

振り向いた彼は、懸命にハリーの胸から目をそむけようとした。しかし、うまくいかず、タンクトップを突きあげている乳首や、憤りで波打っている胸を目にしてたじろいだ。彼女は友情という名のもとに、ぼくを苦しめようとしているのだろうか。

彼のいやらしい思いにまったく気づきもせず、ハリーが言った。「誰の体でも関係ないの。これを取り除いてくれる？」

「もちろん、修復できるよ。問題ない」

エヴァンはハリーの引き締まった胸から視線をはがした。最大限の努力をして画面に目を戻し、問題の画像をもう一度よく見てみる。彼女の脚のあいだにある小さなマークに気づいたのはそのときだった。実際は彼女の脚とは言えないのだが。

「くそっ、ハリー、これは〈スリー・コマンドーズ〉のトレードマークだ。彼らはネットで伝説になっている、有名なハッカーなんだ」

「どうしてわかるの？」

「彼らはいつも自分たちの作品に漫画の絵を入れているんだ。智天使《ケルビム》とかデーモンとかデビルとか、たいてい天国と地獄がテーマになってる。それに、見えるだろう？　両翼と弓に〝C〟の文字があるのが。これで〈スリー・C《コマンド》〉だ」こんな状況にもかかわらず、エヴァンは自分がわくわくしていることに気づいた。あの〈スリー・コマンドーズ〉の向こうを張り、ハリーの会社のホームページを修復する作業をするんだぞ。

　彼は三年間従事したソフトウエア開発の仕事に燃え尽きて辞めたあと、コンサルタント業を始めていた。ストレスが軽減され、収入もよく、自由になる時間がたっぷりあるので、野球のチームに入ってプレーすることもできるようになった。それでも、こういったたぐいの挑戦を懐かしく思うことがあった。コンピュータに挑み、内部構造を理解して、どうやってこれを作ったのか解明することを。

〈スリー・コマンドーズ〉がエヴァンに挑戦してきたのだ。彼が作ったホームページを台無しにした方法を探りだしてみろと。頭脳をフルに使う必要があるので、一、二時間はハリーのことを忘れていられるかもしれない。

「その人たちはどうしてわたしの会社のサイトを選んだの？」ハリーが嘆いた。コンピュータの心臓部の謎《なぞ》にはなんの興味もないらしい。

「彼らに腐った魚でもケータリングしたんじゃないか？」

「わが社は腐ったものなんて出しません」

　確かにそうだろう。ハリーは自ら会社のあらゆる業務を監督している。彼女の嫌悪をよそに、エヴァンはにやにやして画面を見つめた。〈スリー・コマンドーズ〉の技術を称賛せずにいられない。彼らには独自のスタイルがある。それは認めるべきだ。

「スイートスタッフ。きみが何をしたにせよ、それは天使にオーラルセックスされるほどのことだったんだね」

　ハリーが顔を赤らめた。頬を鮮やかなピンク色に染め、ぽかんと口を開けている。「わたしは何もしてないわ。それに、この体はわたしのものじゃない」頑固に言い張った。

「わかってるさ。ずっとそう言ってるじゃないか。ぼくが修復するから。だから大騒ぎせずに、落ち着けよ《ドント・ゲット・ユア・パンティ》」ああ、まただ。またやってしまった。ハリーと話すときに下着に関する単語は使うべきではないのに。

必然的に、パンティ以外何も身につけていない彼女の姿が頭に浮かぶ。下半身が脈打ち、エヴァンは椅子の中でもぞもぞした。この瞬間にハリーがぼくの膝に視線を落としたら、ピサの斜塔ならぬペニスの斜塔状態になっている理由を説明するのは難しいぞ。

ハリーがばんと彼の背中を叩いた。からかうように軽く叩くのでも、誘うようにそっとかすめるのでもない。肩甲骨のちょうど真ん中を〝ばん〟だ。「自分がネット上で裸にされたらどんな気分になるか考えてみて」

エヴァンは彼女に笑顔を向けた。歯が二、三本抜けるくらいきつく叩いてくれてありがとう。お次は頭を叩いてくれたら正気を取り戻せそうだ。「だけど、あれはきみの体じゃないって言ったじゃないか」

「屁理屈《へりくつ》を言わないで！」ハリーは両手を頭に突っこみ、髪を束にして指に巻きつけた。タンクトップがへその上まであがり、なめらかな白い肌がちらっと見えた。

ああ、ぼくはハリーを愛してる。彼女と知り合ってからほとんどずっと愛してきた。それは友情から派生した愛で、深く揺るぎなく、永遠に続く愛だった。ここ二年ほどはそれが肉体をともなうものへと拡大して、彼女の体に手を触れたくてしかたがなくなっていた。

死ぬまでにいつか、あるいは彼女がどこかの間抜けと結婚するまでにいつかきっと、彼女と肉体的な愛を交わしたい。

エヴァンはハリーを見つめながら、身を乗りだしておなかを舐《な》めようか、それともへそに舌を入れようか考えていた。今日は異常にムラムラしている。きっと、この六カ月のあいだ誰ともデートをしていないせいだ。彼女への気持ちをごまかすために、何年も偽りのデートを重ねていたのだが、最近は自分に嘘《うそ》をつくことさえできなくなっていた。

目の前でハリーが手をひらひらさせている。「起きてる？　また寝ちゃったの？　ねえ、今日中にこれを直してくれるか、無理なら誰かほかの人を紹介してくれない？」

プライドを傷つけられた彼は、ハリーの腹部のなめらかな肌からようやく視線をそらした。ぼくに直せないと思うなんて、どういうことだ？　片手をうしろで縛られていたって直せるぞ。水中に沈められていてもできる。彼女がぼくの下腹部に顔をうずめていたってできるさ。

いや、それは無理かもしれない。痛いほど強烈な疼《うず》きがボクサーショーツを満たした。ハリーにそんなことをされたら、楽しむ以外の何もできなくなるだろう。

兄弟のように思っている相手にそういうことをするとは、彼女にしたら夢にも思っていないだろうが。それでもエヴァンはその光景を思い描かずにいられなかった。

「それで？」

ん？　質問されていたのをすっかり忘れていた。

「ああ、もちろん、ぼくが直せる。ハッカーが構築したファイアウォールを迂回《うかい》するのに数できそうにない。
「問題ない」問題は、ハリーに離れていてもらわなくてはならないことだ。さもないと集中
エヴァンから離れなくちゃ。彼の存在を感じ、声を聞いて、眠たげな寝起きの香りに包ま
れていると、ハリーは頭がおかしくなりそうだった。
おかしくなると言っても、ジニーおばさんみたいな変わり者になるわけじゃない。激しく
て夢中になってしまうこと。体が疼いてしかたがなくなることだ。
ハリーは、大失敗に終わったルイスとの関係以来、誰ともつきあっていなかった。ルイス
はトイレの吸引器並みの男だった。
カプリパンツの中がこれほど熱くなるのは、二年もお楽しみなしではさすがに長すぎると
いう証拠なのかしら？
「電話を借りていい？」彼女はゆっくりとうしろにさがった。一歩、二歩。これでひと安心。
もうエヴァンの香りは届かない。「オフィスに電話して、こちらの状況を知らせたいの」
「もちろん」すでに彼はうわの空でコンピュータ画面をのぞきこんでいた。マウスを操作し、
すばやくクリックを繰り返す。
ようやく、問題を有能な人の手にゆだねられてほっとしたハリーは、キッチンへと移動し
た。昨夜の食事の皿がそのままになっている。ディナーはスナック菓子と冷凍のブリトーだ

ったらしい。

思わず身震いした。エヴァンの食習慣はまったくひどい。だからここ数年、彼女は週に二回ほど彼のために料理をしていた。けれども、彼を避けるようになっていたあいだに、また元の食生活に戻ってしまったようだ。

一〇分くらいで何か、冷凍のブリトーよりは千倍くらいましなものを作ろう。ふわふわのオムレツが理想的ね。そう考えながら、ハリーは電話を取ってオフィスにかけた。

ノーラが出た。

「もしもし、わたしよ。そっちはどんな感じ？」ハリーは息を止めて、返事を待ちかまえた。

「あのう」ノーラがためらっている。

胃の中がぐるぐるまわって吐き気がしてきた。「教えて」

「わかりました。ヌードでのケータリング依頼が一六件ありました。ペニスの形のオードブルが用意できるかどうかという問い合わせが三件、キューピッド型のアダルトグッズつきで娼婦《しょうふ》を頼めると思った人がひとり。それと、先月八〇歳になったあのすてきなおじいちゃん、ミスター・ベンジャミンを覚えてますか？　あの方が、自分のパーティではヌードのサービスがなかったからと、返金を希望されています」ノーラは大きく息を吸った。「それから、うちのウエイター三人が、ホームページ上のあなたの写真を五〇部印刷してました」

「まあ、そんな！」ハリーはキッチンカウンターにぐったりともたれかかった。破滅だわ。徹底的にやられた。今すぐ荷物をまとめて、生まれ育ったトレーラーパークに戻ったほうがいいかもしれない。

完全な敗北。

ノーラがひどく困惑した様子で言った。「ピッツバーグの郊外でこれほどたくさんの人がヌードのケータリングを希望するなんて、いったい誰が想像できたかしら？」

その答えは、哲学者かジェリー・スプリンガーのトーク番組にでも任せるわ。

「エヴァンによれば、ホームページは修復できるそうよ。だからどうか落ち着いてちょうだい。あなたはよくやってくれてるわ」それは自分にも言えることだった。できることなら、キッチンの床に倒れこんで、ヒステリーの発作に身を任せて叫びたい。

「ウエイターたちが作ったコピーはシュレッダーにかけました。だけど、また作ろうとしても止めようがなくて。あなたが直接叱《しか》るほうがいいかもしれません。あれは——」

ハリーは急いでさえぎった。「いいえ、いいのよ」男性従業員たちがハリーの裸の写真を五〇枚も、いったい何に使おうとしたかなんて聞きたくもない。

しかも、わたしの体じゃないんだから。ああ、そこが最悪なのよ。ハッカーたちは、三、四人のパーツを組み合わせてあの画像を作っている。巨大な胸、砂時計のようなウエスト、きゅっとあがったヒップに、鶏のように細い脚。

裸のケータリング・バービーだわ。

三人のウエイターたちを集めて、〝裸のわたしの写真を印刷して、会社の時間と備品を無駄にするのはやめなさい〟とお説教するところなんて、とても想像できない。雇い主としての威厳が完全に損なわれてしまうだろう。

「ああ、それからあとひとつだけ」ノーラが言った。ためらいがちな声が、何気なさそうなせりふを裏切っている。

「どうしたの？」ハリーはあふれそうなごみ箱を避けながら、エヴァンのキッチンを行ったり来たりし始めた。ノーラがこれから何を言おうと、今以上悪くはなり得ないわ。

彼女は身がまえた。

「教会の慈善グループから電話がありました」

ああ、嘘でしょう。さらに悪くなるのかしら。

「それで？」

「出席者五〇〇名のイベントをキャンセルしてきました」

そのチャリティ・ディナーでは、五〇〇名分の料理を提供するはずだった。つまり、とんでもなく高額な報酬がふいになることを意味する。

「わたしとは話もしたくなさそうだった？」ワインを無料でサービスしたら、ひょっとして……。

ノーラは続けた。「ハッキングの被害に遭っているだけなのでキャンセルしないでくださいと説得したんですが、どうしても聞き入れてもらえなくて」

ハリーはぎゅっと目を閉じた。「いいのよ」

わたしの人生は終わった。でも、それはノーラのせいじゃないわ。彼女は明らかに動揺している。自分を責めてほしくない。責められるべきは〈スリー・コマンドーズ〉なんだから。あのいまいましいネットサーファーたちは、わがもの顔であちこちハッキングしては真面目に一生懸命働く人々の暮らしを台無しにしているのだ。

「またあとで電話するわ」ハリーは電話を切ると、繁忙期の八月と九月のウエディング・シーズンに予定されているイベントの数々を、ざっと頭の中でリストアップした。もしその四分の一がキャンセルされたら、会社は過剰在庫と必要以上のスタッフを抱え、大幅な減収になる。

震えるため息をつくと、涙がこぼれて頰を伝った。

「これはすごいぞ。きみだってこんなの信じられないだろうな」エヴァンがにこやかな顔でキッチンに入ってきた。

ハリーは涙を隠そうとしたが、彼の笑みがたちまち心配げな顔に変わったところを見ると、間に合わなかったようだ。

エヴァンはぴたりと立ち止まった。「何か悪いことでも？」

ばかな人ね。悪いことってなに？　デパートの在庫一掃セールを逃すこと？

「目に香水が入ったのよ」

「香水？　きみの目に？」深刻に考えているのか、眉をひそめながら近づいてくる。

「ええ、香水よ。わたしの目に入ったの」ハリーはシンクにかがみこみ、目を擦《こす》るふりをして、めそめそしていた証拠を拭《ぬぐ》おうとした。二の腕に手が置かれ、すぐうしろに彼の気配を感じた。

触れられるのはまずい。かなりまずい。触れられるということは、それだけ近くにエヴァンがいることで、ちょっとうしろにさがればたくましい彼の体とぴったりくっつき、息が耳にかかるということだ。ヒップを彼のズボンに押しつければ、興奮して大きくなったものを感じられるはず。

ちょっと待って。エヴァンが興奮するわけないわ。彼はおよそ友達らしくないわたしの振る舞いにショックを受けて脅《おび》えるだろう。最高の友人を失うはめになる。

「見せてごらん」

エヴァンはすぐそばにいた。のしかかるように立たれると息ができなくて、パニックを起こしてしまいそうになった。おい、と声をかけて軽くつついてくれるだけでいいのに。こんなふうに甘く優しい気遣いを見せられると、どう対処していいかわからなくなる。

「大丈夫だから」ハリーの声は少し震えていた。

エヴァンの力強い手が有無を言わさず振り向かせた。彼女はヘッドライトに目がくらんだ近視の鹿《しか》のように、ぱちぱちとまばたきした。彼の香りや感触から逃れたくて、顔を背けてうしろにさがろうとする。このままではキスをせがんで、恥をかいてしまいそうだった。

「泣いてるじゃないか」エヴァンがつぶやき、頬に残る涙の筋を親指でふいた。

「睫毛《まつげ》が入ったせいよ」

「さっきは香水が入ったからと言ってたけど」

わたしの言ったことを書き留めてるの？　ハリーは彼をにらんだ。「エヴァン、わたしは大丈夫」

そのとき、エヴァンが鼻の頭にキスしてきた。優しく軽いキスを。

彼女の口から奇妙な音がもれた。

「ホームページの件は残念だったね。きみがあんな目に遭ういわれはないのに」

エヴァンの唇が軽く唇をかすめると、その柔らかな感触からぬくもりが広がり、ハリーは脚に力が入らなくなった。

「何をしてるの？」背中にまわった彼の腕に、剝《む》きだしのかたい胸へ引き寄せられて、彼女は思わずささやいた。

「きみを慰めているんだ」

効果は絶大だった。まるで水に落とした鎮痛剤のように、骨がしゅわしゅわと溶けていくよう。エヴァンは親指でハリーのウエストを擦り、腰を押しつけてくる。唇がふたたび合わさった。

彼にキスされたことは過去にもあった。今度も変わらないはず。大学を卒業したときには、〝やあ〟とか〝またね〟という意味で、唇を軽く合わせるキスをした。おばあちゃんが亡くなったときには抱きしめてくれた。このキスだってそんなたいしたものじゃないわ。違いはないはずよ。

だが、今度は舌が入りこんできた。

いい気持ち。

始まりは今までと同じだったのに、どんどん甘く、深くなってくる。口を開けて、両手を握りしめ、呼吸が速くなるキスだ。

ゆっくりと確実に、エヴァンがハリーを味わっていく。驚きのあまり彼にしがみつき、のびたヌードルのようにぐったりとなって受け入れることしかできない。エヴァンがこんなことをするとは思いも寄らなかった。すばらしくいい気持ちだけど、ためらいを感じてしまう。

彼がハリーの髪に両手を入れ、もっと近づこうと頭を傾けてきた。友達なら誰にでもこんな慰め方をするのかしら。だけど、彼にほかの女友達はいない。ああ、そんなことはもうどうでもいい。相手がエヴァンでさえあれば。

母がいつも、もらい物には文句をつけるなと言っていた。ずっとどういう意味かよくわからなかったけれど、この場合は、エヴァンと楽しんでもかまわないということよね？

ハリーは彼に腕をまわし、持てる力のすべてをこめてキスを返した。

唇をすべらせ、濡《ぬ》れた情熱に舌を絡ませながら、深いキスはさらに大胆に変わっていく。ハリーの二八年間でいちばん意味を持つキスだった。ヒップにエヴァンの両手を感じて、唇を合わせたままうめき声をもらした。うう、すてき。

引き寄せられると、彼がかたく張りつめているのがわかった。もう準備が整っている。待つ必要はない。すでにパラシュートのひもは引かれていたのだ。

小さなキスが何度も唇に浴びせられた。彼を存分に味わえるほどには強く、それでいてより深く、もっとたっぷり欲しくなるほど軽く。ハリーの口からすすり泣きがもれた。エヴァンは顎に口づけ、濡れたあとを残しながら首筋へおりていった。がくんと頭がのけぞった。

仕事の心配はどこかへ消えてしまった。代わりにあらたな緊張が――差し迫って熱く燃える緊張が、体の中心からわき起こってくる。

「いい考えがある」エヴァンがつぶやいた。

わたしにもあるわ。服を脱いで、キッチンの床でみだらなことをするの。

耳に息を吹きかけられ、震えが走った。彼の提案に期待がつのる。愛を交わしたいという渇望の告白かしら。セクシーな声できみは最高の親友だと言われたら、今までよりもっともっと……。

エヴァンが言った。「ぼくらもハッキングをしよう」

3

ハッ、キ、ン、グですって？　エヴァンがわたしに侵入《ハック》したがっている。それってコンピュータおたく用語でセックスのこと？

ハリーにはちっとも魅力的に聞こえなかった。〝彼女をハッキングする〟とか〝昨夜ハックされちゃった〟とか〝あなたといると興奮してハッキーになるわ〟とか……。やっぱりだめ。わたしの場合、そう言われても冷水を浴びせられた気分になるだけだわ。

だから、わたしたちは友達以上の関係にならなかったのかもしれない。

「どういう意味なの？」ハリーは唇を舐め、エヴァンの腕にふたたびもたれた。彼は円を描くようにヒップを撫《な》で続け、彼女を腿ではさみながら首筋に舌を這《は》わせている。

これならハッキングも我慢できるかも。

「復讐《ふくしゅう》さ。ぼくは〈スリー・コマンドーズ〉に復讐する話をしてるんだ」

なんですって？　だめよ。そんなことを言ったら。もし時間があれば、女性を燃えあがらせたいときに言っちゃいけないせりふについて、手引書を書いてあげるのに。

かつての恋人のことや、性的指向の変化に関してなら、復讐がリストのトップに来てもおかしくはないけど。

「復讐？」ハリーは体を離そうとした。こんなの変だわ。ものすごく変。そもそも、いったいわたしは何をしているの？

エヴァンが彼女をきつく抱きしめながら、耳に舌を入れてきた。

欲情。それがわたしのしていることだわ。

厄介なことになる可能性が高くなっているのに、まだ欲情してる。エヴァンが首筋に鼻をすり寄せ、熱い唇で軽く肌を吸ったので、ハリーは体を震わせ、彼の腕の中で息をあえがせた。

彼はふたりの関係に起こった不可解な変化を、どうにかしようとは思っていないらしい。彼女のヒップに手を置くのは日常茶飯事のように振る舞っている。

立ったまま眠ってしまったんじゃないでしょうね。

ウエストから這いあがったエヴァンの親指が、許可を求めるように、ためらいがちに乳首をかすめた。

「ああ」ハリーはうめき、彼の手を招くように頭をのけぞらせた。

「慰められた？」エヴァンはそうつぶやき、頭をかがめて胸に口づけながら、さらに下へすべりおりていった。

タンクトップが引きさげられ胸の先端が剝きだしになった。ハリーの視界に、乳房の曲線へと向かうピンク色の舌が入った。

「気分がよくなったわ」彼女は心から言った。体の中に忍び寄ってきた激しい欲求で、熱く湿って疼いていた。

大槌の攻撃を受けて決壊したダムのように、二年分のホルモンがあふれだしている。エヴァンも同じような感覚を経験しているようだ。彼が体を揺り動かすと、興奮した部分が押しあてられるのがわかった。その激しさに驚き、ハリーは両手を彼のウエストに添えて動きを助けた。

間違った行動かもしれないけれど、いい気持ちだわ。

エヴァンがうなった。かすれたつらそうな声を聞き、勝利の喜びがどっとわいてくる。彼がハリーの腿のあいだに腰をすりつけ、押しつけたり引いたりするのを繰り返すあいだ、彼女は腿をぎゅっと締めつけていた。

エヴァンの呼吸が浅くなるにつれ、腰のリズムが速まった。彼はハリーの首に顔をうずめて押し殺したうめき声をもらした。彼女の脚のあいだで脈打っているエヴァンの高まりが、愛を交わす動きを真似《まね》て何度も突き進んでくる。

半分目を閉じたまま、ハリーは彼の肩をつかんだ。ふたりのあいだにはボクサーショーツとカプリパンツがあるのに、それでもすごく熱い。まともにものが考えられなくなって息を切らし、彼を迎えるために腰を押しだす。エヴァンの喉から大きなうめき声が聞こえた。

そのとき、彼が目標を誤ってハリーの内腿を突いた。何かが違う。感触がリアルすぎるわ。

ちょっと待って。ハリーはぱっと目を開けた。

視線を下に落とした。なめらかな金色の皮膚が見えたかと思うとエヴァンが腰を前に突きだし、それが彼女の腿のあいだに消えていった。まさか見えるなんて。

ライオンが檻《おり》から出てしまっている。

ボクサーショーツの前が開き、中身がこぼれていた。

「エヴァン」ハリーはうしろにさがろうとしたものの、彼がふたたび前に出てきたので動けなくなった。思わず声がもれる。まあ。

荒い息でささやいた。「ボクサーショーツから出てるわ」

エヴァンはちっとも気にしていなかった。ハリーのウエストをつかんで支え、腰をぶつけてきた。彼女はまだ服を着ているというのに、彼は爆発寸前だった。崖《がけ》っ縁《ぷち》に立って今にも飛びだそうとしていた。

彼は、ただハリーを感じ、香りを吸いこみ、汗ばんだ肌を味わっているだけで、常識がどこかへ消えてしまったのだ。突進すると彼女の柔らかい腿が締めつけてくる。そしてかすかなあえぎ声がさらなる刺激を引き起こした。

必死で自分を抑えようとしても、自制心はするりと逃げていった。エヴァンはあまりに長いあいだハリーを求めていた。そしてさっき、涙をこらえる姿を見て、どうにかして助けてあげたいと思った。彼女が懸命に仕事に打ちこんできたことも、こんなひどい目に遭ういわれがないことも知っている。きらきら光る大きな青い瞳をのぞきこんだとたん、ハリーにキスをして、苦しみをすべて取り除いてやりたい衝動に突き動かされたのだ。

確かに、考えていた以上のことをしてしまったさ。だが、こっちも人間なんだ。

「ぼくが悪かった」エヴァンは混乱してぼうっとした彼女の目を見つめながら言った。

「エヴァン」ハリーが視線をそらして身震いした。「ここでやめなきゃ」

すでにスピードは落ちてゆっくりとした動きになっていた。彼はやめたくなかったが、ハリーが許してくれたことにまず驚いた。初めから彼女の脚のあいだにすべりこむつもりはなかった。ところが、いつのまにかボクサーショーツのスリットをかき分け、突っ走ってしまったのだ。

エヴァンは動きを止め、息が詰まったようなうめき声をもらして体を引いた。ここでやめても大丈夫だ。もちろん、問題ないさ。苦労して一歩うしろにさがると、髪を指ですいた。

友情以上の気持ちを抱いていることを、こんなふうに伝える予定ではなかった。彼はしばらくその場に立ち尽くし、なんと言ったら異常なばかだと思われないか、言葉を探した。残念ながら、何も思い浮かばなかった。

ハリーはあっけに取られて見つめていた。「ねえ、そんなところに突っ立ってないで。それをしまってちょうだい」

その声におののきを感じても、エヴァンはまだ口を開くことができなかった。下を向いて自分の姿を――ふたりのあいだで高まった興奮を直視することもできなかった。

きまりは悪いが、言われたとおりにしまえるとも思えない。今の状態で自身に手を触れたら、何が起こるかわからなかった。それに、どちらにしろボクサーショーツには収まりきらないだろう。猫用のケージに雄牛を入れるようなものだ。

「一分だけ時間をくれ」または一二、三分。

「エヴァン！」タンクトップを整えていたハリーが頬を染めた。「わたしだってここにじっと立っていられないわ。あなたが……ぶらさげているときに」

ぶらさげるというのは、ふさわしい言葉じゃないな。首をもたげるのほうが合っている。彼は苛立ちを感じ始めていた。ハリーのいやがり方はまるで、ぼくが虫の詰まった箱を彼女に見せてさわらせようとしているみたいだ。「初めて見るわけじゃないだろ」

「そうだけど、あなたのは初めてだもの」

じつは前に一度、着替え中にハリーが部屋へ入ってきたことがあり、そのときに見られている。しかし、今それを指摘するのはタイミングが悪い。エヴァンは真面目な顔をしてきいた。「それはどうしてだと思う？」

彼女があれほど夢中になってキスに応えてくれるとは思ってもいなかった。そのせいで、こうして立ち尽くすはめになったのだ。熱く激しいキスに、気づいたときには腰をすり寄せていた。

ハリーは唇をすぼめ、手で顔をあおいだ。「友達どうしは体を見せ合ったりしないからよ」

彼女が顔をしかめているにもかかわらず、エヴァンはほっとして笑顔になった。何年ものあいだ、ハリーにはプラトニックな友人としてしか見られていないのではないかと恐れていた。ところが、あのキスがそうではないことを証明してくれた。それだけわかればいい。

「ぼくらはこの状況を変えるべきなのかもしれない」

エヴァンは彼女に譲歩しようと、つらさをこらえながら下腹部をボクサーショーツの中に押しこんだ。その結果、布地を極限までぴんと張ったテントができあがった。

「その小さなボタンも留めて」

ずいぶん高圧的だな。「いやだね。落ち着かないんだ。このボタンを留めると窮屈でたまらない」

ハリーが呆《あき》れて目をまわした。「じゃあ、あるべき場所にしまっておいてくれればいいとしましょう」

エヴァンはにやっとすると、従順なふりをして手を差しだし、気どって頭をかしげてみせた。「スイートスタッフ、これにふさわしい場所と言えば――」

ものすごい勢いでハリーがさえぎった。彼女は怒っているというより、狼狽《ろうばい》しているようだった。「ちっとも面白くないわ」

そしてあとずさりした。エヴァンの手の届かないところまで離れようとして、キッチンのごみ箱につまずく。「あなたのアパートメントってむかつく。掃除したことあるの?」

少なくとも、うごめく生き物はいないはずだ。彼にはそれで充分だった。「もちろん、掃除はするよ。五月に上から下まで何もかもすっかりきれいにした」

「今は八月なんだけど」

それがどうしたって言うんだ?

「ねえ、そもそもわたしがここへ来た本題に戻ってもいいかしら?」ブロンドの髪を耳にかけてハリーは言った。

「掃除のスケジュールを持ちだしたのはきみだぞ」

「どうして……どうしてあんなことをしたの?」

「あんなこと?」

「わたしにキスしたこととか、何もかもよ」頬をかわいらしいピンク色に染め、彼女は声を低めた。

「言っただろ。きみを慰めていたんだ」ゆっくり微笑んだエヴァンは、目を見開いて口をあんぐり開けたハリーを見つめた。ふいに会話の主導権を握っていることを意識して、とても気分がよくなる。「うまくいったかな?」

ハリーがうなずいた。ぼくの腕前に驚いて声も出ないんだな。

さあ、いよいよだ。第二ラウンドに進むときが来た。セックスとは無関係の友達という仮面が吹き飛ばされたのだから、これからは状況をうまく利用するのだ。彼女に触れたい気持ちを抑えながら、彼は一歩前に踏みだした。「もっと慰めようか?」

ハリーは激しく首を振った。うーん、これはあんまりよくないな。口がきけなくなっているのは、ぼくに触れられるのを恐れているからかもしれないぞ。

「いいえ、結構よ。もう仕事に戻らなきゃ。すぐにね」エヴァンの視線をさっとよけ、彼女は耳のイヤリングをいじった。

エヴァンはため息をついた。何年も頑張って自分の思いにぴったりと蓋《ふた》をしてきたのに、ある朝ふっとわれを失って、セックスに飢えた色情魔のように襲いかかるなんて。

「ハリー、居心地の悪い思いをさせてしまったのなら、すまなかった。きみの気分をよくしようと思っただけなんだ」心の中でうなる。ばか。もっとましな言い方をしろ。今のだと、動揺している女性を見たら誰にでもあんなことをしているみたいじゃないか。

ハリーが目をしばたたいた。「あら、ええ、そうね。気分はよくなったわ。ありがとう」

そう言うと、エヴァンに背を向け、猛烈な勢いでキッチンを出て玄関ドアに向かった。

「二時間くれたら、ホームページは元に戻しておくよ」

頭を上下させてうなずいたものの、彼女は振り返らなかった。「ありがとう。本当に助かるわ」

「いいんだ」エヴァンはもっとふさわしい謝罪の言葉を考えようと苦悩しながら、無言でその場に立ちすくんでいた。友人としてのハリーを失ったら耐えられない。彼女はぼくのすべてなんだ。

カプリパンツにてのひらを擦りつけながら、ハリーは玄関先で足を止めた。口を開けては、また閉じる。ぼくを苦しめるためだろうか。

「復讐についてだけど、どうするつもりだったの？」彼女がきいた。

面白そうなこと――友達どうしがやって楽しむようなことをするつもりだった。ハリーの脚のあいだに自らを擦りつけ、ふたりの友情を永遠に吹き飛ばしてしまう前はそう考えていた。

「ぼくの友人が〈スリー・コマンドーズ〉の正体を知ってるんだ。彼らのサイトのアドレスを教えてもらって、向こうのシステムに侵入してみたらどうかなと思ったんだよ。ぼくらがやられたようにサイトをいじるのさ」

これが別の日なら――ぼくが分別なくハリーにキスしてしまった日でなければ、彼女はきっと乗り気になっただろう。エヴァンにはわかっていた。だが、彼女のあの眉間《みけん》の皺《しわ》を見れば、自分が自分の性衝動に耳を傾けたばかりにいかに多くのことを危険にさらし、失ったかを思い知らされた。

「わたし、本当にもう戻らなきゃ。もしかしたら……またあとで」

驚きはしない。ハリーがここを離れたいと思っても責められない。けれども、ふたりでくすくす笑いながら一緒に仕返しの方法を考えるのは、きっと楽しかっただろう。

エヴァンの胸が痛んだ。ハリーはまだここにいるのに、もう彼女が恋しかった。

そうだ、ひとりで仕返しをすればいいんだ。ネット上を飛びまわって人の気持ちやサイトをもてあそぶ、あのうぬぼれた野郎どもには我慢がならない。ハリーにはなんの罪もないのに、あいつらの楽しみのために仕事を台無しにされた。仕返しこそが、彼にできるせめてもの謝罪だ。

「修復が終わったら電話するよ」エヴァンは言った。

「よろしくお願いね」ハリーは神経質な笑みを浮かべた。彼女は飛びつかれて撫でまわされるのを恐れているように、じりじりと出ていこうとしている。

「じゃあ、エヴァン」さっと手を振り、ハリーは行ってしまった。階段をおりるサンダルの音が、彼の惨めな胸に響いた。

「ああ。さよなら、ハリー」

エヴァンは中身があふれそうになっていたごみ箱を蹴《け》ってしまい、半分残っていたソフトドリンクを床中にまき散らした。三日前のコーラがこぼれているのを横目で見ながら、キッチンから廊下に出て、ベッドルームへ向かった。

ハリーが古くからの友人である彼のもとへやってきた唯一の理由は、ホームページに載った裸の胸を覆うためであり、できの悪い誘惑に苦しめられるためではなかった。だからぼくはちゃんとホームページを修復して、問題を終結させなければならない。

さもないと、目の前でハリーが服を脱いだらどんなだろうかと、自分があの天使になったところを想像して一日中画面を眺めているはめになる。

エヴァンはまだ画面に映ったままの彼女の画像を見つめ、声に出してののしった。

くそっ、ぼくは飢えている。


エヴァンがわたしを慰めてくれた。

ハリーは昼食を食べながら、エヴァンのキスを頭から追い払おうと努めた。でも、それができるくらいなら、指でトレーラートラックを持ちあげることだって可能よね。残念ながら、ほかのことはまったく考えられない。彼は慰めてくれていた。それなのにわたしったら、アダルトビデオに出てくる淫乱《いんらん》女のように抱きついてしまって。彼はそんなわたしに反応しただけ。結局、最後には、興奮したあれを脚のあいだに感じ、目にすることになってしまった。簡単には忘れられない光景だったわ。

エヴァンだって男だ。女が腰を押しつけてくねらせたら血が騒いでもおかしくない。男性の下半身は、頭や心のような体のほかの部分とは完全に独立して行動するものだと、ずいぶん昔に教えられた。

だからこそ、エヴァンの家を飛びだしてきたのだ。あのままいたらきっと、胸をさらけだしたりほかの手を使ったりして、彼をその気にさせベッドをともにしていただろう。

それはつまり、一〇年間のすばらしい友情をトイレに流すのと同じこと。

ああ、今日はもう家に帰って『恋人たちの予感』でも借りてきて、友人とのセックスは絶対にやってはならないことだと自分に言い聞かせるべきなのかもしれないわ。

映画の主人公ふたりは最後に結ばれたけれど。

ハリーはスプラウトとアボカドのサンドイッチをデスクに放《ほう》りだし、顔をしかめた。指先についたパンくずを払いながら、ノーラが残していったメッセージの山を横目で眺める。見たくない。悪い知らせだとわかりきっているのに。オフィスに戻ってから二時間、電話は鳴りっぱなしだった。

食べたばかりのサンドイッチが胃の中で暴れだした。恐ろしい考えが頭から離れない。もし最低最悪の事態になったら、わたしは仕事を失い、手元には何も残らないだろう。会社もなし、エヴァンもなし。

ハリーは紙ナプキンをデスクに投げつけて立ちあがった。冗談じゃないわ。ビジネスを成功させるためにめちゃくちゃ一生懸命働いてきたのよ。エヴァンとの関係は台無しにしてしまったかもしれないけど、このままじっと座って〈バイト・オブ・ヘブン〉がだめになるのを見ているわけにはいかない。今度の一件で、ほんの少し後退を余儀なくされたけど、それだけのこと。ちょっと被害対策を講じればすべて大丈夫よ。

「ノーラ」ハリーはオフィスを出ながらアシスタントを呼んだ。

受付に近づくと、あたりにいた五、六人の従業員たちの話し声が急にやんだ。みんなハリーと目を合わせるのを避けている。若い運転手のひとり、ホレスが大胆にも彼女に好色な目を向け、上から下まで全身に視線を走らせてきた。

ハリーの体内に怒りがこみあげる。彼女がホレスを叱りつけようとしたとき、彼が困惑した様子で首を振った。

「さっぱりわからないな」

ふいを突かれ、ハリーはつい尋ねてしまった。「何がわからないの?」

「あの写真はあなたとは全然違う。見ればすぐわかる、あの――」

三〇ドルで買ったウォーターパッド・ブラの威力もその程度なのね。ハリーはホレスをさえぎった。「もう結構、わかったわよ！　もちろん、あれはわたしじゃない」

そもそも、ヌード写真のためにポーズを取ったりするもんですか。

彼女の顔色をうかがっているいくつもの顔には、困惑と同情が入りまじっていた。それだけで気分が悪くなる。ゆっくり息を吸って気持ちを落ち着けてハリーは言った。「問題は解決しつつあるわ。だから仕事に取りかかりましょう、いいわね？」それと、わたしの胸をじろじろ見るのはやめてちょうだい。

うなずく者もいれば、半笑いを返す者、もたれていたデスクからしぶしぶ離れる者もいた。ハリーのことを話題にしていたに違いない。実際の彼女の体はつまらなくて、ネットに裸の写真が出まわるなんてありえない、とか。

気にしないわ。インターネットで写真を公開してほしいわけじゃないもの。だけど、わたしが退屈な女で胸が平らで、性的な関心に飢えているせいで親友に身を投げだしてしまったとしたら？　それは大問題だ。わたしは成功している。必死にもがいて、なんとかウエストバージニアのヘイゼンを抜けだし、誇りに思えるものを自力で築きあげてきた。

その結果が、二年もセックスしていない仕事中毒。

なんてことなの。これじゃあどうにもならない。

ノーラがほかの人たちから離れて近づいてくる。ハリーはこぶしを握りしめ、突進したくてうずうずしている雄牛のような気分で目をぎらつかせていた。いったいどこへ突進したいのか自分でもわからない。論理的に考えれば〈スリー・コマンドーズ〉よね。

ノーラはハリーの手を取り、脇《わき》へ引っぱっていった。「あのう。ハリー、デスクに置いたメッセージは見ていただけましたか？」

今にも鎮静剤を口に放りこんで毛布にくるまってしまいそうなノーラの顔を見ると、いい知らせではなさそうだ。

「いいえ、まだよ」

ノーラがぎゅっと手を握ってきた。「そうですか、ならわたしからお知らせするほうがよさそうだわ」

あら大変。「またキャンセルがあったの？」

ノーラは赤い髪を耳にかけて首を振り、ハリーより五歳近く年下にもかかわらず、母親のような目を向けてきた。「いいえ、ありがたいことにそちらは落ち着いています。ただ、ヌードのケータリング依頼が多くて」

すてき。そうとしか言いようがない。「断ってくれたでしょうね」

「もちろんです！」ノーラは唇を嚙《か》んだ。「あの、お気に召さないでしょうけど、お父さんから電話がありました」

「父から？」まあ、どうしよう、今まで一度もかけてきたことがなかったのに。ハリーの父親は一日に一二時間働き、それでもかろうじて食べていける程度の収入だ。長距離電話をかけてくるなど考えられなかった。

「誰か亡くなったの？」心臓が飛びだしそうになる。母か、三人の妹の誰かに何かあったのかしら。

ノーラが首を振った。「いえいえ、違います！　ネットのあなたの写真をごらんになったそうで」

「なんですって？　どうやって？」両親はコンピュータを持っていない。見たこともないはずだ。炭鉱労働者の町でインターネットが必要になることはまずないのだ。

かなり話しにくそうな様子でノーラはささやいた。「あなたのいとこのジェイクが暇つぶしに、たまたま見つけたそうです。昨夜彼からその話を聞いて、お父さんはどうしても写真を見せろと言い張ったそうです」

ハリーはすっきりさせようとして頭を振ったものの、髪の毛が口に入っただけだった。

「そういう話を全部父から聞いたの？」彼女の父は長い会話が得意とは言えない。

「いいえ、お父さんは〝ハリーはいったいどこだ？〟とおっしゃったあとは言葉が続かなくて、途中からお母さんが代わって話してくださいました」

頭痛がしてきてハリーは頭を抱えた。「ああ、もう、最悪だわ。両親にヌードのケータリングサービスをやってると思われたなんて」

ふたりとも善良でよく働き、毎週教会へ通うような人たちだ。父親がまだ心臓発作を起こしていないのが不思議なくらいだった。

「間違いだとお伝えしたんですが」

でも、あれはわたしの体じゃないってことが、どうして両親にわかるの？

「ありがとう」無理に顔をあげ、ノーラの腕を軽く叩いた。売春組織やオンライン・ストリップを経営しているわけではないと、電話で説明して両親を安心させられればいいけど。

そのとき、ノーラの言った何かが引っかかった。「ちょっと待って、父は昨夜これを見たと言ってたの？」

「そう聞きましたけど」

「それじゃあ、いったいいつからあんなふうになってたの？」今朝より前にホームページを確認したのがいつだったか、思いだせない。

「一週間前ですよ」

ハリーはうしろを振り返った。ホレスが悪びれるふうもなくふたりの会話を聞いていた。

「一週間前ですって？」雄牛の気分が戻ってきた。彼女はこぶしを握って身を乗りだした。あとは鼻輪と赤い布があれば完璧だ。「だけど電話がかかってきたのは今日が初めてよ」

ホレスは体を前後に揺らし、手で口を覆って咳払いをした。「一週間前に始まったときは、トレイが消えてただけだったんです。次にトップで、それからスカート。で、昨夜は天使が現れた」

ハリーは恐怖におののきながらホレスを見つめた。「どうして何も言わなかったの？」冗談じゃないわよ、このばか。

彼がひょいと肩をすくめる。「次に何が起こるか知りたかったんで」

次に起こるのは失業に決まってる。「ホレス、クビよ！」

ずうずうしくも、彼は驚いた顔をして言った。「おっと！　まあまあ、そんなに大げさに反応しないで」

大げさな反応でもなんでもない。大げさに反応するというのは、彼の急所をつかんで片手で握りつぶすことだ。

一週間もわたしがホームページでストリップをしてたというのに、誰も教えてくれようとしなかっただなんて。

そうよ。

誰であろうと、わたしをオンライン・ストリッパーにしておいて、まんまと逃げられると思ったら大間違いだわ。エヴァンの提案どおり、〈スリー・コマンドーズ〉に仕返しするときが来たようね。

子供じみた些細《ささい》な抵抗で、問題の解決にはならないけど、あいつらの鼻っ柱を折ってやらずにはいられない。

それに、エヴァンと話をしなくては。さっきわたしが発情した犬みたいな真似をしたことについて、ちゃんと誤解を解いておく必要がある。でも、今はまず、ハッキングを依頼しなくちゃ。

喜んで復讐の許可を出すわよ。

4

エヴァンは画面上のハリーを見つめた。すでに修復が終わり、元どおりの地味な服を着てトレイを掲げている。

これなら、ちょっとくらいうぬぼれても許されるだろう。ハリーの会社のホームページを修復するのに、たった二時間と三七分しかかからなかったのだから。

やっぱり何も着ていないほうがいいな。エヴァンは結論を下した。あのにせものの妙な裸ではなく、柔らかな曲線を描く、ピーチ色の肌をした本物のハリーの裸だ。そのほうが、元に戻した不格好なベージュの服よりはるかに興味深い。

そんなことを考えるべきではないのだが、エヴァンはこの画像に不満を感じずにはいられなかった。ハリーと交わしたあのキスを、頭の中で繰り返さずにもいられない。

もっとましな言葉で謝るべきだった。けれども、本心では謝りたくなかった。ハリーをベッドルームに閉じこめて、彼女がすっかり満足してもう二度と彼のそばを離れようと思わなくなるまで、つかまえておきたい。

いい考えだな。だが、おそらく違法だ。

だけどハリーが望むなら……。

もちろん、そんなことは起こるはずがなかった。

エヴァンは立ちあがり、腕を頭の上にあげて伸びをした。カーキ色の短パンを引っぱりだしてボクサーショーツの上からはいていたが、シャツを着る気にはなれなかった。エアコンが壊れたのに家主が直してくれないせいで、アパートメントの中が蒸し暑いからだ。

胸と額に汗が流れ、いらいらした。ぶらぶらとキッチンへ向かった彼は、朝も昼もまだ食べていないことを思いだした。かなり空腹だった。ハッカーの痕跡《こんせき》をたどるような作業に取りかかると、食事や日常生活のあらゆることをすっかり忘れてしまうのだ。

作業を終えた今は、ものすごい勢いで食欲が戻ってきていた。しかし、キッチンはごみ置き場のあたりから漂ってくるひどいにおいが充満している。エヴァンは鼻に皺を寄せながらごみを袋に詰め、外のごみ収集箱に押しこんだ。明るい太陽の光を浴びて目を細める。

家の中に戻ってキッチンに殺菌剤を振りまくと、ひと仕事終わったあとの爽快《そうかい》な気分になった。かなりきれいになったぞ。これならハリーも褒めてくれるはずだ。

エヴァンがボウルにコーンフレークを入れ、黒い斑点《はんてん》の浮きでたバナナを混ぜて食べていると、誰かがドアをどんどん叩く激しい音がした。

まさか、ハリーが？　いや、彼女が戻ってくるわけがない。だけど、彼女だったら？　エヴァンはもうひと口食べてからコーンフレークを放りだし、裸足《はだし》のままドアへ急いだ。もしハリーがいて二度目のチャンスをもらえるんだったら、全力を尽くして彼女を喜ばせ、タンクトップを脱がせよう。

いやいや、だめだ。謝るだけにして、絶対に手を出してはいけない。ボーイスカウトの名誉にかけて。

ドアを開けた。

ただし、エヴァンはボーイスカウトに入ったことがない。

玄関前にたたずむハリーは、まるでホットファッジサンデーのようだった。舐め尽くしたい。

「早かったね？」

彼女は両手を腰にあて、そのためタンクトップがずりあがり、おいしそうな場所に皺が寄っていた。口紅ははがれ落ち、そわそわと足を踏み鳴らしている。その瞳は、すさまじく激しい何かのきらめきを放っていた。エヴァンもばかではないので、それが彼に向けられた情熱でないことはわかった。

ハリーは苛立っているらしく、今にも怒鳴りだしそうだった。

「ねえ、聞いて」エヴァンの胸に手をあててうしろへ押し、場所を空けさせると、彼女はまるでテレビの『女戦士ジーナ』のようにずんずんとアパートメントの中へ入ってきた。

何を言おうとしているのか想像もつかないが、彼が聞きたいせりふではないだろう。エヴァンは直感した。〝わたしの服をはぎとって、ぼうや〟ではないはずだ。

ハリーが唇を震わせた。「わたしのあの写真、一週間も前からいたずらされていたのよ、エヴァン。一週間！　あれのせいでキャンセルが一件あったし、従業員たちはあの写真をプリントアウトしてる。それに父に見られたのよ。わたしの父親に！」

　きらきら光る目が見開かれた。

　やっぱり。ぼくが聞きたいせりふじゃなかった。それに、くそっ、ハリーの心が目の前で崩れかけている。彼女にとって、自分を抑えられなくなるのはひどく不安で恐ろしいことなのに。

　エヴァンはハリーの腕に手を置き、落ち着いてくれるよう願いながらそっとさすり始めた。「しーっ、スイートスタッフ、大丈夫。サイトはもう直したよ。全部元どおりになった」

「ありがとう」ハリーがはなをすすった。ところが突然、彼女は凶暴な光を帯びた目をエヴァンに向け、口元にぐっと力を入れて震えを止めた。「でも、やっぱり復讐したいの。あなたが言ったみたいに。〈スリー・コマンドーズ〉を吊《つる》し首にしてやりたいのよ」

　エヴァンは驚きで声が出なかった。これはいいことだろうか、それとも悪いことなのか？　苦悶《くもん》をすべて吐きだせばハリーの心は休まるかもしれない。だが、限度を超えたら、抗鬱剤が必要になったりはしないだろうか。

　どうするべきか決めかねたまま、エヴァンは言った。「さっきは忙しいと言ってたじゃないか」

　ハリーが肩をすくめたので、彼は手を離した。涙も震えも止まり、彼女は落ち着きを取り戻したように見えた。「在庫の管理表《スプレッドシート》なら待ってもらえるわ」

エヴァンは慎重にハリーの様子を探った。できればスプレッドという言葉は使わないでほしい。ほんの数時間前にぼくが彼女を開《スプレッド》こうとしたことを、もう忘れているようだ。ホームページに対するヒステリックな反応を除けば、ほぼいつものハリーに戻ったようだった。それはつまり、彼女にのしかかろうとしたぼくを許してくれたということだろうか？

「ぼくらは大丈夫なのかな？　きみとぼくのことだけど」

ハリーが頬をピンク色に染め、目にかかった髪を吹き飛ばした。「大丈夫に決まってるでしょう？　ああ、さっきのことを言ってるのね。さっきのあれ」

そう、あれだ。ハリーが気まずい思いをしているのは明らかで、エヴァンにはそれがつらかった。彼女との友情で何よりいいのは、お互いに気を遣わず心地よくいられることだ。彼が失いたくなかったのはそれだった。だからこそ、彼女への思いを一度も打ち明けなかったのだ。

エヴァンは言った。「ふたりとも、忘れたほうがいいのかもしれないな。忘れて、何もなかったことにするんだ」

目にかかる言うことを聞かないハリーの髪を、妹にするような手つきで払ってやり、彼はゆっくり笑みを浮かべた。これからは自分の役目に専念するという意思表示だ。「ハッキングのことだけ考えよう」

エヴァンはわたしにどんな影響を及ぼしているか、わかっているのかしら。今では〝ハッキング〟と聞くと、歪《ゆが》んだ解釈をするようになってしまった。彼がその言葉を口にするたび、興奮と期待で爪先まで震えが走った。

でも、少なくともエヴァンは困っていたわたしを救ってくれた。彼のキスに夢中で応えてしまったことは忘れ、普段どおりに振る舞おうと提案している。「わかった。そうね、それがいい。ええ、絶対。全部忘れてしまうのがいいわ」

いったいいつから彼の瞳は、マシュマロを入れる前のホットチョコレートみたいな色合いになったのかしら？　だめだめ、もっと重要な――仕事のことに意識を集中させなさい。

「それじゃ、ハッキングに取りかかりましょう。わたしは何か、すごく悪いことがしたいわ」

そんなことをしても失った顧客は戻らないし、落ちた品位も回復できないけれど、まるで桃の種をのみこんだようなこの気持ちが、少しは楽になるかもしれない。

エヴァンの顎に力が入るのが見えた。彼がすぐ目の前にいて、まだシャツを着ていないことが急に気になってくる。彼に触れたくて指先がうずうずした。

「すごく悪いこと？」なんだかエヴァンの声が変だ。まるでヒールで足を踏まれたみたいな声になっている。

どことなく思わせぶりに聞こえる。だけど、たとえ彼が下水の話をしたとしても、わたしには刺激的に感じられてしまうのかもしれない。

「ええ。悪いこと。すっごく悪いことよ」自分を蹴り飛ばしたくなってきた。まるで『レインマン』のダスティン・ホフマンみたいなしゃべり方じゃないの。

「わかった」エヴァンは肩をすくめ、ハリーに向かってにやっとした。「それでどんなのがいい？　やつらにドレスを着せて、彼らのホームページに載せる？」

ちょうどいい感じにひどいわね。気に入った。「正体がわかったの？」

「ああ。三人とも二〇代で、ウェブ・デザインが本業のコンピュータおたくだった。ひとりはマイクロソフトをクビになったらしい。三人とも大学中退だ」肩をすくめて続ける。「あの手のやつらのことはきみも知ってるだろう。頭がよすぎて普通のことができないんだ。知り合いふたりから同じことを聞いたよ。あいつらは自分の楽しみのために、副業としてハッカーをやってる。セキュリティに挑んで出し抜くのが楽しいんだよ」

エヴァンは眉をひそめながら話し、先に立って廊下を歩き始めた。

「彼らがあなたの作ったホームページに侵入したから熱くなってるのね。そうなんでしょう？」ハリーは汗ばんだてのひらをカプリパンツで拭い、続いてベッドルームへ入った。

「ああ、そうだとも。熱くなっている。それに、やつらはきみを裸にしたんだぞ。誰かがきみの服を脱がせるとしたら、それはぼくであるべきなんだ」

ハリーは凍りついた。どういう意味で言ったの？　エヴァンはこちらを見ておらず、口調は冗談を言うように軽かった。でも、間違いなく口にしたわよね。ハリーは今朝の彼の行動を思い起こし、舌がすべりこんできたキスを思いだした。もしかして、突然の欲望に駆られたのはわたしだけじゃなかったのかもしれない。

エヴァンはこのところ誰ともデートをしていない。知り合って以来、これほどあいだが空いているのは初めてだ。きっと、都合よく居合わせたわたしで性欲を満たしたのだろう。

なんと言ったらいいか見当もつかなかったので、ハリーは黙っていた。

エヴァンのベッドはまだ乱れたままだった。皺の寄ったシーツを視界から消すためだけにでも、ベッドメイキングをしたくなった。だが、それにはベッドにかがみこまなければならない。シーツに移った彼の男らしい香りを吸いこんで、ほとんど水平の姿勢になるのはとても危険だ。

コンピュータにはすぐにハッカーたちのホームページが映しだされた。エヴァンの肩越しに画面をのぞき、男たちをじっくり見てみる。三人とも少しおたくっぽい感じがして、ひとりは眼鏡をかけていた。みごとに格子柄の服ばかりなのを見ると、全員スタイリストにアドバイスしてもらう必要がありそうだ。ところが、彼らはたとえ世間に外見ではねつけられたとしても、最後に笑うのは自分たちだと言わんばかりに、不遜《ふそん》な顔つきをしていた。

「会ったことがある人はいないわね。なぜわたしがターゲットになったかわからない。それに、この三人はなぜ一緒にホームページを開設してるの？　なんだか気味が悪いわ」

「さあね」エヴァンは肩をすくめ、マウスを動かした。「それで、どうしたい？　花柄のドレスを着せる？」

「あの眼鏡の人だけそうして」ハリーは、三人が煉瓦《れんが》造りの建物の前でポーズをとっている画像に目を凝らした。左側で横柄そうにしている、ほかのふたりより背の高い黒髪の男が目に留まった。「その人にするわ。裸にするのは彼がいい。がりがりで毛むくじゃらの、素っ裸にしてちょうだい」

エヴァンは驚いたように笑い声をあげた。「真面目に言ってる？」

「大真面目よ」いたずらされるとどんな気分になるか、味わってみるといいわ。

振り向いてハリーの様子をうかがっていたエヴァンの顔にしだいに笑みが広がっていった。

復讐のことなどすっかり忘れてしまいそうな笑みだ。「もっといい考えがある」

「どんな？」

「こいつらに乳房をつけるんだ」

ハリーの口がぽかんと開いた。あら、復讐に関しては、わたしよりエヴァンのほうが得意みたい。「そんなことできるの？」裸の男性の胸に乳房がついている奇怪なイメージが頭に浮かび、彼女は慌てて振り払った。面白いわ。でも、間違いなく異常だ。

「できるよ」エヴァンが尊大な素振りで肩をすくめた。「やつに貼りつける乳房を見つけてこなくちゃ。パメラ・アンダーソンか誰かのをダウンロードしよう」

ハリーは気が進まなかった。「いいえ、あんな大きな胸だとダウンロードに時間がかかりすぎる」別に嫉妬しているわけじゃない。「ほかの人にして」

「心あたりがあるんだが」エヴァンが椅子の背にもたれた。

今度は紛れもなく嫉妬だ。彼が誰かほかの女の人の胸を薦めるなんていやだわ。映画スターだろうとピンナップガールだろうと、エヴァンの目をあんなふうにセクシーにきらめかせる人のことなんて、知りたくもない。

〝やっぱりやめるわ、忘れてちょうだい〟そう言おうとして、ハリーは口を開きかけた。

その前にエヴァンが言った。「きみの胸を使ったらどうかな、ハリー?」

「わたし?」ぞっとして一歩あとずさる。服を着て? それとも脱いで?

「そう、きみだ」エヴァンが顔をあげて笑った。「きみの胸は完璧だ、スイートスタッフ。それにあいつらにきみの胸をつけるなんて、皮肉だろ。滑稽《こっけい》じゃないか」

うーん、笑えない。どちらかと言えば、自分の舌で窒息するような感じよね。

「やめてよ。あなたの前で服を脱ぐつもりはないから」エヴァンの腕に身を投げだすのでもなければ、ありえない。

鼻で笑い飛ばしてエヴァンが立ちあがる。彼はハリーのほうへ近づいてきた。「いいじゃないか。きみのも含めて胸ならたくさん見てきた。たまたまきみが、シャワーのあとで一度、タオルを落としたことがあっただろ。たいしたことじゃないさ」

あなたにとってはね。でも、わたしにはたいしたことなの。エヴァンの前で服を脱いで、平気なふりはできない。さらに一歩うしろにさがりながら、ハリーは言った。「だめ、絶対にお断りよ」

ところが、エヴァンのベッドに阻まれてそれ以上後退できず、彼女はその場に凍りついた。身動きが取れない。彼はすぐ目の前に迫っている。エヴァンはハリーの両手を取り、ぐっと握りしめ、腕を撫であげてきた。さらに上へと。

「来いよ。Tシャツとパンティだけしか身につけてないきみと、一緒のベッドで寝たこともあるんだぞ。きみはぼくの体の上に吐いた。ぼくなら大騒ぎせずに写真に撮れるよ」

その件は持ちださないでほしかったわ。二三歳の誕生日に飲みすぎて、エヴァンのシャツにディナーの酢豚を全部吐いてしまったことは。セクシーとはほど遠い思い出のひとつだ。なんだかすっかり憂鬱な気分になってきた。わたしが服を脱いでいるあいだ、平然とそばに立っていられるというなら、いかに女と見なされていないかがはっきりするだけだ。

それとも彼は心を動かされるのかしら？　数時間前のエヴァンは無関心じゃなかったわ。関心がないのにあんなふうに体が反応する人はいないだろう。

ふいに、ハリーはやってみたくなった。エヴァンの目の前でタンクトップを脱ぎ、彼がなんの興味も示さず写真が撮れるのかどうか、確かめてみたい。

火遊びをするようなものよね。だけど、蠟《ろう》も溶けるようなあのキスで、すでに未知の一線は越えてしまった。それにハリーは知る必要があった。あれはすぐに記憶から消えてしまうようなキスだったのか、エヴァンの反応は反射的なもので彼女に本物の欲望を抱いたわけではなかったのか、どうしても知らなければならなかった。

彼が半裸のわたしを目にして、それでもなんとも思わないとしたら、脚のあいだの火を消すためにバケツいっぱいの冷水が必要になる。

息を詰まらせながら、ハリーはエヴァンの手の届かない隅に寄り、一気にタンクトップを脱いだ。「いいわ。あなたが気にしないなら、わたしも気にしない。この胸の写真を使って」

体内の血が一滴残らずどっと下半身に流れこみ、彼はめまいを覚えた。なんてことだ。ハリーが挑むように両手を脇におろすと、呼吸に合わせて胸が上下した。そのクリームのような白い肌に吸い寄せられ、エヴァンは目を離すことができなくなった。張りつめた乳房が、淡いブルーのブラからこぼれそうだ。

存在しないのも同然の薄い布を通して、鮮明なピンク色の乳首がはっきりと見えている。彼は動くことも、考えることもできなかった。

確かにハリーには服を脱いでほしかったが、まさか彼女が同意するとは思っていなかった。そもそも声に出して提案するつもりもなかったのだから。あれほど強く説得するつもりはもちろんなかった。

ところがハリーは受けてたち、エヴァンは口もきけずにただ目を奪われている。この貪欲《どんよく》な指にかかれば、あんな薄い布地は簡単に裂けてしまうだろうと考えながら。

「写真を撮るんでしょう、デジカメはどこ？」ハリーは唇を湿らせ、ブラの前を落ち着きなくいじっている。

彼女の胸を見るだけじゃない。記録するんだ。カメラで。

カメラはどこだったっけ？　エヴァンは大急ぎでデスクの引き出しという引き出しを開けて中をかきまわし、辞書や携帯情報端末《PDA》を床に放りだしたり、ペンをあちこちにまき散らしてデジタルカメラを探した。

はやる気持ちを抑え、ハリーに声をかける。「そこを動かないで、スイートスタッフ。カメラを探すから」

これ以上待たせたら気が変わるかもしれないぞ。エヴァンはぱっと向きを変えた。そうだ、クローゼット。あそこに入れたはずだ。ばたんと音をたてて扉を開け、棚の上をごそごそと探る。セーターが雪崩のように降り注いできた。続いて落ちてきたテニスラケットをかろうじてよける。

ようやくカメラを手にして、彼は得意満面で振り返った。

ハリーの指はブラのフロントホックをもてあそんでいた。さっきと同じ場所に立ったままかすかに顎をあげ、目を大きく見開いている。ためらっているのは明らかだ。

ついさっきまで大慌てだったエヴァンの動きが緩やかになり、やがて止まった。頭を傾け、彼女の不安を取り除くように微笑みかける。「〈巨乳の殿堂〉のこと、覚えてるかい?」

ハリーが神経質そうに笑った。「ばかげたことをしてる気がする」

「そんなことはない」エヴァンは一歩踏みだした。「ばかげてなんかないよ。きみはきれいだ」

髪がはらりと目にかかり、彼女は頭を振って払いのけた。

「そう、美しいんだ」

さらにハリーに近づく。カメラをつかんだ手を脇におろすと、もう一方の手を彼女に伸ばし、透けるブラの上から軽く乳首に触れた。ハリーの口から驚きの悲鳴がもれる。

くそっ、おまえは何をしたんだ? 彼は手を引っこめた。

「エヴァン?」ハリーのまぶたは重たげに半ば閉じられ、両手がふたりの体のあいだにはさまっている。「さっきどうなったか忘れたの?」

「覚えてる」エヴァンは身をかがめてハリーの香りを吸いこんだ。柑橘類《かんきつ》と、なんだかわからないけれど素朴な香りがかすかにまじった、彼女のにおいだ。

「わたしもよ」

「ハリー、きみに言っておかなくちゃならない。そのブラを外したら、ぼくはきみに触れてしまう」ポケットへ突っこむつもりであげた手が、彼女のウエストに吸い寄せられる。

ハリーが激しく息をのんだ。「そう？　でも、わたしたちは親友だったはずよ」

親友だ。それですべてのはず。だが、もうそれだけじゃ満足できない。「どうしようもないんだ。きみが欲しい。ものすごく」

エヴァンは彼女の冷たい指をホックから離させ、その手を自分の高まりに押しつけた。ハリーが目を見張った。

「これ以上自分を抑えられないんだ、ハリー。抑えたくない」

そしてエヴァンはキスをした。今朝のキスとは違うキスを。あれは切迫した、欲望に駆られたキスだった。今度はもっとゆっくりと、彼を迎えて開かれた口を探り、息をまじり合わせて、彼女を味わい尽くすキスだった。徹底的にじっくりと、情熱をこめて互いを探索し合うキス。

唇を合わせたままハリーが言った。「わたしもあなたが欲しい。何カ月もずっとそうだったの。もう頭がおかしくなりそうよ、エヴァン」

これこそ何年も聞きたいと願い続けてきた言葉だ。「それなら一緒に正気を失おう、スイートスタッフ」

エヴァンは侵入してきた舌の先を軽く吸った。ハリーはうめき声をあげてのけぞり、彼のウエストに両手をまわした。ひらひらと羽ばたくような指先がベルトのループをつかむのを感じ、エヴァンは息を詰まらせた。

片手で彼女の頭を支え、歯があたるのもかまわず、夢中でそのつややかな唇を奪う。

落ち着け。焦るんじゃないぞ。けれど、ブラとは名ばかりの、レースの敷物《ドイリー》みたいな布切れで覆われただけの乳房が押しあてられていては、とても落ち着くことなどできなかった。

エヴァンはキスを中断して、ごくりと喉を鳴らした。ふたりともひどく息切れしながら見つめ合う。ハリーは困惑しながらも興奮した表情をしていた。

「エヴァン、このまま続けたら、わたしたちの関係は変わってしまうわ」

彼の剝きだしの胸をハリーの乳首がかすめた。「すでに変わってしまったんだ。それなのに知らんぷりを続けたら、いつまでも緊張が残る。このまま続けるべきだと思うよ。一日だけ。そうしたら、また元に戻れるさ」

口ではそう言いながら、ただの友達に戻って、ハリーが別の男とデートするのを黙って見ているつもりはもうなかった。だが、まずは一度に一歩ずつだ。

「つまり欲望を体から追いだすために、このまま続けようと言うの?」彼女は尻ごみした。

「そのとおり」

「友達でいられなくなるわけじゃないのね?」

「ああ、そうだ。誓う」それだけは絶対に確かだ。ハリーとの友情を失うことはできない。しかし、彼女へのこの気持ちをなんとかしなければ、いつかは失ってしまうだろう。もう一日たりとも欲望を封じこめておけないのだから。

エヴァンは一歩うしろにさがるとカメラを持ちあげ、モニター画面にハリーが映るように調整して構えた。

「脱いでくれ、スイートスタッフ」

つかのまのためらいののち、彼女は頭をそらして胸を張り、無意識に挑発するようなしぐさを見せた。指がホックにかかる。ためらいがふたたび彼女の指を止めたその瞬間、エヴァンの心臓は痛いほど激しく打った。

ハリーがとうとう決心をつける様子を、彼はモニター越しに見つめていた。ブラが白い腕をすべり床に落ちた。

目の前に見えるのはハリーだけだった。エヴァンはシャッターを押した。この写真をホームページに載せるつもりはない。ハッカーたちに教訓を与えるためのジョークに使うのもだめだ。誰にもハリーの胸だとわからなくても、それでもだめだ。

この光景はエヴァンのものだった。五年も待ち続けた、彼だけのものだ。

それは、グランド・キャニオンにも匹敵するすばらしい眺めだった。不安げな呼吸に合わせて胸が上下している。なめらかでぷっくりと膨らんだ乳首が誇り高く突きだしていた。

白く輝く乳房は左右対称の曲線を描き、大きすぎず小さすぎず、まさにエヴァンの手にぴったりだった。

彼はもう一枚写真を撮った。念のため、さらにもう一枚。この光景を撮り損なう危険は冒せなかった。

口に入った髪を払うためにハリーが手をあげると、流れるような動きで胸が隆起した。エヴァンはうめいた。いつのまにか、モニター越しではなく実物のハリーを見つめていた。どうしても彼女に触れたくてたまらない。

「写真は撮れた?」ハリーがささやいた。かすれて張りつめた声がエヴァンを震わせる。

「ああ」横からの眺めも見てみたくて、彼は少し左にずれた。上向きにカーブする乳房に、優美な弧を描く肩が続いている。

「それなら、何をしているの?」じっと立ったままエヴァンを追って首だけを動かし、彼女はきいた。

「ぼくのための写真を撮っているんだ」

「エヴァン!」ハリーの口があんぐり開いた。

カプリパンツの中へ消えていくウエストのラインが好きだった。肌と生地のあいだに隙間《すきま》があり、一、二本なら指が楽に入りそうだ。エヴァンはゆっくりと彼女の背後にまわり、すらりとしてなめらかな背中と、布にぴったりと包まれたヒップを眺めた。

彼が肩をすくめて言う。「スクリーンセーバーにしようかな」

ハリーは真っ赤になった。かまうもんか。

「そんなことできるわけないわ」彼女がささやいた。

「どうして？　いいじゃないか」ここ数カ月間で最高の思いつきだ。

反対側にまわろうとして、エヴァンは床に落ちていたブラを踏んでしまった。かがんで拾いあげる。それはハリーの肌と同じように温かかった。鼻に近づけてみると、やっぱり彼女と同じにおいがした。柑橘系の甘くて官能的な香りが。

「きみがこんなにセクシーなブラをつけてるとは思わなかったな。シースルーのこれを見たときには気を失いそうになったよ」

「ひそかな楽しみなの」ハリーが言った。「頑張った自分へのご褒美みたいなものよ」

エヴァンは彼女の肩にかかった髪を持ちあげ、赤くなった肌に口づけた。「この写真と同じだね。頑張ったぼくへのご褒美だ」

「何を頑張ったの？」ハリーはまだじっと立ったままだったが、緊張で肩が張りつめ、呼吸が普段より速まっている。

「きみの会社のホームページを修復しただろ」

彼女がからかうように言った。「そうそう。わたしが服をすっかり脱がされちゃったあとで直してくれたのよね」

エヴァンは笑った。自分の作ったホームページがハッキングされたのは腹立たしいが、すぐそばにある柔らかくて温かい、あらわになった肌以外のことは考えられない。

うしろに頭を傾けながらハリーは続けた。「その写真はあなたのためじゃないわ。ハッカーに復讐するために撮ったんだから」

復讐は待ってもらわなければ。「その話はあとでしよう。今はきみに触れなくちゃ」エヴァンはデスクにカメラを置くと、ハリーのウエストに手を伸ばし、温かい肌に触れた。

「ほんとにそうするべきだと思う？」すすり泣くような彼女の声に、もうからかいは感じられなかった。ハリーが全身を震わせ、張りつめた乳首を薔薇《ばら》色に染めて、エヴァンにもたれかかってきた。脚のあいだにそよ風が吹いただけでものぼりつめてしまいそうな様子だ。

エヴァンは彼女にクライマックスを味わわせたかった。自らを解き放ってほしい。彼に身を任せて、ふたりの体と、彼が与える歓《よろこ》びのほかは何も考えられなくなるほどに弾《はじ》けてほしい。

「きみが欲しい」耳元でささやく。「いいかい？」

欲望が脈打ち、ハリーに身をうずめたくてたまらなくなる。ここ何年かでつきあった女性は結構いたが、全員、欲求を和らげるための軽い関係にすぎなかった。女性に欲望は抱いても、必要としたことは一度もなかった。

ぼくに必要なのはハリーだ。

彼女を愛している。ハリーはぼくのすべてを知り尽くし、ふたりのあいだにはこれまで一切の駆け引きがなかった。これからもないだろう。彼女といると正直にならずにいられない。だから、もはや彼女への渇望を隠してはおけないのだ。

情熱で目を潤ませながらハリーが振り向き、エヴァンと目を合わせた。ごくりと喉を鳴らす。

そして言った。「わたしを奪って、エヴァン」

その言葉だけで彼は爆発しそうになった。

5

ハリーはエヴァンの瞳がショックと欲望に見開かれる様子を見つめていた。小さな笑いがこみあげ、口からこぼれる。エヴァンのこんな顔を目にし、彼も自分と同じくらい求めていることを知るのはとても気分がよかった。

何カ月もかかって、ようやく彼を手に入れるのだ。

ただし、エヴァンは何もしないで突っ立ったまま、目を丸くしながらハリーを見つめているだけだった。

いったい何を待っているの？　正式な招待状？

「なんでもいいから何かして」トップレスのウエイトレスみたいな格好で立っているのが恥ずかしくなり、ハリーは言った。

エヴァンが欲望の滲《にじ》んだ笑みを向けてきた。「きみは昔からものすごくせっかちだな」

反論しても無駄だ。彼はハリーをよく知っている。彼女は腰に手をあてて眉をひそめた。エヴァンに行動を起こさせるには、股間《こかん》をつかまなくちゃならないのかしら。

彼がじらしているとは考えにくい。ハリーはじらされるのが嫌いなことを、知っているはずだからだ。

「きみのこんな姿を見られるようになるまで長いあいだ待ったんだ。しばらく眺めていたいよ」

彼の気持ちは嬉しい。だけど、さわるのを先にして見るのはあとにできない？　エヴァンがまたカメラを掲げた。いくら〝何かして〟とこちらが言ったとはいえ、カメラを持っただけでは少しも面白いとは思えず、ハリーは目を細めて彼を見た。「エヴァン、それは置いてちょうだい」

彼はシャッターを押し、ふたたび写真を撮り始めた。ハリーは恥ずかしさとじつは彼の行為を喜んでいる悔しさから、頰を赤らめた。そして、あまりにもエヴァンが夢中になっているので、急いで行動しなくてもいいわ、と思い直した。まだ明日の話はしていないし、彼が言っていたのは基本的に今日の話だ。エヴァンと過ごす一日。彼に身を任せ、熱に浮かされたような興奮を味わう一日。

そう考えると勇気がわいてきた。かすかに笑みを浮かべ、髪と濡れた唇に指を走らせた。エヴァンがはっと息をのんだ。「すごく官能的だ、スイートスタッフ。気に入ったよ」

彼はカメラのモニターを通して彼女を見続けていた。「カプリパンツを脱いで」

「どうして？」じらすつもりならお返しするわよ。ハリーは無邪気な笑みを投げかけると、手をウエストのうしろにあてて肩をそらした。

エヴァンの口からかすれた笑い声がもれた。「どうしてかって？　ぼくはきみの美しい体が見たい。それが理由だ」

彼はハリーに一歩近づいた。「生まれたままの姿で、ぼくを求めているきみの写真を撮りたい。そして、きみの目がかすむまで長く激しく愛せるように、それを脱いでほしいんだ」

まあ。それならわかったわ。ハリーは目を閉じた。欲求が押し寄せ、火花の散るような欲望が体を疼かせる。乳房が重たく感じられ、エヴァンの視線にさらされた乳首が痛いほど張りつめていた。

わたしはこれを望んでいる。エヴァンへの情熱だけを感じ、過去と未来が現在のこの完璧な瞬間とまじり合った中に身を沈めたい。心配を忘れ、現実を忘れて、彼に奏でられ、充足のときを迎えて歌いたい。

まぶたをきつく閉じたまま、ハリーはすでに潤っている唇を舐めた。熱い息がおなかにかかり、エヴァンの手がウエストに置かれたかと思うと、両手を脇におろされた。驚いて目を開けると、彼がカメラを床に置いて彼女の前にひざまずこうとしていた。

「ぼくが脱がせたい」そう言うと、エヴァンはおなかに舌をすべらせた。温かくくすぐるような衝撃に身震いして、ハリーは彼の肩に手を伸ばした。

エヴァンの呼吸が速くなっている。彼女も同じだ。舌がへそに入ったとたん、欲望が全身を貫き、唇からうめき声が飛びだした。彼の指がカプリパンツのホックを探る。その間も彼は肌をついばみ、へそのまわりを味わい、脇腹に歯を立てていた。

エヴァンの頭がハリーの胸をかすめ、まずは胸の下に、さらに乳首の上に、羽根のように触れる髪の感触が彼女をじらした。ホックに悪戦苦闘する彼の動きのせいで、ハリーの体が右へ左へと揺さぶられた。

「くそっ」歯を食いしばってエヴァンが言った。

ハリーはもっとよく聞きとろうとしてうしろへさがりかけたが、彼がカプリパンツをつかんで放さなかった。「どうしたの?」

「このいまいましいパンツを脱がせられないんだ」

「ホックと、引っかけるアイクラスプがあるの。金属製の小さいやつよ。わかる?」

現代の貞操帯とも言える服を身につけることに関して、彼女の右に出る者はいない。根気のない男なら諦《あきら》めていただろう。手伝おうとしたハリーの手を彼は払いのけた。

「いや、自分でやる」ようやく外れたものの、引きちぎってしまったに違いない。アイクラスプがホックからぶらさがっていた。もう使いものにならないだろう。

「おっと、ごめん」

カプリパンツのことならかまわない。わたしがこれほど熱く燃えあがっているのに、エヴァンがまだ何もしようとしていないことのほうが問題だ。

エヴァンはカプリパンツのファスナーに手をかけ、もてあそびながらハリーの座骨にキスをした。「この金具は男の指には小さすぎる。ユーザーに親切じゃないね」

思わず笑ってしまった。彼の頭に手を伸ばして乱れた髪を撫でつける。「女性用だもの。男性の指は考慮に入れていないのよ。ユーザーに親切じゃないなんて、いかにもコンピュータおたくが言いそうなせりふね」

ようやくファスナーがおろされた。「ぼくのことをコンピュータおたくって呼んだ?」

熱い息がかかり、つい彼の肩を強くつかんでしまう。「ソフトが適合するなら……」

湿ったキスがおりてくると、透きとおったパンティと欲望の中心にどっと熱いものが流れこんできた。

「エヴァン」体を揺すりながらハリーは言った。

「いいAドライブだ」彼がつぶやく。

笑いたくても笑えない。エヴァンの口はまだパンティのところにあった。彼がカプリパンツのうしろをつかんで腿まで引きおろした。

もっと下までおろすとか、いっそ脱いでしまうとか、そんなことはもうどうでもいい。ハリーはエヴァンの唇にとらわれ、渇望の波にさらわれてわれを失っていた。襲撃を受けて息をのみ、彼の頭をつかんで自らを押しつけた。

パンティのごく薄い布地をエヴァンの歯がかすめた。脇のひもをつかみ、ねじって人差し指に巻きつけて、まだ口に含んだままの布地を引っぱっている。ハリーが反応できないうちにぐいと彼が頭を引くと、パンティの前面が完全に裂けた。

「嘘でしょう」ハリーは唾《つば》をのみこんだ。欲望が脚のあいだで脈打っている。

これはエヴァン。わたしの親友。

その彼がわたしの下着を引き裂いた。

「ごめん。これも引きちぎっちゃった」腿に向かってエヴァンがつぶやいた。

「い、いいのよ」あえぐ合間に応えた。

彼が頭をあげて離れると、冷たい空気を感じた。カプリパンツから脚を抜いて床に捨てる。エヴァンはカメラを片手に、にやにやしながら戻ってきた。

「ああ、そんな、だめよ。絶対にだめ」裸の写真を撮るなんてとんでもない。ハリーは彼を避けて脇ににじり寄り始めた。

エヴァンの親指が犠牲になったパンティのあいだにさっと入りこみ、中で円を描く。ハリーはうめいて足を止めた。

「写真は撮らないで」だが、心配する必要はなかった。彼は片手でハリーを愛撫《あいぶ》しながら、カメラを持つもう片方の手はだらりとさげたので、映っているのはカントリー調のベージュのカーペットだけだった。

「すごくいい眺めなんだけどな」唇で腿の内側をくすぐりながらエヴァンは言った。その間も親指は動き続け、ハリーにめまいを起こさせる。

ふいに親指がハリーの中に入ったかと思うと、また外へ出た。もう脚に力が入らない。彼女はうめいた。

「倒れそう」

「うしろへさがって」エヴァンの親指がふたたび円を描き始めると、今度は舌が腿を伝ってきた。

わたしが動けると思っているなら、頭がおかしいのよ。「できない。脚が言うことを聞かないの」

エヴァンは顔をあげた。この目のきらめきは、どうも信用ならないわ。

大きな手がおなかをぴったりと覆い、そしてハリーを押した。

彼女はうしろ向きによろめき、ベッドの上に背中から倒れこんだ。足を宙に突きだした格好になりながら、中くらいのサイズの胸でよかったと、ふたたび合理的に考えることにした。もっと胸の大きな女性だったら、弾む乳房で顔にあざができていたかも。

「わたしを突き飛ばすなんて信じられない」本心はそう思っていなかった。エヴァンはこれまでにも彼女をプールやぬかるみに落としたことがあった。左右の靴ひもをひとつに結ばれたこともある。でも、それはすべて、ふたりが友達だったころのことだ。今は裸なんだから、ルールを変更すべきなのに。

明らかに、エヴァンにその気はないようだ。それに裸になっているのはハリーだけだった。彼はまだ短パンをはいている。

「動けないって言っただろ。だから手伝ってあげたんだ」身を乗りだして彼が言った。

ゲームをするつもりなのね。ハリーは片足を持ちあげると、爪先を彼の股間にあてて押しつけた。「何をするつもりなの？」

エヴァンが〝信じられない〟という目で彼女を見た。「きみの上に覆いかぶさって、めちゃくちゃにキスするつもりなんだけど」

ハリーは足を払いのけられそうになったので爪先に力をこめ、短パンとその下のものを一緒にぎゅっと押した。

「ハリー、つぶれるよ」エヴァンが凍りついた。それ以上動くのが怖くなったらしい。でも、それほど痛くないはず。この程度ではまだ。立場が逆になり、彼に懇願させているのはいい気分だった。ハリーは無邪気なふりをして手を口にあてた。「あらやだ。ごめんなさい」

エヴァンは彼女の足に手をかけて、頭を振りながら言った。「そんなことをしても自分がつらくなるだけなんだぞ。ぼくを不能にしたら、きみには長くて寂しい一日が待っているんだから」

まあ、そのとおりだわ。ハリーはあつあつのポテトに触れたように、急いで足をおろした。事故はごめんだ。オーガズムを得られずにここを出るつもりはない。それも、ことが終わったあとでの、形ばかりのものではだめ。エヴァンを中に迎え入れ、彼の肩に爪を食いこませて味わう、ゆっくりと長いオーガズムでなくては。

わけ知り顔の笑みを浮かべ、エヴァンがハリーの肩の横に手を突いた。のしかかってくる彼をハリーは手で止めた。

「待って。パンティを脱ぐわ」

エヴァンがさがって隙間を開けてくれた。ハリーは腰を浮かし、裂けたパンティを数センチおろしたものの、もう一度引きあげた。

「脱がないほうがいいんじゃないかしら。風邪を引いちゃうかも」そう言ってからかう。彼が陶酔と苦痛のまじり合ったような目で彼女を見つめた。「ちっとも面白くないね。ここは三〇度近くあるんだぞ」

確かに。真夏の太陽が照りつけているので、ブラインドを閉めていても部屋の中は暑かった。エヴァンの胸や肩に汗が光り、彼が放つかすかな汗のにおいと熱を感じる。それはたまらなく男っぽくてセクシーで、ハリーを興奮させた。

彼女の肌も燃えるように熱かった。熱くてひりひりする。首のところで湿った髪がもつれていた。

エヴァンの両手がパンティにかかり、ハリーを開いた。「それに、こんな下着じゃあ、蟻《あり》一匹だって暖まらないね。なんの役にも立たないよ」

あら、気づいてたのね。

彼が胸にかがみこんできた。指がパンティのひものあたりを行き来している。もう少しで唇が先端に届きそうだ。彼が息をのむのがわかった。でも、触れようとしない。ハリーはじらそうとしたことなどすっかり忘れ、エヴァンを求めて震える体を疼かせた。彼の口に届くよう胸をそらせる。

エヴァンが少し離れた。指を行ったり来たりさせながらパンティを途中までおろし、そこで止めてしまう。彼は唇を乳首のすぐそばに近づけたまま親指の愛撫を続け、彼女を見おろしていた。

どこでもいいから触れて。ハリーは自分の息が荒く、大きく速くなるのを感じた。どうしてもパンティを脱ぎ捨てたくなって指を下に向かわせる。

けれども、その前にエヴァンに指をつかまれ、自分の体の両脇に押しつけられてしまった。彼女はなんとか手を引き抜こうと身をよじった。

エヴァンの興奮が下腹部にあたるものの、それはさっとかすめるだけだった。ハリーは不満のうめき声をもらした。彼の脚に脚を絡めて引き寄せようとするが、これも払いのけられてしまう。

「まだだめだ」

それならいつ？　次の氷河期が来るころ？　ハリーが文句を言おうとしたとき、エヴァンが乳首を口に含んだ。彼女は思わず叫んでいた。

彼の頭が離れる。

「やめないで」ハリーはあえいだ。

今度は乳首全体に舌を這わせ、円を描くように動き始めた。体が前後に揺れる。だが、エヴァンがさらに力をこめて押さえるので、ハリーは好きなように動くことができなかった。大きくてかたい彼の体がのしかかってくる。無理やり目をこじ開けると、エヴァンが彼女の胸から腹部にかけて視線をさまよわせていた。彼は大きく息を吸いこみ、ふたたび胸に口をつける。

先端を激しく吸われ、痛みと同時に快感がハリーを襲った。

「きみはおいしいね」そう言って彼が舐める。何度も何度も同じところを攻めるので、それだけで達してしまいそうだった。

ハリーのパンティは丸まってよじれ、ふたりのあいだに引っかかっていた。それが退廃した気分を誘い、よけいに興奮をかきたてる。

エヴァンが湿った口の奥へ乳首を誘い入れ、丹念に濡らすと、こらえきれないうめき声が彼女の口からもれた。

「エヴァン」ハリーはなんとか手を抜こうとしたが、彼に体重をかけて押さえられているので、どうにもならなかった。

彼はもう一度引っぱってから乳首を放した。「気に入った？」

いいえ。わたしはいつも、気に入らないときにうめいたりあえいだりするの。「やめないでくれたらもっと気に入るわ」

エヴァンもそのほうがいいと思っていたものの、ハリーをじらすのはひどく興奮させられた。もちろん、相手をじらすことで自分もじらされるのだが。彼女の胸を味わっていると、そのまま続けていたくなった。

「それならもうやめないよ、スイートハート。きみが耐えられなくなるまで吸い続ける」彼は乳房の下側を舌でたどった。「どう思う？」

喉を締めつけられたようなすすり泣きは、きっとイエスだろう。

エヴァンはそれ以上返事を待たなかった。胸の先端を口に含んで転がし、甘さとかたさを味わい尽くす。ハリーを組み敷いたらどんな感じだろうと、ずっと考えていた。彼女を味わうのはどんなふうだろうとずっと夢見てきたのだ。そして今、彼はわれを失うまいと必死でこらえた。

ハリーの片手が自由になり、エヴァンの肩をぐっと握りしめて皮膚に爪を立てた。彼女の口からは彼を勇気づけるように小さなあえぎ声がこぼれている。勇気づけてもらう必要はなかった。舌を這わせるたび、彼女の柔らかくて温かい肌を楽しみ、激しくつらい欲求にのまれて、理性はすべて消え去ってしまうのだ。

エヴァンはもう片方の胸に取りかかった。ハリーがまたうめいた。

引き締まってなめらかな腿で彼を締めつけ、彼女が腰を押しつけてきた。エヴァンは必死になって体を離した。けれども、彼が引くたびにハリーの体が追いかけてきて迫るのだ。とうとう戦いを放棄して、エヴァンは彼女のリズムに腰を合わせた。ただ息をすることだけに集中する。

ハリーの締めつけがきつくなり、背中がさらにそり返った。いっそう大きなかすれ声があがった。エヴァンは乳房の下側に親指を這わせ、舌を前後に動かした。彼女の爆発のときが近いことを感じながら。

「わたしに触れて」ハリーが懇願した。

「どこに?」エヴァンはへそに親指を押しつけながらきいた。「ここ?」

「違うわ」

「ここ？」濡れた乳首をかすめる。

彼女がうめいた。「そう」

ハリーは甘美な苦しみにとらわれていた。体の隅々が疼いて脈打ち、エヴァンに触れてもらいたがっている。味わい、隙間があればどこにでもすべりこみ、歓びを与えてほしいとせがんでいるのだ。

「もっと触れて」重い彼の体の下からもう一方の手が自由になり、彼女は恥ずかしげもなく口走った。

両方の手が使えるようになると、ハリーは迷わずエヴァンの髪をつかんで引き寄せた。もっと強く吸って、脚のあいだに触れてほしい。体の中のこの疼きを解放してくれるなら、なんでもかまわない。彼女はぴんと張りつめ、どうしようもなく激しい欲望にとらわれて、どこもかもかしこも震えていた。

エヴァンがふたたび唇を離した。ハリーの必死の反応からして、怖《お》じ気づいたわけではなさそうだ。彼の顔にゆっくりと笑みが広がった。

「ここにもう一度触れようか？」唇で乳首をくすぐり、口が包みこむと、熱い息が肌に躍った。

ハリーはぎゅっと目を閉じてあえいだ。彼が笑っているのを感じる。彼の口がふたたびおりてきて吸いあげる。くぐもった歓びの笑い声が彼女のところまで流れてきた。

エヴァンの唇が、舌が、感じやすくなったハリーの乳首のまわりで震える。苦悶にあえぎながら彼のキャラメル色の髪をちらりと見たとたん、彼女は激しく弾け飛んだ。

何にも触れられず、ただ彼の腿があたっているだけなのに、それは痛いほどの快感だった。ぶるぶると体を震わせながらハリーは叫び、体をこわばらせたまま歓びの波に乗った。

エヴァンは顔をあげ、濡れた唇をきらめかせながら呆然《ぼうぜん》と彼女に見とれた。「すごいな。のぼりつめたんだね？」

口をきくことができず、ハリーはうなずいた。

「くそっ、きみはセクシーだ」彼はへそに顔をうずめ、舌を差し入れた。

肩のこわばりが徐々に解けてくると、彼女はエヴァンの髪を撫で始めた。

「ありがとう」ハリーはつぶやいた。彼の舌のせいであらたな欲望がつのりつつあったが、それほど切羽詰まったものではなく、今は心地がよかった。

わたしは弾ける必要があったのだ。これからは少し落ち着いて、たっぷりとエヴァンを堪《たん》能《のう》できるだろう。「わたしにはあれが必要だったの」

彼はハリーの腹部に温かなキスを降らせている。「友達はなんのためにいるんだ？」

性的な満足のためじゃないわ。彼女にはわかっていた。それでもエヴァンが気にしないなら、彼を止めるつもりはない。ハリーは声をあげて笑った。「普通はこういうことのためじゃないわね」

今度は、彼は内腿を撫で始めた。「ぼくらはここで起こっていることをよくわかっていると思うよ」

そう言うと、エヴァンは腿からパンティを引きおろした。

「あるいは、大きな間違いを犯しているのかもしれないわね」

パンティを膝までおろしたところで、彼は顔をあげてハリーを見た。「なあ。ぼくはきみを愛してる。わかっているはずだ。絶対にきみを傷つけたりしないよ、ハリー」

「わかってるわ」確かに、わざと傷つけることはないだろう。それにこれはセックスだけの関係だと自分に言い聞かせているかぎり、わたしの心も傷つかないはず。たとえ誰より信頼できる相手とのセックスであっても。だけど、ベッドでお互いに楽しむ以上の意味をそこに見いだそうとすれば、困ったことになるのは避けられない。

「続けようか?」親指でハリーの膝を愛撫しながらエヴァンがきいてきた。

彼の息が腿にあたる。

ミツバチに蜂蜜《はちみつ》が好きかと尋ねるかしら? ここまで来たら全部体験しなきゃ。

「ええ、続けて」

「ありがたい」エヴァンは両手でパンティを引っぱって一気にくるぶしまでさげた。

ハリーが体の感覚がなくなるような欲情の渦にのまれて呆然と横たわっていると、彼はパンティを肩越しにうしろに放り投げた。

「もういらないだろう」

「ずっと?」ぼうっとしながら尋ねる。

「ずっと先まで」エヴァンの茶色い瞳が欲望で濃くなり、ほとんど黒に見えた。

「あなたのその短パンもいらないはずよ」

隣を向いて横たわり、ハリーは指で彼のウエストをたどった。カーキ色の短パンのボタンのところで手を止める。ちらりとエヴァンを見あげた。彼が眉を上下させている。

ハリーは両手を使ってボタンを弾け飛ばした。エヴァンの顔から笑みが消えた。彼女は笑いを噛み殺しながらファスナーをおろした。

エヴァンが鋭く息を吸う。

ハリーは短パンの中の、さらにボクサーショーツの下に手を入れ、彼の下腹部を撫でた。どんどん浅くなっていく呼吸に奮いたたされ、あらたに彼女自身の欲望も刻み始める。指で、温かいサテンのような肌を包みこみ、その下で脈打つ情熱を感じとった。

「ハリー」

エヴァンは半分目を閉じ、胸をアコーディオンのように上下させていた。彼はハリーが一六歳のときに、学校のロッカーにかけていたカレンダーの男性に似ていた。上半身裸でズボンのボタンを外した、ゴージャスな男性。

ただし、エヴァンは本物だ。今の彼はハリーのものだった。

わくわくする考えが浮かんだ。ハリーはベッドのそばのカメラに目を向けた。

彼をもう一度ぎゅっと握ってから手を引き抜く。エヴァンが落胆のうめき声をあげた。

ハリーはカメラを拾いあげると、彼の胸に向けた。

警戒心いっぱいの表情でエヴァンがさっと起きあがった。「うわ。何をしてるんだ？」

「あなたの写真を撮るのよ。わたしのスクリーンセーバーにするの」ハリーはシャッターを押して生意気そうに笑った。

エヴァンは面白そうな顔をしながらも、毛布で体を覆いたい衝動と戦っているかのように、手をもじもじさせている。

「カメラを置いてくれ」

ハリーは笑った。「いやよ。仕返しだもの」もう一枚、しかめっ面のエヴァンを撮った。

彼の表情が少し和らぐ。「仕返しだって？　だけど、その写真はホームページに載せないと約束してくれよ」

「あら、恥ずかしがり屋さんだったの？」ハリーは頭を傾けた。わくわくして楽しい。解き放たれた感じがして気分がよかった。唯一張りつめているのは体だけ。エヴァンといるのは、ほかのどんな男性といるときともまったく違う。彼と一緒でも、ハリーは自分自身でいられた。以前と同じようにふざけ合えるのは、やっぱりふたりのあいだに友情があるからだ。

激しく燃える欲望というおまけつきの。

「だけど、ねえ、エヴァン、どうしてあなたの体を使うのはだめなの？　あのハッカーたちにしたら、彼らの頭脳にあなたの二頭筋は夢のような組み合わせだと思うけど」

エヴァンはにっこりしてひょいと腕をあげ、わざと尊大な様子で曲げてみせた。「きみはぼくの筋肉が好きなんだな、スイートスタッフ？　とくにきみ好みの筋肉があるぞ」

まあ、ほんと。彼のそれはふたたびボクサーショーツから顔を出していた。今回ハリーが感じていたのは驚きよりも熱望だった。あれを有効利用するときが来たわ。カメラのモニター画面を通してエヴァンを見つめながら、ハリーの口はからからに乾いてきた。有効利用の提案をしようとしたそのとき、彼がその問題の筋肉を、ウインクするように上下に動かした。思わず目を見開き、カメラを落としそうになる。

「信じられない！」驚いて声も出ない一瞬が過ぎたあと、ハリーは鼻まで鳴らしそうになるほど大笑いした。

「面白い？」

エヴァンはわかっていてやったのだ。その証拠に村一番の愚か者みたいな顔をしている。まだ話すことができず、ハリーはただうなずいた。

視線が彼女の胸に落ちると、彼のにやにや笑いはみだらな笑みに変わった。「好きなだけ笑い続ければいいさ」

ハリーの頬がかっと熱くなった。なんにも着ていないのを忘れてたわ。どこもかしこも裸。エヴァンから見れば、笑ったせいで彼女の胸やおなかがおかしなことになっているのだろう。ハリーは波間にぷかぷかと見え隠れするブイを思い浮かべた。わたしの場合、ブイよりかなり小さくて、せいぜい歯磨き粉のキャップみたいなものだろうけど。

腕を枕《まくら》にして横たわっているエヴァンが、念を押すように、もう一度筋肉を動かした。どんなに滑稽でも、もう笑わないわよ。でも、あまりに必死で笑いをこらえたために、鼻や口からくぐもった音がもれた。

エヴァンには、無理にでもボクサーショーツの小さいボタンを留めてもらうべきだった。

「すごい才能があるのね」

彼が言う。「隠れた才能がいろいろね」

ばかげた言葉とコメディ俳優のような表情にもかかわらず、ハリーは彼に魅了された。興奮をかきたてられ、彼が欲しくてたまらない気持ちにさせられた。

胸にキスしただけでわたしを爆発させられたのなら、ほかにどんなことができるのだろう?

パンティなしでは脚が落ち着かなかった。「たくさんの才能を見せてくれない?」

カメラをデスクの上に置いてハリーはエヴァンに近づき、ベッドによじのぼった。わたしが上になろうかしら? それとも彼の下?

一回目は。

6

ハリーの裸は法律で禁じるべきだ。くそっ。エヴァンはほとんど息ができなかった。考えることや動くことは言うまでもない。女性からビキニをはぎとる夢はセクシーだと思っていたが、何も身につけずに目の前に立っている本物のハリーとは比べものにならなかった。

彼女はすばらしい。ボクサーショーツが炎をあげないのが不思議なくらいだ。

ハリーがベッドに座り、シーツに横たわると、エヴァンはすばやく立ちあがった。ハリーが恥ずかしそうに見つめ、白い指を伸ばしてくる。口の中がからからになるのを感じながら、エヴァンはなめらかな腿をぐいと引っぱり、彼女をベッドの端まで引き寄せた。

膝が開き、ハリーは小さな叫び声をもらして起きあがろうとした。彼がもう一度引き寄せると、両手を頭上にあげてうしろに倒れる格好になった。膝を曲げさせてからエヴァンはひざまずいた。

「こんなの、おかしくもなんともないわよ」また起きあがろうとしながらハリーが言った。だが、両脚を抑えられているので不可能だ。

「ふざけているわけじゃない。真剣だ」内腿に視線を走らせながら、彼女が落ち着くようにと膝の上を撫でた。ハリーの体が発する熱と興奮の香りを感じ、エヴァンは痛みを伴うほどの欲望に揺さぶられた。ほんの数センチ離れたところからハリーに息を吹きかける。彼女が身をよじる。

「あのキューピッドと同じくらい真剣だ」エヴァンはつぶやいた。

ハリーが、あえぎ声とも息が詰まった笑い声とも取れる音をもらした。彼にはオーガズムを迎えたときの声のように聞こえた。その音だけでエヴァンの血液は一気に熱くなった。

エヴァンはごくりと喉を鳴らし、親指の腹を彼女の中心に走らせ、さらに下へ向かわせた。やがて中に沈んだ親指は奥に引き寄せられ、ぎゅっと締めつけられた。

すごく気持ちがいい。彼は一瞬目を閉じ、指のまわりで脈打つ肌を感じながら、快感にあえいで小さくもれる彼女のうめきに耳を傾けた。

いつまででも聞いていられそうだ。

「なんなの？」ハリーがきいた。膝が開き、その動きで親指がさらに深く沈んだ。

「親指だよ」エヴァンは彼女の腿に顔をうずめて大きく息を吸いこんだ。親指の侵入を続けながら、今度は舌を這わせる。

ハリーは大きく叫んだかと思うと、突然彼の髪をつかんで引き離そうとした。あまりに強い力で引っぱられ、思わず目に涙が浮かぶ。いい傾向だ。エヴァンは彼女の反応に笑いながら指を引き抜いた。

「やめないで！」

「まだ始めたばかりだ」

ハリーを見ているのが好きだった。ピンク色の襞《ひだ》が触れてほしくて震えている。彼の手を戻させようと、彼女は落ち着きなく身をよじった。

喜んで願いを聞き入れてあげよう。

エヴァンは丹念に舌を這わせて彼女を味わった。ついに中に分け入り、すぐに引きだす。

「戻して」ハリーがあえいだ。

激しく求める声に、自制心は砕け散った。彼女は自分の体が欲するものに集中し、積極的になっていた。そういうところがハリーの仕事を成功に導いたのだ。それだけでなく、彼女は誠実で優しい。そのすべてがエヴァンには魅力的だった。

ハリーには彼が女性に望むものが全部備わっている。

彼女を歓ばせるのは楽しかった。ボクサーショーツの中の爆発を抑えられるなら、この楽しみをもう少し長く続けられるだろう。

エヴァンは舌の探索を再開した。軽く上下に動かして中央をかすめ、彼女が満足するほどは先に進まない。羽根のようなタッチで口づけていった。

脚を激しくくねらせ、彼の肩に爪を食いこませて、ハリーはエクスタシーと苦悶の入りまじった声をあげた。

「中に来てほしいの。今すぐに」交渉には応じないと言わんばかりの強い口調で叫ぶ。

エヴァンは動きを止めた、ハリーに視線を這わせ、ピンク色に染まった体の向こうに見える、きらめく瞳と目を合わせた。「本当に？　ぼくはどうかな」

脚を押さえつけられているにもかかわらず、ハリーはなんとかベッドに起きあがった。危険な光で目を輝かせながら、彼のいるほうへにじり寄ってくる。

まずいことになったぞ。

でも、待ちきれない。

時間はかからなかった。ハリーはエヴァンの胸を突いたかと思うと髪に指をくぐらせ、彼が鋭い痛みに思わず飛びあがるほど強く引っぱった。

あっというまに彼女はエヴァンの膝の上にいた。温かく濡れてピンク色に輝き、汗ばんだハリーが彼の膝にのっていた。エヴァンの口のちょうど正面に、彼をじらすような乳首がある。エヴァンは身を乗りだした。

ハリーはびくっとして頭をのけぞらせた。そして命じる。「だめ。お遊びはもうなしよ。入ってきてほしいの」

「かしこまりました」裸のケータラーに逆らうつもりはない。望みをかなえるのがこんなに楽しいときはなおさらだ。

ハリーが彼の首に手をまわしてくると、乳房が胸をかすめた。エヴァンは位置を確かめて、膝の上の彼女をずらした。下腹部が合わさり、つのる欲求に汗が滲み始めた。

彼はまだボクサーショーツをはいていたが、脱ぎ捨てるあいだの一瞬でさえハリーを離したくなかった。だが、それ以上に、彼は身につけていないものを気にする必要があった。

まだ唇に残る彼女の味を拭って、エヴァンは言った。「誰かが立ってコンドームを取ってこなくちゃいけない」

わずかな間が空き、エヴァンはハリーがコンドームなんてどうでもいいと言いだすのではないかと思った。パニックが全身に警報を鳴らす。

しかし、それは無用の心配だと承知しておくべきだった。ハリーは愚かではない。

彼女はため息をついた。「どこにあるの?」

「ナイトスタンド」答えるエヴァンの声はかすれていた。どうやったらじかにハリーの中にすべりこむ誘惑に負けずにいられるんだ? 自制心の備わった大人だというのに。

まるで犬の前にステーキとドライフードを並べて、どちらか選べと言っているようなものだ。

いや、それは違う。コンドームがあろうとなかろうと、ハリーと愛し合うのをドライフードにたとえるなんて、とてもできない。

絡み合った脚をほどいてハリーがナイトスタンドへ向かうあいだに、エヴァンは残りの服を脱ぎ捨てた。彼女はすぐに戻ってきたが、手にしているコンドームはひとつでも、ふたつでもなかった。四つ。

体が期待に活気づく一方で、脳は凍りついていた。この女性はいったい誰だ? ぼくの親友で、生まれたままの姿をして、手にいっぱいのコンドームを持っている。

ちくしょう。彼女が好きだ。

手を差し伸べたとたん、エヴァンは胸のあたりに奇妙なかたまりを感じた。ぼくはハリーを愛している。もちろん、それは以前からわかっていた。だが、この気持ちは前とは意味が違う。もっと親密で、満足を与えてくれるものだ。

ハリーが、まるでそこが定位置のように——何度も繰り返したことがあるように、彼の膝に戻ってきた。彼女がエヴァンにコンドームを装着しているあいだ、彼は彼女の肩にキスして肌に舌を這わせた。

首筋に鼻を擦りつけ、優しさと情熱の入りまじった思いで顔をあげる。

「どうしたの？」仕事を終えたハリーが彼を見つめ返した。

「なんでもない」エヴァンは首を振って微笑んだ。

ここで何が起こっているのか、ハリーは気づいているだろうか？　ただのセックスではなく、ハッカーともホームページとも仕事とも関係なくなってきていることを、彼女はわかっているのだろうか？

ふたりは友達から恋人へと変わっていこうとしている。いずれはもっと先まで。

彼女はそこまでわかっていないだろう。けれど、これが終わったら——ハリーが満足して骨抜きになり、くつろいだ気分になったら、ぼくの気持ちを説明しよう。

納得させるのには時間がかかるかもしれない。しかし、エヴァンはハリーとの関係を今日一日だけで終わらせるつもりはないとかたく決意していた。

まるでわたしに三つめの乳首が生えてきたとでもいうような奇妙な表情で、エヴァンがこちらを見ている。ショックだけどあり得ないことではないと好奇心をそそられている目で。「どうしてそんなふうに見るの？」答えは期待していなかった。そして予想どおり、返事はもらえなかった。

ともかく、正直な答えは。

エヴァンが笑顔になった。「きれいだ」

そう言って、腕をまわして引き寄せた。ハリーは彼の胸にくっつき、ウエストに脚を巻きつけた。

そのために柔らかい場所にエヴァンの高まりがぴったりと押しあてられ、そこに意識が集中した。もう会話はいらない。わたしの中に入ってきてくれるなら、どういうふうにでも、好きなだけ見てくれてかまわないわ。

「来て」エヴァンは片手を彼女の後頭部にあてて促した。「ぼくを通してきみを味わってごらん」

彼は舌でハリーをじらしながら、ゆったりと長いキスをした。エヴァンの口に残る濃厚な味わいは彼女のものだった。エヴァンを求める欲望の味。

ぱっと頭を引いて、ハリーはうめいた。「エヴァン、お願いよ」

「お願いって？」下唇をたどる彼の親指にも彼女のにおいが感じられた。「お願い、ごみを出して？〈スリー・コマンドーズ〉をハッキングして？それとも、気絶するまでファックしてかな？」

「最後のがいいわ」何も考えず、ハリーは彼の指をくわえて吸った。自然にまぶたが落ち、彼に腰を押しつける。忍耐力が失われつつあった。わたしと裸で一緒にいるのに、どうしてエヴァンは自分を抑えていられるの？

このままでは遠吠《とおぼ》えをしてしまいそうだ。

「気絶するまでファックするんだね。わかった、できるよ」

ハリーは軽く嚙んでから彼の指を放した。「今日よ。来年じゃだめ」

そう言うと彼女は腰をあげ、すばやい動きでひとつになった。

今度のうめき声はエヴァンからもれた。

続けてハリーも叫び声をあげる。彼は大きくて、奥まで届きそうに深く突き、彼女をいっぱいに満たすので、受け入れられるかどうか不安になる。でも、きっとなんとかなるわ。ハリーはエヴァンの胸にもたれて息を吸い、腰の位置を調整した。体の中に彼を感じてぞくぞくする。

長いあいだずっとこれを求めていた。いまいましいくらい長いあいだ。

背中を撫でる彼の両手の優しさに、説明のつかない強い思いをかきたてられた。その思いに目をつぶり、彼女は張りつめたのエヴァンの乳首を口に含んで強く吸った。体の中で脈打ち、歓びを与えてくれる彼の感触を楽しむ。

「きみとこうするのが好きだ」エヴァンが片手を彼女の背中からヒップにおろし、さらに下へと、カーブをたどりながら言った。

全身を震えが駆け抜けた。

ハリーは彼の肩にしがみつき、促すように脚を広げて、座り直した。エヴァンが動き始める。両手で彼女のウエストをつかみ、力強い動きで突きあげてきた。

エヴァンが身を引くと、ハリーも沈む。彼の肩をつかんで唇を噛みながら、彼女はもう一度突かれて放りあげられた。

次は下へ。思わず叫ぶ。上へ、下へ、エヴァンは何度も繰り返し彼女を満たし、奪った。じらすような動きは、まだ充足へ導いてくれない。

ハリーはもっと何かが――自分でもわからない何かが欲しかった。

エヴァンの短い爪が彼女の脇腹に食いこんだ。「スイートスタッフ」

そのばかげたあだ名はこの場にそぐわないにもかかわらず、なぜかふたりが今しているこ とや彼女が感じている感覚に、奇妙に調和しているように思えた。彼が愛情をこめて口にした呼び名を、ハリーは嬉しく受け止めた。それだけではなく、彼女はすべてが嬉しかった。

スピードを落としたエヴァンに促され、ハリーは彼の動きを受け継いだ。曲げた膝を利用して体を持ちあげ、また沈める。動きと快感のせいで胸のあいだに汗が流れてきた。目にかかる髪を払いのける。

「どうしてやめたの、エヴァン？　どうかした？」ハリーはひどく官能的で解き放たれた気分を味わっていた。こうして彼にまたがっていること以上にすばらしいことなど、存在しないように思えてくる。

これほどすてきなら毎日味わってみたい。

だが、今はただ、エヴァンとふたりだけ――敏感になった体を脈打たせ、突き進んでくる感覚だけが存在するのだ。これは今だけのものだ。

だからこの瞬間を余すことなくふたりで楽しもう。

「なんでもないよ。自分から動いているきみを見ていたかっただけなんだ」エヴァンが息を切らしながら言った。

ハリーをつかんでいる手に力が入った。きっと明日はあざになっているわ。でも、ちっとも気にならない。彼のしるしをつけてほしい。このすさまじい欲望の証拠を。

ハリーはこっそり下をのぞいた。彼女がエヴァンの上をすべり、のみこんでいく。

「ああ」ハリーはうめいた。

「眺めが気に入った？」

「ええ」

「ここからの眺めもいいぞ」ぶるっと身を震わせたエヴァンは、彼女のウエストの下から視線を離すことができなかった。「すごくいい。もう我慢できないよ」

勝利の喜びが押し寄せてきて、ハリーは驚いた。男性のオーガズムを自分の手柄と感じるのは初めてのことだった。だが、エヴァンの上で動くのも初めてだ。何もかも、自ら求めたことなのだ。

チャンスは一度だけ。今日だけだ。うまくやり遂げたい。ハリーはこれを求めていた。誰よりも信頼し、大切に思う男性とふたりで完全に解き放たれる、このすばらしい瞬間を与えられたのだ。

誰にも与えられなかった歓びを彼女に与えてくれた男性と。

「よかった」エヴァンが絶頂へ突き進む最初の震えを感じながら彼女は言った。「わたしも一緒に――」

そのときは突然やってきて、ハリーは口がきけなくなった。頭をのけぞらせ、両手で彼の肩をつかむ。体の奥深くでふたりの震えが脈を打ちながらまじり合った。

彼女の口から、奇妙なむせび泣きのような音が響いた。まるでトルネードの警報サイレンみたいだわ。エヴァンの胸にもたれ、徐々に引いていく震えに身を任せながら、ハリーはそっと笑った。自分の考えが、体が、そしてエヴァンが楽しくなってくる。

信じられないわ。だけど、何カ月も彼に焦がれていたんだから無理もない。わたしの体はきっと、彼が途方もなくすばらしいと本能的にわかっていたに違いないわ。

エヴァンが汗ばんだハリーの髪にキスをした。「ぼくを笑ってるのか？」からかうように低いうなり声をあげた。「笑われるようなことをした覚えはないぞ」

繋《つな》がったまま、ふたりはぴったりと胸を合わせていた。彼は汗ばんだ額でハリーの頭を押さえている。触れ合いそうなほどすぐそばに、互いの唇があった。

「ものすごくよかったっていう笑いよ」

エヴァンがハリーは自分のものだと言わんばかりのキスをした。「それならいい。もっと欲しい？」

もっと？　期待がこみあげ、彼女は身震いした。それでもわざと言ってみる。「本気なの？　いいイメージのうちにやめておくほうがよくない？」

「そんな弱気で何が楽しいんだ？」エヴァンはばかにしたように言うと、彼女の湿った髪に手をくぐらせた。

終わってしまうとなんとなく気がとがめて、ハリーは何か言わなければならない気になった。「ねえ、これって普通、友達どうしがすることじゃないわ。このまま突き進むのはどうかしら。それにもし……ふたりとも気に入らなかったら？」

いやだわ、これ以上ばかなことを言ってしまう前に、もう口を閉じるべきね。ハリーは唇を噛んだ。

エヴァンが眉をひそめながら頭を起こし、彼女から離れた。体だけでなく、心の中からも彼が去ってしまったような気がして、ハリーはため息をついた。心と体のどちらを失うほうがよりつらいだろう。彼女は自分に腹が立っていた。エヴァンが二度もオーガズムを与えてくれたというのに、わたしは恋に溺《おぼ》れる感傷的な愚か者になってしまった。よりによってこんな話を持ちだすなんて。ふたりの関係を不安に思っていることを、わざわざ口にするなんて。

おしゃべりするのはやめて、現在のことだけに集中しなさい。ハリーは自分に命じた。

彼女が心の中で自己啓発セミナーに参加しているあいだに、エヴァンはコンドームを外して新しいものを装着していた。

なんの前触れもなく、ふたたび彼女の中に押し入る。「これはどう？　気に入った？」

「まあ。ええ、気に入ったわ」ハリーはまだ濡れて疼いていた。彼の動きが不確かな未来への懸念を振り払い、今に心を向けさせる。エヴァンを感じるのが、とんでもなくすばらしく思えるこの瞬間に。

彼が膝を曲げ、ハリーに腕をまわした。体をさっと傾けたかと思うと、彼女と繋がったまま立ちあがる。「今度はベッドの上ではしない」

割れたガラスの上だろうと気にしないわ。「立ったまま？」ハリーはきいた。カーペットに足をおろすと、彼がさらに奥まで入ってくる。

「いい考えだ」エヴァンはゆっくりと突きあげた。

ハリーはふと、これを写真に撮ったらどうだろうと思いついた。「わたしたち……必要な写真は全部撮った？　つまり、予定してるハッキングのための写真だけど。こういうのをホームページに載せたいわけじゃなくて、ただ、わかるでしょう……別のやつ。撮ったじゃない」もう黙りなさい。

「どんな写真を撮ろうと、それはぼくらの楽しみのためだよ、スイートスタッフ」

エヴァンは両手で彼女のヒップをつかみ、ずれないように押さえてそっと動いた。彼はいたずらっぽい笑みを浮かべている。「それに、ホームページに載せるためと言ったのは、きそうじゃないかと思ってたわ。でも、腹は立たない。「まあ、ひどい。わたしの胸が載ったところを見たかったのに」

エヴァンがうめく。「きみがそうしたければ、今からでも可能だ」

ハリーは爪先立ちになり、彼の肩を支えにして頭を振った。ああ、すごい、これいい気持ちだわ。

「いいの。あんな愚かなハッカーのことなんか、もうどうでもいい」

不思議なことに、ハリーは本気でそう思っていた。ホームページはそれほどたいした問題じゃない。復讐も同じ。大切なのはエヴァンといることだ。彼とこうして一糸まとわぬ姿で、お互いに歓びを与え合っているのが何より正しいと感じる。

エヴァンはゆっくりとしたペースで動き続けながら、じっとハリーを見つめていた。彼女はまばたきをすると唇を湿らせ、感情の読みとれない彼の瞳を見つめ返した。

黙っていたエヴァンが口を開く。「くそっ、ぼくは夢を見ているのかな?」

その声にこもる驚嘆の響きを耳にして、ハリーの奥に埋もれていた不安が消えていった。何時間か前にも同じせりふを聞いたけれど、そのときはからかいがまじっていた。ところが、今のエヴァンは彼女と同じように驚き、とまどっているように見える。

「どうしてそんなことを言うの?」

「友達としても、恋人としてもきみを手に入れられるなんて、自分の幸運が信じられないからさ」

ハリーはなんと返事をすればいいのかわからなかった。さまざまな感情が押し寄せ、すっかり混乱している。だが、彼に気持ちを伝えることはできるはずだった。自分も同じ思いだと示すためにエヴァンの背中を抱き、ハリーは小さな声をかけた。

そのとき、急にエヴァンが動くのをやめた。

ずっと爪先立っていた彼女はふくらはぎの筋肉が張りつめ、足の裏をカーペットにおろした。もう少しで痙攣《けいれん》を起こすところだったわ。

「どうしてやめるの？」ハリーが体を前に押しだすと彼を深みで感じられ、すすり泣きがもれた。

エヴァンがそっと笑って言った。「きみをじらすため」

うまくいってるわ。

ふたたび彼が、今度はもっと強く速く突き始め、ハリーをまた爪先立ちにさせて肺の空気を奪った。

「愛してる、ハリー」

快感が膨れあがり、口から叫び声が飛びだした。汗に濡れた体が触れ合うのを感じ、情熱と困惑が入りまじる。

「エヴァン」彼を信じたい。これほどまでに望んだことはほかになかった。

でも、それほど簡単なことじゃない。いいえ、もしかしたら簡単なのかも。

「ぼくを愛してる？」耳元で彼がささやいた。熱い息が肌をくすぐる。

嘘をついても無駄だ。隠れる場所はない。彼の腕にしっかりと抱かれ、ばらばらになりそうなほどの快感を与えられているのだから。

「ええ」

言い終わらないうちに、彼女の唇は激しいキスでふさがれていた。

ああ、言ってしまったわ。これがうまくいかなければ、苦痛と喪失に身をさらすことになると知りながら、本当のことを言ってしまった。それでもハリーはきっぱりと不安を心の奥に押しやった。舌を絡ませてエヴァンを味わい、温かいなめらかな首に腕をまわす。

たとえ間違いだとしても、可能なかぎりこのときを楽しもう。

エヴァンが言った。「きみが達するのを感じたい」

ハリーは彼の願いをかなえた。

7

鼻をくうくう鳴らしてかわいらしいいびきをかいているエヴァンを残し、ハリーはベッドを出て彼のドレッサーへ向かった。ボクサーショーツを取りだしてはく。くしゃくしゃの髪のままTシャツをかぶると、彼を起こさないようそっと廊下に出てキッチンへ行った。

これまであらゆる理由でエヴァンの服を借りてきたが、今度はそれとは違った。まず、ハリーはパンティをはいていなかった。修復不可能だったからだ。それに、以前はエヴァンと愛を交わしていなかった。まだ肌に残る彼の香りが、洗いたての衣類の優しい香りとまじり合い、彼女は有頂天になるほど幸せな気分だった。

ハリーは冷蔵庫からオムレツに必要な材料をほんの数分で選びだした。そのとき、鼻歌を歌っている自分に気づき、思わず笑ってしまった。嘘でしょう、鼻歌？　こんなこと初めてだわ。エヴァンのために料理をしながら鼻歌を歌うなんて。

哀れじゃない？

ううん、哀れとは違う。なんというか……ふさわしい感じ。

まるでここが自分の居場所だというふうに。けれど、エヴァンにそれを告げるのは怖かった。確かに彼は愛していると言ったわ。でも、そんなことずっと前から知っている。彼がそう言うのは初めてじゃない。わからないのは、エヴァンが何を望んでいるかだった。あちこちで転げまわってセックスすること？　それともちゃんとした結びつきを望んでいるの？

彼に尋ねたら、もしかしたら聞きたくない答えが返ってくるかもしれない。

ハリーは仕事を軌道に乗せるために懸命に働いてきたので、友人と呼べる人は多くない。エヴァンとは大学に入った初日に出会い、それ以来ずっと友達だった。彼のいない人生なんて想像できなかった。

一週間分はあるかと思われた汚れた食器を食器洗浄機に詰めこみながら、いずれエヴァンと話し合わなければならないとハリーは思った。

だけど、今日はやめておこう。今はただ彼を楽しみたい。

どうやらエヴァンはごみを片づけたようだった。ハリーはほっとして、オムレツをひっくり返し、食器洗浄機に洗剤を入れて扉を閉めた。スイッチを入れてからふと振り向くと、ドアの前に彼があくびをしながら立っていた。

裸で。

エヴァンが鼻をうごめかした。「ふーむ。何かいいにおいがする」

男っぽさをまき散らしながらキッチンに入ってきたエヴァンをよけて、ハリーは一歩うしろにさがった。ヒップがカウンターにあたり、食器洗浄機のボタンがくいこむ。

「オムレツよ。たいしたものじゃないわ」彼のために料理をしていることが、突然愚かしく思えてきた。

これまでも数えきれないくらい作ったことがあるのだから、まったく理屈に合わない話だ。ベッドをともにすると気まずくなるのはわかっていたが、もうそれが始まってしまった。

「たいしたことだよ」エヴァンは彼女の額にキスをした。「ありがとう」

ハリーは彼を押しのけ、コンロの火を消した。「ああ、もう、焦がしちゃった」

エヴァンの指がオムレツの端をつまんだ。口の中に放りこむ。「完璧だ」

いやだ、どうしてこんなに嬉しいの？

それに首筋に鼻を擦りつけられるのが、どうしてこれほど気持ちいいのかしら？

「ぼくの服を着てるきみはかわいいね」

「ええと、何か着なきゃならなかったから」興奮を懸命に抑えようとしたが、まったくうまくいかない。

エヴァンはハリーの耳に歯を立て、Tシャツの中に両手をもぐりこませ胸を覆った。

「ボクサーショーツの下には何もはいてないんだろう？」

耳の中で轟音《ごうおん》がする。ハリーははっとした。なんだ、食器洗浄機が噴射洗浄を始めたんだわ。「ええ、そうよ」

「いいね」たくましい手がウエストをつかみ、彼女をキッチンカウンターに押しあげた。

どすんと音をたてて座らされたハリーは、信じられない思いでエヴァンを見つめた。「ちょっと、何をするつもり？」

本当は、彼が何をしようとしているか察しがついている。「食器洗浄機のスイッチを入れたところなのよ」

まさに食器洗浄機の真上に座っているのでキッチンカウンターを通じて振動が伝わり、腿が小刻みに揺れた。もうすでにきまりが悪いほど興奮し始めている。

「じゃあ、なおさら都合がいい」彼はハリーの脚のあいだに移動すると、無理やり膝を開かせた。

じっくりとキスをする。

それから、彼女のボクサーショーツの合わせ目を開いた。「大丈夫かな?」エヴァンはきいた。「ひりひりしてる?」

エヴァンの質問はかなり控えめな表現だった。すっかり準備は整っている。「大丈夫よ」Tシャツが引っぱられ、頭から脱がされた。彼が頭をかがめてそっと先端を口に含むと、思わず体がよじれた。

「オムレツよりおいしいな」

キッチンカウンターは振動を続けていた。食器洗浄機のドアからもれる蒸気が脚のあいだをかすめ、乳首をかたくする。エヴァンが指を入れた瞬間、ハリーは頭をのけぞらせて叫んだ。

彼は二本目の指を入れたかと思うとさっと引き抜き、交代した。ボクサーショーツの開口部から中に押し入る。思いがけない動きは荒々しく、切羽詰まったエヴァンの表情がさらに刺激をあおった。

ゆっくりと速めていくリズムではない。ハリーのヒップをつかんだ手が、彼を迎えるように駆りたてる。彼女はキッチンカウンターをつかんだまま、ただ受け入れ、感じることしかできなかった。エヴァンが動くたび、かたい腹筋が下腹部にぶつかり、爪先まで衝撃が走った。

蒸気の熱と自らの欲望がハリーを燃えあがらせた。彼が頭をかがめてキスをして舌を絡ませてきたとたん、突然のオーガズムにとらわれ、長くゆっくりと体を震わせた。

彼女が歓喜の最後の震えにさらわれながら、力を振り絞って腰を前に押しだすと、肩に顔をうずめたエヴァンがハリーの名を呼びながらあとに続いた。

それこそ、彼女が求めていたものだった。

「くそっ、いったいどうなってるんだ？」その直後、エヴァンがハリーの鎖骨に唇を擦りつけながら言った。

「どうって？」荒い息の合間に尋ねた。

「どうやって、こんなあっというまにぼくを熱くさせるんだ？」エヴァンは首を振った。

「きっと何年も欲望を抑えこんできたせいだな」

ハリーはぴくりとした。「何年も？」言葉どおりの意味なの？

エヴァンが彼女から体を離した。「聞いてくれ、ハリー。ぼくらは話し合わなくちゃ」

ああ、どうしよう、とうとう来たわ。ふたりでふさわしい言葉を探り合う、ぎこちない会話の時間が。話の行き着く先しだいで、わたしの胸はつぶれるかもしれない。

「オムレツが冷たくなるから先に食べて」ハリーはカウンターから跳びおりると彼のそばをすり抜け、ボクサーショーツを上に引きあげた。「さっとシャワーを浴びてくるわ。話はそのあとで。いいでしょう？」

返事を聞く前にキッチンから立ち去った。

エヴァンは走り去る彼女を見送り、ため息をついた。ハリーを動揺させたくなかったが、どうしても話し合う必要があった。ただの友達に戻るつもりがないことを、わかってもらわなければならない。彼はそれ以上のものが欲しかった。

結婚。そう、エヴァンの望みはハリーと結婚することだった。あたりまえだろう？ぼくは彼女を愛してる。彼女もぼくを愛してる。ぼくらは欠点も含めてお互いを理解し、すばらしい関係を築いてきた。

おまけに、セックスの相性はいいどころではないことが証明された。ものすごい教育ビデオが作れるくらいよかった。

エヴァンはカトラリーの引き出しを開け、フォークを取りだしてオムレツを食べた。シャワーの栓をひねる音が聞こえてきた。

卵を食べ終えるのにたいして時間はかからなかった。ドアに向かおうとして、彼は思い止《とど》まった。バスルームに行ってはいけない。ハリーにひとりになる時間を与えるべきだ。

それでも、数分後、エヴァンは気づくとバスルームの外に立っていた。ハリーに見つからないように息を殺す。ほんの少しのあいだだけ、気づかれずに彼女を見ていたかった。

ハリーはシャワーブースにいた。扉が透明ガラスなので、彼女が頭をそらして顔や胸に湯を浴びているのがはっきりわかった。

シャワーの熱で、背中や丸い小さなヒップがピンク色に染まっていた。ハリーが両手を高くあげて髪に差し入れると、胸がエヴァンを手招きするように盛りあがった。

中に入りたい。

濡れた体のあちこちを愛撫したい。

だが、今は見ているだけでも満足だった。

彼はバスルームのドアにもたれて腕組みをすると、魅惑的な光景をじっくり楽しんだ。

ハリーがぼくを愛していると言った。ぼくはその言葉を信じた。彼女は真実以外を口にするような女性ではない。だから彼女の口から聞くことが重要だったのだ。

ところが、実際に聞いてもなお、結局はすべて夢だったのかもしれないという思いはなかなか消えず、エヴァンは彼女から目を離せなくて、ずっと一緒にいなければならないという奇妙な衝動に駆られていた。

そのときハリーが反対側を向き、シャンプーのボトルを取るために前かがみになった。濡れてつややかなヒップが見える。うしろから彼女の脚のあいだに手を伸ばしたくて、エヴァンの手は疼いた。

ハリーが彼の姿に気づいて悲鳴をあげた。「もうっ、驚かせないでよ!」

裸の胸にシャンプーのボトルを抱きしめている。

「ごめん。驚かせるつもりはなかったんだ」

「いつからそこに立って見ていたの？」赤くなっているのは蒸気のせいに違いないが、恥ずかしがっているようにも見えた。

「いくつか空想に浸れるくらい前から」

「すぐ終わるわ」ハリーはかなりの量のシャンプーをてのひらに出した。

「急がないでいいよ」彼女が髪にシャンプーをつけ、擦りながら泡を立てる様子を眺める。

「ただ見ているつもり？」

「ああ」

ハリーがはっと息をのみ、指先の泡を飛ばした。「やめてよ」

「どうして？」

「落ち着かないから」

「それは困ったな」それ以上我慢できなくなり、エヴァンはハリーに近づいていった。

「あら、だめよ」あとずさりした彼女のヒップが壁のタイルにあたる。

そんな慎み深い振る舞いもかわいらしいが、彼はもう我慢できず、扉を開けた。「いいじゃないか、手の届かないところを洗うのを手伝うだけなんだから」

エヴァンをかわそうと両手を突きだしているにもかかわらず、彼女の目には恥ずかしさの奥に興味の光があった。張りつめた乳首や、ぽかんと開いた口もその証拠だ。

「本当に手伝うだけかあやしいものだわ」

蒸気が立ちこめ、湯が細かい霧になってエヴァンの顔に打ちつけた。シャワーブースに入って扉を閉める。「シャワーの中でしたことある？」

ばかな質問だ。嫉妬がきりきりと胸を刺した。

「ないわ」

そうか、それならいい。彼はにっこりとした。「結構悪い子だと思っていたんだけどな」

ハリーは首を傾けながら壁にへばりついた。「悪い子だったことなんか一度もないわ。どちらかと言えば、たまにしか道を誤らないタイプよ。白い物と色柄物を一緒に洗濯機で洗っちゃうとかね。たいして悪いことじゃないでしょう。あなたのしようとしていることと同じよ。ねえ、あなたは話がしたいの？」

エヴァンはハリーのこめかみからシャンプーの泡を拭いとり、濡れた指で頬までたどった。彼女にぴったりとくっつき、ふたりの胸のあいだで湯がたまるまで近づく。

まばたきして睫毛の水を払うと、彼は言った。「ああ。だけど、まずはきみと愛し合うんだ。ここで、シャワーブースの中で。どこもかしこも温かくて濡れているきみと」

ハリーはもう少しで屈しそうだった。顎についた水滴を舐めると、彼女はため息をついてエヴァンの腕をつかんだ。

「待って」

この世でいちばん嫌いな言葉だ。エヴァンはしぶしぶきいた。「どうして？」

「先にしたいことがあるの」

ハリーが泡だらけの手を彼の下腹部にすべらせた。ちくしょう。たった一度彼女の指がかすめただけで、御影石《みかげいし》のようにかたくなるとは。指を動かすハリーにシャワーが降り注ぎ、泡を流していく。

エヴァンはうめいた。

考えにふけっているような声でハリーが言った。「う一ん、手がつっかえちゃうわ。もっとシャンプーか何かが必要みたいね」

彼は返事ができなかった。彼女の手の動きに合わせて脚を広げた。ハリーは手にぎゅっと力をこめ、上下に動かし始めた。

砂漠のセントバーナード犬のようにエヴァンはあえいだ。

「いい気持ちだわ」ハリーがつぶやいた。

これ以上気持ちよくなったら、シャワーブースの扉を蝶番《ちょうつがい》から引きちぎってしまう。認めるのは恥ずかしいが、エヴァンはもう瀬戸際まで来ていた。あと一分で、庭のホースのようにまき散らしてしまうだろう。

「もうたくさんだ、ハリー」

彼女の手が止まった。「気に入らないの?」

くそっ、傷ついたのか? 下唇が震え、大きなブルーの瞳が光っている。そのとき彼ははっと気づいた。傷ついたふりだ。ぼくがどれほど気に入ったか、承知しているんだ。

エヴァンはハリーの顔から濡れた髪の房を払いのけ、首を振りながら言った。「そういう意味じゃないのはわかってるくせに。これ以上我慢できないんだ。ぼくは……きみがやめなかったら……」

彼女の表情が変わり、顔中に笑みが広がった。「あら。それなら……」ふたたび手が動き始めた。

エヴァンは目を閉じた。「ハリー」警告する。

「悪い子はやめないのよ」

ハリーはやめなかった。なめらかな熱い指は動き続け、彼はとうとう戦いを諦めて彼女の手に身をゆだねた。熱く燃えあがってわれを忘れる瞬間に、どうしようもなくハリーを愛していると感じながら。

ハリーはふたたび寝息をたて始めたエヴァンから離れ、シーツを体に引っぱりあげた。

この一時間、彼は死んだように眠っていたが、彼女は眠れなかった。体は満足して疲れ果てているのに、頭が休んでくれないのだ。現実が至福の時間にじわじわと侵入し始めていた。はたして今が何時なのかわからない。おそらくオフィスでは問題が山ほど待ちかまえていて、ノーラはハリーがあまりにも長時間帰ってこないので、ごみ収集車にでも轢《ひ》かれたと思っているに違いない。

エヴァンはベッドルームに時計を置いてなかった。驚くことではない。彼は大多数の人と違い、時間的な決まりごとに縛られていないのだ。

わたしは彼とは違う。マットレスの端にしがみつきながら、ハリーは前に身を乗りだした。頑張ってのぞきこめば、コンピュータの時刻表示が見えるかもしれないわ。あやうくベッドから落ちかけて、ようやく三時五七分だとわかった。

最初の反応は、取り乱すことだった。二番目の反応も同じ。

嘘でしょう。

仕事が財政危機の崖っ縁でよろめいているときに、こんな時間までエヴァンとベッドで過ごすなんてどういうこと？

ハリーは唇を噛み、そっとベッドから出て服を探し始めた。エヴァンを起こしたくなかった。本当はまだ出ていきたくない。だけど、責任を放りだすこともできなかった。五時から開かれる社交クラブの女性の集まりにケータリングをする仕事が入っていて、どんなことがあってもその場にいなければならないのだ。

社交クラブまではたっぷり二〇分かかるうえ、ハリーはその前に家へ帰って着替える必要があった。ところが、欲望くすぶるエヴァンの視線でまさか分解されてしまったのかと思うほど、服はどこにも見あたらなかった。生まれたままの姿で床を這いずりまわって、ようやくサンダルの片方とタンクトップを見つけた。

ブラなしでそれを身につけ、腰から下をシーツで覆うと、彼を起こしてしまわなかったかどうかもう一度確認した。エヴァンは口を開け片腕を頭の上にあげて、規則的な寝息をたてていた。

ああ、彼はキュートだわ。仕事が入っていてよかったのかもしれない。さもないと、身を投げだして、一生そばにいさせてと懇願してしまうかも。

そんなことをしたら、セックスでは台無しにならなかった友情も、今度こそだめになってしまうわ。

このまま帰れば、気詰まりな話し合いを避けられる。おそらくエヴァンは、今度のことは一度きりだと念を押すつもりなのだ。そういう会話ならしなくても惜しくない。今逃げだせば、たぶん明日には、何事もなかったように振る舞えるはずだった。

わたしは避けるのが得意だもの。エヴァンへの気持ちだって、ずっとうまく隠してきたでしょう？

ドレッサーの上の鏡をちらりとのぞいたハリーは、自分の姿を見たとたん、びっくりして飛びすさった。思わず口に手をあてる。何事もなかったようには全然見えない。ヘアケア製品を何もつけないまま乾いた髪はくしゃくしゃに縮れ、ノーメイクの顔は汗で光って、キスで唇が腫《は》れている。おまけに、皺の寄ったタンクトップは胸に張りついている。

一日中ベッドで過ごし、人生最高のセックスを経験した女の顔に見えた。満足げで、自分のものは命を懸けて守るタイプの女性に。くつろぎ、恋に落ちている女性の顔だ。

ハリーは鏡の中からこちらを見返している彼女が気に入った。この表情がいつまでも消えないでほしい。

ただし、ここを出なきゃいけない時間はとうに過ぎているのに、ブラもカプリパンツも見つかっていないけれど。

下半身に巻きつけたシーツにつまずきつつ、ハリーはボイスメールのメッセージを確認した。服を探して床を見渡しながら、延々と続くノーラの声に耳を傾ける。彼女はハリーに、いったいどこにいて、いつオフィスに戻るつもりなのかと尋ね、さらに、ハッカーへの復讐計画を実行に移す前に、メールをチェックしたほうがいいと提案していた。

ちょうどベッドの下をのぞいていたハリーは、小声で悪態をついて電話を切った。シーツをうしろに引きずりながら、コンピュータでもう一度時間を確認した。もうっ。やっぱり、遅刻だわ。それでもノーラの忠告に従おうと、メールの確認作業にかかった。エヴァンのコンピュータから自分のウェブサイトにログインし、重要でないメールを何通か削除したあと、件名のない一通のメールが目に留まった。

ハッカーからのメッセージだった。

ごめん。間違えた。違うケータラーだった。でも、笑顔以外何も身につけていないきみはすてきだったよ。〈スリー・コマンドーズ〉

衝撃のひとときが過ぎると、ハリーはやたらとおかしくなってきた。これだけ？　人に屈辱を与え、財政破綻《はたん》の危機に陥らせたくせに、たったこれだけなの？　こんな適当な謝罪で終わり?

思わず鼻が詰まったような笑いがもれる。もしかしてアドレスがあるかもしれないと思い、差出人をクリックした。もちろんなかった。どういう方法を取ったのか知らないが、ハッカーは差出人のアドレスなしでメッセージを送ってきたのだ。こちらから返信しても戻ってきてしまうのは間違いなかった。

たとえ返信できたとしても、なんと言えばいいのかわからない。〝この次はもっとましな胸にして〟と言うわけにもいかないだろう。

「何をしてるんだ?」

ハリーはくるりとうしろを向いた。エヴァンがベッドで起きあがってあくびをしながら、またしてもむさぼるように彼女の全身を見つめていた。

「ベッドに戻って寝てちょうだい」ハリーは言った。「わたしはもう行かなくちゃ」

エヴァンは笑みを浮かべた。「こんなに早く? まだリビングルームでは試してないんだぞ」

一瞬固まったあと、彼女は心の中でぶるっと身震いして気を取り直した。だめよ、ここを出なくては。

「だめ。一時間もしないうちに始まる仕事が入ってて、それまでに着替えて現地へ行かなきゃならないの」

エヴァンは胸をぼりぼりかいている。わたしが弱気になってここへ留まると言いださないうちに、シャツを投げつけて着させたい。ああ、もう、カプリパンツはいったいどこなの？

「いいよ、わかった。でも、夜には戻ってくるだろう？　仕事が終わったら、またこっちに来ればいい。起きて待ってるよ」

ハリーはイエスと言いたかった。だけど、ここに戻ったら結局惨めになるだけじゃないかしら。友人を失い、恋にも破れた哀れな姿になるかも。やっぱり今日はこのまま帰って、いつかまた会ったときには、彼の前で裸になったことなどなかったように振る舞おう。

シーツを巻きつけたままうろうろし、ごくりと喉を鳴らして言った。「仕事のあとは家に帰ると思うわ。きっと疲れているから」

彼を愛していないふりに疲れて。

「だから？　ちゃんと寝かせてあげるよ。朝になったら」

エヴァンの声が決心をぐらつかせる。ハリーは彼のほうを見たい衝動と戦った。必死に、部屋中に視線を走らせる。そして勝ち誇った叫び声をあげた。クローゼットのそばにカプリパンツのかたまりを見つけたのだ。

「いいえ、やっぱり今夜はだめ」正気を保っていたいなら、ほかの夜でもだめよ。

エヴァンの口調からからかうような気配が消えた。「だけど、ぼくらは話し合わなきゃ、ハリー」

「話すことは何もないわ」彼女はクローゼットに急いだ。「楽しい一日を過ごしたけど、もう終わったの。これでおしまい」

エヴァンにとっては終わりではなかった。彼は身をくねらせながら部屋を横切るハリーを見つめた。まるでフルーツ味のキャンディみたいだ。髪がちりちりして片側に寄り、歩くたびに胸が揺れて視線を誘う。

彼女は本気で、ふたりが今日一日だけ楽しく過ごしたにすぎないと思っているのか？　そうだとしたらひどいじゃないか。忙しいハリーがあまりデートしていないのは知っていたけど、これはセックスが絡んだ単なる気晴らしだったのだろうか。特大のストレス解消ボールみたいな。

ハリーがシーツをしっかりつかんだまま、床のカプリパンツを拾うためにかがんだ。エヴァンの胸にかたまりがつかえた。

「ハリー」

「なんなの？」カプリパンツに足を入れようとしながら、彼女は片足で跳ね、なおかつシーツも放そうとしない。

エヴァンは苛立ちがこみあげてきた。「くそっ、シーツを放すんだ。転んで歯を折るぞ」ぼくはすでに彼女の体を見ているんだ。味わってもいるんだぞ。

「大丈夫よ」ハリーはまだ片足ダンスを続けている。

彼は立ちあがってハリーに近づいた。彼女が床に倒れてしまわないように腕をつかむ。「大丈夫じゃない。なぜ逃げだそうとしてるんだ？　どうしてぼくに見られたくないと思っているみたいに振る舞う？」

ハリーは目にかかる髪を吹き飛ばし、カプリパンツをはこうともがくのをやめた。「それは、わたしたちが友達に戻らなくちゃならないからよ。これは友達どうしのすることじゃないもの」

「友達はお互いの体を見せ合わないというのか？」

カプリパンツをふくらはぎまで引きあげながら彼女は答えた。「そうよ」

「友達以上の関係になりたいと言ったら？」ハリーの腕を撫で、身を乗りだして肩にキスしながら、エヴァンは言った。

たちまち彼女がこわばった。「やめて。もうルール変更はできないわ。また同じことを始めても、いずれ欲望が燃え尽きたらどうなるの？　あなたを失いたくないのよ、エヴァン」

そんなことで頭を悩ませていたのか。それならまだ望みがあるかもしれないぞ。

エヴァンはハリーの耳をそっと噛み、彼女が息をのむのを感じた。「ぼくを愛してる？」

ハリーがため息をつく。「そのことはもうすんだのに。ええ、確かに愛はあるわ。わたしたちのあいだには愛があるわよ」

「それで、きみはぼくを愛してる？」

熱い指がエヴァンの胸を突いた。彼は依然としてハリーのそばを離れなかった。

「もう行かなくちゃ」

「質問に答えるんだ。そうしたら行かせてあげるよ」

ハリーは彼の肩の向こうに視線を向けて呆れた表情をした。「黙秘権を行使するわ」

見こみがあるぞ。エヴァンは耳に舌を這わせた。彼女があえぐ。すべてが欲しい。今すぐに欲しかった。ハリーはぼくにぴったりの女性で、ぼくは一生彼女を愛して過ごしたい。「きみを愛してる。いつも愛してきたし、これからも愛するだろう。ぼくと結婚してほしいんだ」

「なんですって？」ハリーは声をきしませた。幻覚を見ているのかしら。「いったいなんの話をしているの？　セックスの話のはずよね？」

ハチドリの羽ばたき並みの速さで心臓が打っている。じわじわと滲みでる希望でハリーは吐き気がしてきた。そんなことありえない。だけど、もし彼が本気だとしたら……心臓が飛びでるほど興奮しそう。欲しいのはエヴァンの体だけだなんて、もうこれ以上自分を偽ることはできない。すべてが欲しいのだから。

彼の心が。

エヴァンが耳元でささやいた。「今日起こったことはすべて愛なんだ。セックスじゃない」

ああ、なんてロマンティックなの。膝に力が入らない。シーツを握りしめる手が緩み、カプリパンツは落ちてくるぶしのところで布のかたまりを作った。

ハリーの顎にキスをして、両手で彼女の顔を包みこみながらエヴァンは言った。「結婚してくれ」

ノーと言う理由なんてある？「イエス。イエス、イエス、それからもう一回イエスよ」

エヴァンの腕に飛びこもうとした彼女は、シーツに絡まって倒れそうになった。彼がすかさずつかまえ、笑みを浮かべて見おろした。

「承諾してくれて嬉しいよ。ノーと言ったら、それを取り消すまできみを痛めつけなきゃならないところだった」

ハリーは幸せで頭がくらくらするのを感じながら笑い声をあげた。なんとか体勢を立て直そうとするものの、体は言うことを聞いてくれなかった。

それはエヴァンも同じらしい。彼はまだハリーをきつくつかんでいた。

「ねえ、放して。もう行かなくちゃ!」

エヴァンは情熱の丈をこめてキスをした。ハリーの口からため息がもれる。ああ、そうよ。毎日こんなふうに目覚められたら、わたしの夢がかなうんだわ。

「それじゃあ、はっきりさせておこう。イエスということは、ぼくと結婚してくれるんだね?」

「イエス」大好きな人と過ごす毎日。これ以上何も望まない。

肺がつぶれるかと思うほどの力をこめて、エヴァンが彼女を抱きしめた。「さあ、ぼくを愛していると言ってくれ。そうしたら放してあげるよ」

「愛してるわ」ハリーは幸せそうに鼻を鳴らし、今度こそ完全にシーツを手放した。

全身に震えが走った。今日、脚のあいだに天使を見つけたときには、こんな結末になるとは思いもしなかった。

「そうだ、言うのを忘れてたわ。〈スリー・コマンドーズ〉から謝罪のメールが来たの」

「冗談だろ」エヴァンがコンピュータに向かった。彼は微笑み以外何も身につけていない姿がよく似合うわね。ハリーは言った。「いいえ、冗談じゃないわ」

エヴァンはコンピュータを操作し始めた。「それじゃ、やつらに返事を送ってやらなきゃ」

「ハッキングし返すのはもういいわ、エヴァン。メールの返信もしたくない。忘れてしまいましょう」

ハリーの良心が、お返しに彼らを苦しめるのはもういいじゃない、とささやいていた。それに〈スリー・コマンドーズ〉とオンライン抗争を始めたくはなかった。何よりもエヴァンが撮ったあの写真は、彼以外の誰にも見せたくない。

目の上の髪を払いながら、エヴァンは彼女を振り返って言った。「険悪なメールを返信するのはぼくも気が進まないな。どちらかというとお礼のメールを送りたいくらいだ。結局、ぼくらがこうなったのは、半分彼らのおかげなんだから」

ハリーは布のかたまりから足を踏みだし、エヴァンの背後に立った。彼のウエストに両手をまわす。腿と腿を触れ合わせながら、背中にキスをした。「もう行かなくちゃ」

「今夜戻ってくると約束してくれるね？」彼はコンピュータの操作をやめて立ちあがった。

「いいわ」ラズベリー・チーズケーキの最後のひと切れをテーブルに出したら、すぐにここへ戻ってこよう。

エヴァンが振り向き、いつのまにかハリーは彼の腕の中に引き寄せられていた。まばたきする暇もなくタンクトップを脱がされる。彼が肩越しに放り投げると、それは丸まってキーボードの上に落ちた。

「出発しなきゃならない時間まであとどのくらい？」

「本当は一時間半前に出てなくちゃいけなかったの」

脚のあいだにエヴァンの手を感じ、ハリーはうめいた。

「急いでするよ」

ハリーはなんとかノーと言える意志の力をかき集めようとした。「急いでって？」息を切らしながら尋ねる。

「キューピッドの真似をするあいだだけ」

キューピッドとその矢も含め、あらゆる倒錯したイメージが呼びおこされ、彼女の頭の中を駆けめぐった。

「ハッキングに関係ないならいいわ」

エヴァンが耳元でささやいた言葉に笑い声をあげたとたん、その声は心のこもったキスにのみこまれた。

訳者あとがき

エリン・マッカーシーの中編集『恋の予感が かけぬけて』“BAD BOYS ONLINE”をお届けします。日本でもすでに中編、長編が紹介されている作者ですが、本書はそのデビュー作にあたります。ホットでありながら明るく、どこか抜けていて思わずくすくす笑ってしまう作風は、デビュー作の本書でも変わりません。

三作ともインターネットを絡めた中編で、一作目の『ホット・メール』“HARD DRIVE”では、主人公はウェブ・デザイン会社に勤める同僚ふたりです。内気でおとなしいキンドラが壁の花を卒業しようと一大決心して始めたことは、なんと……サイバーセックスでした。会社のコンピュータで(!)みだらなメールを読んでいるところを、以前から憧《あこが》れていたマックに見つかってしまい、これまたずっとキンドラに惹《ひ》かれていた彼からある提案をされます。

二作目の『素直になって』“PRESS ANY KEY”はマーケティング会社が舞台。女性問題がもとで前の会社をクビになったジャレッドは、仕事のパートナーであるにもかかわらず、女らしさのかたまりのようなキャンディを必死で避けています。ところが上司にオンラインのカップル・カウンセリングでふたりの距離を縮めるように命令されて……。

三作目『チャンスをもう一度』“USER FRIENDLY”では、ケータリング会社を経営するハリーがある日ふと自社のホームページを見ると、そこには全裸の自分の姿がありました。ハッカーの被害に遭い、写真の首から下をすげかえられていたのです。彼女は学生時代からの親友であり、ホームページの管理を任せているエヴァンに泣きつきます。

なにしろ中編ですから、三作ともあっというまに燃えあがるふたりですが、そこはこの作者らしく、心の動きが丁寧に描かれ、ユーモアを交えつつ温かい作品にしあがっています。それに登場人物たちはみんな妄想の達人。たっぷりと笑わせてくれます。

作者のエリン・マッカーシー自身もユーモアにあふれた楽しい人物らしく、公式HP『http://www.erinmccarthy.net/』からもその様子がうかがえます。入口から〈ダークサイド〉と〈ライトサイド〉に分かれていて、本書は〈ライトサイド〉に分類されるのですが、中では作品の舞台をイメージさせる写真なども掲載されていて、とても凝ったつくりになっています。作者自らがスピンオフのリストをまとめてくれているのも、ファンにとっては嬉《うれ》しいかぎりですね。興味をお持ちになった方は、本書と合わせてHPも是非ご覧ください。

二〇〇八年七月

ライムブックス

恋の予感が　かけぬけて

著　者　エリン・マッカーシー
訳　者　白木《しらき》智子《ともこ》

2008年8月20日　初版第一刷発行

発行人　成瀬雅人
発行所　株式会社原書房
〒160-0022東京都新宿区新宿1-25-13
電話・代表03-3354-0685　http://www.harashobo.co.jp
振替・00150-6-151594
ブックデザイン　川島進（スタジオ・ギブ）
印刷所　中央精版印刷株式会社

落丁・乱丁本はお取り替えいたします。
定価は、カバーに表示してあります。
 ISBN978-4-562-04345-3　Printed in Japan